新 潮 文 庫

あ ん ち ゃ ん

山本周五郎著

目次

いさましい話……七
菊千代抄……八九
思い違い物語……一六五
七日七夜……二五九
凌霄花……三〇一
あんちゃん……三四一
ひとでなし……三八七
藪落し……四二七

解説　木村久邇典

あんちゃん

いさましい話

一

国許《くにもと》の人間は頑固でねじけている。

——女たちがわるくのさばる。

——江戸からゆく者は三年と続かない。

江戸邸《やしき》ではもうずっと以前からそういう定評があった。また事実がいつもそれを証明してきた。特に若くて重い役に赴任したような者は、例外なしに辛きめにあうということだ。

——理由はいろいろあるだろうが、どこの藩でも、藩主は江戸うまれの江戸そだちであるから、自分が家督して政治を執るばあいには、しぜん身近で育って気心の知れた者を、重要な役につかいたくなる。これはどうしてもそうなりがちである。国許そだちの人間は性格がとかく固定的で、融通性に欠けている例が多い。環境が根づよい伝習でかたまっているためもあろう。暢気《のんき》な者はばかばかしく暢気だし、偏屈な人間はしまつに困るほど偏屈である。

——この藩ではその点がことに際立《きわだ》っていた。おそらく気候風土の関係もあるのだろうが、一般に傲岸《ごうがん》粗暴であり、きわめて排他的な気分が強かった。

――江戸の人間はふぬけで軽薄だ。

――人にとりいるのが上手だ。

――口さきがうまくて小細工を弄《ろう》する。

かれらはかれらでこう信じていた。そしてその信念を決して譲ろうとはしなかった。笈川《おいかわ》玄一郎を送るために、親しい友達なかまで別宴を張ってくれたが、集まった七人のうち三人まで国詰になった経験があったから、話はしぜんその方面のことでもちきり、なかばからかいぎみの忠告や意見がしきりに出た。

「なにより困るのはすぐ刀を抜くことだ、議論に詰るとすぐ決闘だからな、絶えず決闘がある」

萩原《はぎわら》準之助が云《い》った。

「――尤《もっと》もどっちか少し傷がつくと、勝負あったでひきわけになるんだが、議論のほうもそのままひきわけだからね、結果としてはなんにもしなかったと同じなんだ」

「あれが自慢のお国ぶりなんだ、もっとも武士らしいやりかただと思ってる」

「もうひとつふしぎなのは女たちの威勢の強いことだね、威勢というより権力にちかいものだ」井部又四郎がそう云った。

「――夫人や令嬢たちが幾つも会をもっていて、音曲や茶や詩歌の集まりをするのはまあいい、堂々と男を客に招いて酒宴を催すのにはびっくりしたよ」

「おまけにあの傲慢な男たちがみんな一目おいているからね、道で上役の夫人などに会うとこっちから挨拶《あいさつ》をする」

「それを怠るとあとが恐ろしいんだ」

玄一郎は、苦笑しながら盃《さかずき》を取った。

「もうそのくらいで充分だ、あんまりおどかさないでくれ」

「いってみればわかるさ」八木隼人《はやと》がまじめな顔で云った、「――笈川の勘定奉行は近来にない抜擢《ばってき》だからな、国許ではきっとてぐすねをひいて待っているぜ」

「とにかく当らず触らず、見ず聞かず云わず、この五つを金科玉条にしてやってみるんだね」

そしていけないと思ったら即座に辞任すること、病気とでも云ってすぐ江戸へ帰る、そのほかに手はないと口を揃《そろ》えて云った。

玄一郎は吾助という下男を伴《つ》れて江戸を立ち、九月はじめに国許へ着いた。江戸から連絡してあった庫田《くらた》主馬《しゅめ》の家に草鞋《わらじ》をぬぎ、すぐさま国家老の和泉《いずみ》図書助《ずしょのすけ》ほか、重臣老職のうちおもだった七人に挨拶だけして廻った。

玄一郎のためには五番町というところに家が定《きま》っていたが、まだ修理が終らないので、半月あまり庫田の世話になったのであるが、その期間にかなり多くのことを知ることができたのは幸いであった。

庫田主馬のことは、亡《な》くなった父から聞いていた。父の笈川玄右衛門も国許のそだちで、算数に巧みなところから、先代の伊賀守正敦《いがのかみまさあつ》にみいだされ、江戸定府の勘定方支配にぬかれた。国許では運上役所の軽い身分だったらしい。

庫田とはその頃の親友で、当時は主馬も百五十石ばかりの家の三男であったが、望まれて庫田へ入婿《いりむこ》したとのことである。亡くなった父も実直な、学者はだのごく穏やかなひとであった。主馬はまたそれ以上に朴訥《ぼくとつ》温厚な性格で、妻女のはっきりした遠慮のない挙措と、きわめて対蹠《たいしょ》的にみえた。

——婿養子となると、武家でもこんなものか。

世話になった半月ほどのあいだに、こう思わせられたことが二度や三度ではなかった。しかしそれは庫田に限ったことではなく、つまり婿であるなしにかかわらず、それが一般的な風習だということを、まもなく彼は知ったのである。

国許では女の威勢が強い、と、江戸でしばしば聞いていたが、じっさいは想像以上であり、しかもきわめて根づよくゆきわたっていることに、玄一郎はずいぶんとまどいをしたものであった。

二

五番町の家へ移ったのは九月下旬のことである。それから正式に勘定奉行交代の披《ひ》露《ろう》があり、国家老の夫人の招宴と、同じく国家老の令嬢の主催で招宴があった。続いて重臣たちの招待、奉行職だけの招待、そして彼の役所に属する下僚たちの招待など、三十日ばかりのあいだに五つの招待を受け、また、奉行職たちをいちど、下僚をいちど、答礼に招いて酒宴を張らなければならなかった。

江戸ではこんな例はない。御殿で定った祝宴はあるが、それもごく形式的なもので、役の任免などにこんな派手なことをするためしはない。まして夫人や令嬢たちに招かれるなどということは、——井部に聞いてはいたけれども、——彼にとってはまったく初めての経験であり、驚くよりも、途方にくれるばかりだった。……これらの事も、すべて庫田夫婦の世話になったのであるが、主として面倒をみてくれたのは、夫人のほうで主馬はときどき助言をするくらいのものであった。

「奉行職の方々は望水楼になさいませ」

「役所の方たちは釣橋でようございましょう」

そんなふうに招宴の場所も定め、酒肴《しゆこう》の注文などもてきぱきやって、なおひととおり客の接待までしてくれた。

「御婦人たちにも招待のお返しをするのですか」

「いいえ、殿方が女を招くということはありません」庫田夫人はこう云って笑った、「――婚約のできたときには招待をしますけれど、そのときも主人役は許婚者《いいなずけ》の方がなさいますの、男の方は黙って任せていらっしゃればいいのですよ」

それから庫田夫人はこんなふうにも云った。

「貴方《あなた》は女の方たちににんきがおありだから、これからもきっと招待があると思います、そんなときはなにを措《お》いてもお受けにならなければいけません、これだけはよく覚えていらっしゃらないと」

そして警告するような笑いかたをした。

玄一郎は庫田家にいて見聞したことと思いあわせ、夫人の警告が誇張ではないということを了解した。そうして事実その後もしばしば夫人や令嬢たちから招かれたが、できる限り避けたり辞退したりしないように努めた。

勘定奉行交代の披露と、それに続く幾たびかの招宴で、藩中の彼に対する感情もあらましわかった。ごく簡単にいうと、それは、「無関心」と「反感」とにわけることができる。重臣や老職たち、またそのほか中年以上の人々は前者に属していて儀礼や事務に関する事はべつだが、そのほかの点では疎《うと》みもしないが親しみもしない。

——どうせすぐ江戸へ帰る人間だ。

こう思っているようにさえみえる。これに反して青年たちはおしなべて後者の態度を明らかにした。特に勘定奉行に属している者、つまり玄一郎の下僚の青年たちにそれが甚だしい。かれらは初めから不服従と反感を示し、わざと彼を怒らせ、困惑させるようにふるまうのであった。

——怒るなら怒ってみろ。

かれらはいつもそういう姿勢をみせた。

——さっさと逃げるほうが安全だぜ。

絶えずこういう嘲笑《ちょうしょう》の眼でこちらを見た。そのなかまでは書記役の益山郁《いくの》之助《すけ》と三次《みよし》軍兵衛、収納方の上原十馬の三人が主動者であり、もっとも挑戦的だということを、まもなく玄一郎はみぬいたのである。

このあいだにもし津田老人を知らなかったら、彼の忍耐は続かなかったに違いない。単に忍耐が続かなかったばかりでなく、彼の後半生はまったく別個のものになったろうと思う。——ずっとのちになってから、老人と自分との複雑な関係がわかり、ひじょうな感動をうけたのであるが、それをべつにしても、津田老人のいてくれたことは、彼にとってきわめて大きな救いであった。

津田庄左衛門は玄一郎の就任の披露にも列席し、老職に招かれた宴席でも、またこちらが望水楼へ招いたときも会っている。老人は作事奉行だから、三度とも顔を合わせている筈《はず》だが、彼には少しも印象が残らなかった。

初めて口をきいたのは霜月中旬の、曇った風の強い午後のことであった。下城して和泉門から出たとき、うしろから呼びかけられ、大手筋の辻《つじ》までいっしょに話しながら歩いた。

「寒いのに驚かれたでしょう、なにしろ、気候の暴《あら》い土地ですから、――雪が来てしまえばまあ少しは凌《しの》ぎいいのですが、雪の来るまえのこの風ばかりはどうも、馴《な》れている私どもでも、閉口します」

淡々とした穏やかな口ぶりで、悠《ゆっ》くりとおちついた調子で話した。

「しかしこんな気候の暴い土地でも、やはり梅が咲き桜が咲きますからな、草花なども江戸から移したのがたいていは根づいて咲くようです、――そういう点では、どうも人間のほうが辛抱が続かない、どうもすぐ腰が浮いてしまうようで、……尤も人間と草木を比べるのが無理でしょうが」

玄一郎はそれが自分を諷《ふう》して云うように思えた、だが老人は唇のあたりに静かな微笑をうかべ、そんなけぶりは些《いささ》かもみせずに、四辻のところであっさりと別れていった。

三

その後も役所の廊下とか、登城下城のときなどに会い、いっしょに歩いたり立ち話をしたりした。四五たびそんなことがあってからようやく、相手の名と身分とがわかった。

——作事奉行、津田庄左衛門。

玄一郎にはかなり意外だった。いつも謙遜《けんそん》で慇懃《いんぎん》なものごしから、どこかの役所の支配ぐらいに思っていたのだが、それからは改めて見なおす気持になった。

津田庄左衛門は五十八歳という年よりはふけてみえる。五尺七寸あまりの痩《や》せた軀《からだ》つきで、おもながの彫刻的な顔に、いつも柔和な微笑をうかべている。動作もゆったりとおちついているし、誰に対しても丁寧で、決して高い声をだすようなことがない。ぜんたいに枯淡な、すがすがしい気品に包まれている感じだった。

こういうひとがらにもかかわらず、津田が孤独な人だということに、玄一郎はやがて気がついた。津田には親しくつきあう者がない。注意してみると誰もが津田を敬遠しているようである。

津田が誰に対しても丁寧であるように、周囲の人たちも応待はきわめて鄭重《ていちょう》であるが、その鄭重さには一種のよそよそしさと冷たい隔てが感じられた。

——あの人は本当は狷介《けんかい》なのかもしれない。

玄一郎はそう思った。誰に対しても丁寧なのは、実は誰をも近づけたくないための、拒絶の表現かもしれない。

ほかにも事情はあるらしいが、彼はこう考えた。そうして時が経《た》つにしたがって、しぜんと津田のひとがらに惹《ひ》かれていった。

役所のほうは不愉快な状態が続いていた。事務はいつも停滞し、投げやりにされている。いつまでも整理のつかない書類があるので、これはどうしたのかときくと、

「私は知りません、それは楢原《ならはら》の係りでしょう、いや待って下さい、武井でしたかな」

こう云ってそっぽを向いてしまう。そうして楢原や武井の係りではなく、その当人の役目だということがわかると、「ああそうでしたか、では私がやりましょう」

そして人をばかにしたように笑うのであった。これに類したことが毎日きまって二度や三度はある、怒らせるつもりで共謀してやっているので、怒れば向うの思うつぼ

だから、玄一郎は決して相手にならない。

――柳に雪折れなし。

どっちが続くか辛抱くらべという気持で、いつもやんわり受けながしていた。だが単にそれだけでもなかった。ここはかなめだとみれば楔《くさび》を打った。

その年末の勘定仕切のときであるが、払い出しの帳簿をみてゆくと、玄一郎が赴任したときの招宴の費用が書き出してあった。重臣たちのが一度、老職たちのが一度、役所の下僚たちのが一度、これらがみな公費とも私費ともつかず請求されているのである。……玄一郎はこれをすぐに払い出し帳簿から削り、勘定書を三者それぞれの詰所へ持ってゆかせた。

「これは勘定役所へまわって来たが、なにかの手違いと思うからそちらへ渡します」

こう云わせたのである。もちろんひと応酬あることは予期していたが、まずねじこんで来たのは役所の下僚たちで、例の益山郁之助、三次軍兵衛、上原十馬の三人が総代となり、しきりに理屈をならべたてた。

「いやどんな理由があっても、こういうものを役所で払うわけには、公用の意味があるならとにかく、これはまったくの私費だから」

「私費とは云えないでしょう」益山がやり返した、「――私どもは私人として貴方を招待する気持はなかった、私どもにとっては貴方は見知らぬ人です、招待しなければならない理由もなし、招待したいと思ったわけでもない、ただ役所の上司となって来られたので、儀礼としてお招きしたわけですからね、私どもとしては面白くも楽しくもなかったんですから」

「それはお気の毒だった、今後こんなむだなことはやめるほうがいい、――わかったらこれはそちらで払ってくれ」

玄一郎はこう云うなり筆を取って机のほうへ向いてしまった。

同じ日のうちに次席家老から呼ばれた。益山税所といって、益山郁之助の伯父に当り、これはのんびり型の、煮えたか焼けたかわからないような老人だった。

税所はやはり勘定書を出して、こういうものは公費でまかなうのが従来の慣習である。これまでずっとそうして来たのだから、今後もそうするようにと云った。玄一郎は断わった。それは勘定奉行として不可能である。江戸邸ではそんな例はないし、そういう慣習を守れという注意も受けていないと答えた。

「しかし私の一存で押しとおすのもいかがですから、すぐ江戸邸へ使いをやって問い合せることに致しましょう、もし役所で払えということでしたら払いますが、それまでこれはいちおうそちらでお支払い願います」

穏やかに云《い》い置いて役所へ戻ると、おっかけ国老席から人が来て、江戸へ問い合せるには及ばない、こちらで払うからと云ってよこした。

これらのいきさつがわかったものだろう、老職からはついに苦情は出ずに済んだ。

四

雪のなかで年が暮れた。

この土地は東と北と南に山岳が重なり、西側に海岸が長く延びている。東北の山から流れて海へ注ぐ河が大小三筋あり、それを中心に広い豊かな米作地がひらけている。城下市はその大きい河の下流にあって、近くに河口港をもち、近国での繁昌《はんじょう》の土地といわれているが、重なっている山岳と長い海岸線との関係で、ひじょうに気候が暴《あら》く、冬季のきびしさはともかくとして、殆《ほと》んど定期的に冷害、旱害《かんがい》、風水害などの災害にみまわれた。

雪はよく降るが積る量は多くない。粉のように細かく、さらさらと乾いた雪で、絶えず吹きつける北北西の風に積るひまもなく、夜も昼も天地のあいだを煙のように舞い狂っている。そうしてどんなによく閉めた戸や障子の隙間《すきま》からも吹きこんで、朝になると寝所の枕許《まくらもと》まで白くなることが珍しくなかった。

正月は式日登城のあと五日まで非番だった。和泉国老はじめ重臣老職へ年賀にまわり、庫田では半日ひきとめられた。

三日は朝から家にいると、午後になって津田庄左衛門が訪ねて来た。初めてのことである。玄一郎は酒肴を出して昏《く》れがたまで老人と静かに話した。

「宴会の公費まかないをよく拒みとおされましたな、おかげで私も割前を取られたくちですが、あれは悪い習慣で、これまでも幾たびか反対が出たのですが、いつも若いれんちゅうに押されてうやむやになって来たものです」

「古い慣例はなるべくそっとして置きたいのですが、あれはどうも……」

「やるべき事はやったほうがいいのです」津田はこう云って微笑した。

「——尤《もっと》もいずれ江戸へお帰りになるということなら、求めて敵をつくることもないでしょうが」

「私は江戸へは帰りません」

玄一郎はこういって微笑を返した。津田は静かな眼でこちらを見た。温情のこもった、包むようなまなざしであった。

「しかし続きますかな」

「たやすいことではないと思いますが、ひとつ考えたことがあるのです」玄一郎は盃《さかずき》を下に置いた。「——こんなことを申上げるとお笑いなさるかもしれませんが、それはこの土地のひとを嫁に貰《もら》うことなんです」

「…………」

「ここでは婦人たちのちからがたいへん大きい、話には聞いていましたが、実際に見てじつは驚いたのです、それで考えたのですが、この土地のひとと結婚すれば、姻籍関係もできるし、またその妻のちからもいろいろの面で役立つと思うのですが」

「悪くはないですね」津田は頷《うなず》いたが、同時に危ぶむような微笑をみせた。「——寧《むし》ろよい御思案でしょうが、ここの女たちはちょっと気風がべつですからな、全部が全部というわけでもないが、古くからの気風ですからなかなかそこが」

「たいてい想像はしていますし、その点は無理をしなければいいと思います」

津田は静かに頷いたまま、もうなにも云わなかった。独りになってから、玄一郎はちょっと自分がにがにがしく思われた。この土地の者と結婚しようということは、江戸を立つまえに心できめていた。これまで江戸から来た者が結局ここの人たちと融合することができず、大多数が任期の終るまえに辞して帰った。それはつまるところ「江戸から来た」人間であり、「また江戸へ帰る」人間だということが、ここの人たちとのあいだに一種の隔てをつくっていたのではないか。

根本的には気質や風習の違いもあるだろうが、この土地で結婚しこの土地に親族ができれば、いちおう土地に根をおろしたことになる。単に「江戸から来て江戸へ帰る」人間ではなくなるから、しぜん周囲の見る眼も違ってくるだろう、――こう考えていた。また招かれた宴席で、このひとならとひそかに見当をつけた娘もある。だが津田に対してそんなことをうちあけるのは早すぎた、おまけにだいぶいきまいたようなかたちになったことはわれながらあと味がよくなかった。

――ついぞこんなことはなかったのに。

彼はいやな顔をしながら、津田という人にはそんなふうにこちらをひきいれるところがあるので、注意しなければならないと思った。

七日の午後に和泉家へ招かれた。松尾という令嬢の招待で、同じ年ごろの娘たちが十人ばかり集まっていた。もう三度めなので、たいがい顔だけは見おぼえているが、松尾ともうひとり萩原くめという娘とが、姿も顔だちも群をぬいて美しかった。くめの家は江戸の萩原と縁つづきで玄一郎の友人の萩原準之助とくめとはまた従兄弟《いとこ》の関係にあるということだった。

娘たちの宴《うたげ》らしく、いろどりの華やかな膳部《ぜんぶ》に酒が出た。夫人たちほどではないが、みんな盃を手にし、この家の三人の侍女が給仕をしてまわった。

三献のあと松尾が琴を聞かせ、べつの娘二人が琴と三絃《さんげん》を合わせた。それから膳が代って食事になり、済むと暫《しばら》くして、くめが茶の点前《たてまえ》をみせた。男の客は玄一郎ひとりで、三度めとはいうものの相当ばつがわるい。だがその日はひそかに期していたことがあった。かねて見当をつけていた娘を、もういちどよく見るということである。彼の目標は松尾かくめかで、ひとがらはくめのほうがよいと思ったが、頭のよさと国老の娘である点、彼の求めている条件からすれば松尾をとるべきだと思った。

そういうわけで、その日はばつのわるさもなにも構わず、寧ろ無遠慮なくらい松尾のようすを見まもった。——そういうことには敏感な年ごろだから、娘たちの幾人かはそれに気づいたらしい、松尾はまったく無関心をよそおっていたが、彼の大胆な注視にあううち、ふと眼のまわりを染めたり、とつぜんに動作が硬くなったり、また声になまめいた艶《つや》を帯びて、あらぬとき高く笑ったりした。

「ぶしつけですが横笛がありますか」

玄一郎はこう云ってまっすぐに松尾を見た。松尾は眩《まぶ》しそうにまたたきをしたが、さすがにいたずらな羞《はに》かみなどはみせなかった。

「稽古《けいこ》用のごく雑なものならございますけれど」

「それで結構です、こちらもほんのうろ覚えで、座興に笑って頂くらいのものですから」

松尾は侍女に命じて笛をとりよせた。雑なものどころではない。明らかにすじのとおった品である。すがたも古雅であるし、音色も深く冴《さ》えていた。玄一郎は坐《すわ》りなおして歌口をしめし、むぞうさに里神楽《さとかぐら》の囃《はや》し笛を吹きだした。

令嬢たちはびっくりした。初めは気づかなかったらしい、こういう席で横笛をと云う以上は、むろんそれだけの心得もあるだろうし、しかるべき曲を吹くものと信じていた。——ところが妙な調子で始まったと思ううちに、ぴいひゃらぴいひゃらとっぴきぴなどという派手なことになった。里神楽なら子供でも知っている。彼女たちもやがてそうわかって、びっくりすると同時になかにはくすくす笑いだす者さえあった。玄一郎は平然たるもので、馬鹿《ばか》囃しを一曲たっぷりとおちつきはらっていさましく吹奏したのであった。

令嬢たちは胆をぬかれ、途方にくれた。それがもし侮辱であるなら怒らなければならない。またもしも好意から出た座興だとすれば、いちおう喝采《かっさい》するのが礼儀である。

——いったいどっちかしら、どうしたものかしら。

彼女たちはお互いにさぐりあい、判断がつかないのでもじもじしていた。だが玄一郎が吹奏を終ったとき、間髪をいれず、松尾が軽く手を拍《う》ちながら明るく笑った。

「まあおひとのわるい、そんなお嗜《たしな》みがおありとは少しも存じませんでした、ねえみなさま」

娘たちは松尾にならって手を拍ち、くちぐちに褒めたり笑ったりした。だがそのなかでくめひとりだけ、黙って無表情に脇《わき》のほうを見やっていたこと、また手を拍ち明るく笑いながら、松尾の眼に怒りの色があったことを、玄一郎はみのがさなかった。

明くる日は全部の役所が休みであった。

こっちへ来て驚いたことのひとつは、役所の休日の多いことである。農村とつながっているためらしいが、なになに祝いとか、忌《い》み日とか、なにそれ祭りとかいって、定日のほか月にたいてい二三回は休みがある。その日は七日正月の慰労だそうで、これは武家だけが、互いに招待し招待され、また料亭などで派手に騒ぐようであった。

玄一郎にも重臣の家の三四から招かれていたが、断わって、家で江戸の友達へ手紙を書いていた。すると十時ころに、萩原くめが訪ねて来た。

取次を聞いたとき、ほんのちょっとではあるが玄一郎はどきりとした。昨日の、そっぽを向いた、無表情な顔を思いだしたからである。――くめは色も縞柄《しまがら》もじみな着物でごくうす化粧をしていた。それがいっそう清楚《せいそ》に、彼女の美しさを、際立《きわだ》てるようにみえた。

「お床間が淋《さび》しくはないかと存じまして、ちょうど蠟梅《ろうばい》が咲きはじめましたので、持ってあがりました――」

「それは有難いのですが、私のところには道具がなにもないのですよ」

「いいえ粗末な物ですけれど用意してまいりましたから」

親しい家へでも来たように、こう云って侍女を呼び、さび付きの鉄の壺《つぼ》や道具や、ほどよく咲いた蠟梅の枝をそこへひろげた。

「こんな雪のなかで咲くんですか」

「――室《むろ》で致しますのよ」

「ああなるほど、そうでしょうね」

益もないことを云ったものだと玄一郎は自分で苦笑した。くめは花を活《い》け終ると、べつに話をするようすもなく、とりちらした物を片づけて帰っていった。

五

玄一郎の笛の話は忽《たちま》ち藩中の評判になった。

中年以上の人たちはにやにやしていた。若いれんちゅうも一部では痛快がっているふうだった。つねづね女には押えられているので、玄一郎が令嬢たちを侮辱したものと信じ、いいきみだと思ったものらしい。

だが他の青年たちは同じ意味でよけい反感を唆《そそ》られ、その侮辱に対して、婦人たちが報復しないことでも嫉妬《しっと》しているようだった。

「馬鹿囃しとは呆《あき》れたもんだな」

下僚たちは役所でよくこう云いあった。事務を執りながら、上席に玄一郎のいるのを知って、聞えよがしに話すのである。

「いっぱし洒落《しゃれ》たつもりなんだろう」

「洒脱《しゃだつ》を衒《てら》っているのさ、田舎者だと思ってばかにしてね、それで自分が恥をかいているとは気がつかない」

「そこが馬鹿囃しの馬鹿囃したるところだろう」

べつの者たちはしきりにいい、いきまいた。

「われわれはいい嗤《わら》い者になっているぞ」

「勘定役所の者というとみんなが嘲弄《ちょうろう》するんだ、しかし返答のしようがないじゃないか」

「たいへんな上役を貰ったものさ」

玄一郎はむろんとりあわなかった、聞えないふりもしないが、聞えていて自分とは関係のないことのように、泰然と知らぬ顔をし、眉《まゆ》を動かさずにいた。

萩原くめはその後いちど花を替えに来、少しおいて自宅で茶をするからと、招きの使いをよこした。

初めて蠟梅を活けに来たとき、玄一郎はほぼその意味を察していた。それから花を替えに来たうえ自宅への招待で推察の誤りでないことが確実のように思えた。

松尾が手を拍って褒めながら、眼に怒りをあらわしていたとき、くめだけはみんなの喝采には加わらず、ひとり脇を向いて黙っていた。それが悪感情でなかったことはその翌日すぐ訪ねて来たのと、そのときの好意をひそめたようすが証明していた。単に好意だけではなく、そこにはもうひとつ深い意味さえ感じられたのである。

それは求婚でないにしても、求婚を期待し、それを受ける意志のあることを、示すものと思えた。

——あのひとならいい妻になってくれるだろう、平安な温かい家庭ができるに違いない。それだけなら望ましいひとだが。

玄一郎は茶の招きを断わった。

その三日ほどあと、定日の非番に津田庄左衛門が訪ねて来た。きれいに晴れた日で、あけてある窓からいっぱいに陽がさしこみ、火桶《ひおけ》もいらないくらい客間は暖かかった。庇《ひさし》から落ちる雪解の雨垂れがきらきらと美しく光っては、あまおちの小石を賑《にぎ》やかに叩《たた》いていた。津田は窓に倚《よ》って暫く話していたが、ふと萩原くめのことを云いだした。

「あの娘はわるくはないと思うのだが、お気にいらないですかな」

「――なにかお聞きになったのですか」

「それは聞きました、貴方《あなた》を萩原へすすめたのは私ですから」

津田はいつもの穏やかな笑いかたで、ずっと以前から萩原が彼の話をしていたこと、また彼がこの土地で嫁を貰い、この土地におちつく決心だということを伝えてから、くめが彼に関心をもちはじめたことなど、淡泊な調子で語った。

「そういうこととは知りませんでした」

玄一郎はちょっと頭を下げ、しかし平静な眼で相手を見た。

「これはまだ内密なのですが、和泉殿の松尾というひとをじつはまえから定《き》めていたのです」

「――和泉の、……それはどうも」

津田はまったく意外だという表情をした。

「——それはしかし、貴方には貴方の選択がお有りなのだろうが、しかし」

「いつぞやちょっと申上げましたが」玄一郎は相手の疑問に答えるように云った、「——私の結婚は政略的なものなんです、単に好ましい家庭をつくるというだけではないので、そういう結婚にいいためられない性質と、政略的に必要な条件をそなえている点とで、私は松尾というひとを選んだのです」

珍しく津田は眉をひそめた。玄一郎の言葉に一種の冒瀆《ぼうとく》を感じたらしい。窓のほうへ顔を向け、眼を細くして高い青空を眺めやった。

「——松尾という娘は家中《かちゅう》の若者たちの渇仰《かつごう》の的になっている、……当人もそれをよく知っていて、それをたいへん誇りに思っている、結婚してからもおそらくその誇りを棄《す》てることはないでしょう、——貴方は現在より敵を多くつくるうえに、家庭でも不愉快な負担に堪えなければならない、それは想像以上だと思うのですがな」

「私はかなり辛抱づよいほうですから」

玄一郎はこう云《い》って微笑した。

六

三月に藩主が帰国した。伊賀守敦信《あつのぶ》は、先代正敦の二男で、長男が夭折《ようせつ》したため家督になおったのであるが、二男らしい闊達《かったつ》な気性と、二十八歳という若さと藩主になってようやく五年、そろそろなにか始めそうなけぶりとで、保守的な国許《くにもと》の人々から警戒の眼で見られていた。

帰国するとまもなく敦信はひそかに和泉図書助を呼んでむすめ松尾を笈川玄一郎にめあわせるようにと命じた。

「笈川には将来やらせたい仕事があるので、和泉という姻籍の背景が欲しいのだ」

敦信はぶちまけた調子でこう云った。図書助はみごとにたぐり込まれた。なにをするかわからないこの若い藩主が自分の存在を高く評価していること、また笈川の将来がかなり大きく保証されているらしいことなど、老人にはまず抵抗しがたい誘惑であった。

「御意の旨《むね》いちおう親族に申し聞かせましたうえ、早速お答えに参上つかまつります」

土地の習慣で、親族とは妻女に相談する意味である。これには一つの由緒《ゆいしょ》がある、この藩の五代まえの先祖が、徳川家康に岡崎城代を命ぜられたとき、「妻と相談したうえでお返辞をする」と答え、本当に妻と相談したうえで城代になった。それは大役であるから、妻にそれだけの覚悟と協力の意志がなければならない、という意味であって、当時の美談として伝えられ、藩の一気風となったのである。

このばあいは図書助の気持はすでに定っていた。即答をしては軽がるしいと思ったからそう挨拶《あいさつ》をしたので、翌日すぐに承知の旨を答え、次席家老の益山税所が仲人《なこうど》となり、その月の下旬には祝言《しゅうげん》の式が挙げられた。

これは藩中にかなり大きな波紋を起こした。第一は家柄の差である。笈川は父の代には百二十石ばかりの勘定役所出仕であった。和泉は代々八百五十石の城代家老である。保守的な国許ではこんな縁組は曽《かつ》てなかった。

もう一つは津田庄左衛門の云ったとおり、松尾が青年たちの憧憬《どうけい》を集めていて、求婚しつつあった者もずいぶんいた。それがとつぜんこういうことになったのである。

——なんだ、人もあろうに成上りの、しかも江戸そだちの人間などに。

かれらは失望しただけではなく、相手が笈川という江戸から来た人間であることに、侮辱と怒りを感じたのである。だがそればかりではなかった。結婚した当の松尾さえも、玄一郎との結婚に不服であり、屈辱だと思っているようすだった。

祝言の夜のことであるが、寝所で二人きりになると、松尾は冷やかな眼で彼を見、刺すような調子でこう云った。

「この縁組はあなたが殿さまに懇願なすってむりやりお纏《まと》めになったものですのね」

「そうです、殿にお願いするほうが簡単ですからね」

「ひと口に申せば、松尾はあなたの出世の足掛りというわけですわね」

「そうあればいいと思います」

「女がそういう結婚をよろこぶとお思いですか、結婚は一生のものです、そうしてそれは二人の愛情が土台になっていなければならないと思います、愛情もなしに、方便だけで結婚なすって、それで幸福にやってゆけるとお考えになれますか」

「ゆけるだろうと思いますね」

玄一郎は、穏やかに微笑した。

「結婚に愛情が大切だということはわかりますが、愛情が全部というわけでもないでしょう。また愛情というものは、結婚するまえよりも結婚してから、つまり良人《おっと》となり妻となってから生れるほうが多いのではありませんか」

「それは動機が不純でないばあいですわ」

「――なるほど」

玄一郎は、相手からそっと眼をそらした。

「――しかし結婚の条件などというものは、一般にたいてい不純な要素があるものですよ」

「それをがまんできない者もおりますわ」

松尾は、屹《きつ》とした眼で玄一郎を見た。

新婚の家庭は冷たいものであった。松尾は殆《ほと》んど玄一郎によりつかなかった。身のまわりの世話はすべて小間使にさせ、食事をいっしょにする——江戸では逆である——ほかはまるでべつべつに暮していた。

五月になって、勘定奉行所で大胆な任免が行われた。益山郁之助、上原十馬、三次軍兵衛の三人は役を解かれ、事務係りで七名の者が部署を替えられた。藩主が直接に命じた移動なので、表面はなにごともなくおさまったが、玄一郎の策動とみた人たちの、彼に対する反感は憎悪《ぞうお》となっていぶりだした。

策動という意味ではないが、この任免が玄一郎の上申によることは事実であった。敦信の帰国以来、彼はしばしば敦信と会い、今後の方針に就いて意見を交換した。

「しかしそのほう一人でやってゆけるか、重職を二人ばかり江戸から入れるほうがいいのではないか」

「まだその時期ではないと思います」

「だが歳出切下げはもめるだろうし、役所の技術的な面でも協力者が必要であろう」

「それもどうにかやってゆけると存じます」

玄一郎の自信がどれだけ慥《たし》かであるか、敦信にはわからないし、疑惧《ぎく》があった。——敦信が彼を抜擢《ばってき》したのは、財政を改革して、農地開拓と産業を興《おこ》すことに目的があった。そのころ若くして家を継ぎ、多少でも野心のある藩主は、たいてい政治の改革に手をつけたものだ。

領主が一代主権の座にある封建制では、その主権が動かないため、いろいろの面に停滞と偏向が生ずる、しぜん代替りには改廃すべきものが少なくないのである。敦信はまだ世子でいたころから、農地の開拓と産業を興す計画をもっていた。そしてこれまでに腹心の者を交代で国許へ入れ情勢をみたうえ玄一郎をよこした。

——まず財政。歳出歳入の調整。

これが敦信の改革の第一着手であった。

「ここの人々は頑迷さというのではなく、安定を毀《こわ》されるのが不愉快なのです」玄一郎は、こう云った。

「——現在の状態に触られたくない、このままそっとしていたいという気持なのですから、暫《しばら》く私だけでじわじわ地取りをし、時をみて少しずつ人を入れたいと思うのです……いま江戸から人を殖《ふ》やしますと、却《かえ》ってかれらの不安を大きくし、団結して反対を致しかねません、その機微な点は軽くみてはならないと思います」

「おそらくそのとおりではあろうが」

敦信は頷《うなず》いて、それからふと笑いながらこちらを見た。

「嫁のほうはどうだ。うまくいっているか」

「桃栗《ももくり》は三年、柿《かき》は八年、梅は十八年ということを申しますが、御存じでございますか」

「しかしそのなかには松はないようだぞ」

敦信はこう云って愉快そうに笑った。

在国ちゅう敦信は熱心に領内を見てまわった。玄一郎は二度ばかり供をしただけで、夏になると頻《しき》りに魚釣りを始めた。——三つある河のどれにも魚が多く、藩中にも釣りに凝る者がだいぶいた。津田庄左衛門がそのなかでも上手だそうで、玄一郎も初め津田にてほどきを受け、その後もゆくときはたいてい津田を誘うか誘われるかした。

二人はいつも由利川を二里ほど遡《さかのぼ》った、柳瀬という淵《ふち》のあたりで釣った。だいたいそこに定《きま》っていた、そうして妙なことには、どちらも魚を釣ることにあまり精を出さない、話をしたり、ぼんやり雲や水を眺め、風の音に聞きいるというふうであった。

「貴方は釣りはお好きではないとみえますな」

「いや、そんなことはありません」

「そうでしょうか」津田はとぼけたような顔で、なにやら独り頷いた。

「――まあそれはとにかく、人間に隙《すき》があるということはいいものです、弱点も隙もないという人間はつきあいにくいですからな」

「津田さんもお上手ではないようですね」

玄一郎は、話をそらすように笑った。

「評判では釣りの名手だと聞いていましたが、私に遠慮をなすっているというわけですか」

「いや、上手は釣らぬものですよ」

巨《おお》きな岩のうち重なっている間を、水は淀《よど》をなし瀬となって流れていた。両岸から蔽《おお》いかかる樹《き》の茂みで、あたりは空気まで琅玕色《ろうかんいろ》に染まるかと思える。

秋にはいって木葉が色づきだすと、林の中で小鳥が冴《さ》えた音を張り、水勢のおとろえた流れをしきりに川下へと下る魚のすがたが見えた。

「私は貴方のお父上を知っておりました」

或《あ》るとき津田がそう云って、古い思い出をさぐるように、眼を細めながら空を見あげた。

「仁義に篤《あつ》い、温厚な、まことに珍しい人でしたが、貴方にとっても、おそらくいい父親でいらしたろうな」

「――はあ、仰《おっ》しゃるとおり、いい父でした」

「叱《しか》られたり折檻《せっかん》されたようなことがありましたか」

「いやありません」玄二郎も回想の懐《なつ》かしさにひきいれられ、両手で膝《ひざ》を抱えながら太《と》息《いき》をついた。

「――叱られもせず折檻もされないので、却ってもの足りなかったのを覚えています、……相当これで暴れ者だったのですが、なにか失策をすると父は悲しそうに黙ってしまうのです、母は母で泣くだけですから、――これは折檻されるより利《き》きめがありました」

「貴方のあとには御兄弟は生れなかったのですな」

津田は静かに眼を伏せ、澄み徹《とお》る秋の水を見まもりながら、まるで告白するような調子でこう云った。

「私はごくつまらない人間で、若い時代を愚かなことばかりして過しました、津田という家は筋目のあるもので、父の代までは国老格だったのですが、どうやら私の代で末すぼまりになってしまう模様です、――笈川は人物もよく、才腕もすぐれていて、ずいぶん藩家のお役に立った、それがいま貴方にひき継がれて、これからますます栄えてゆくことでしょう、……まことに人の一生というものは」

津田の言葉はそこで切れた。玄一郎もそのあとを聞こうとは思わなかった。早い落葉がしきりに舞い、山中の白く乾いた岩の上で、鶺鴒《せきれい》が黙って尾羽根を振っていた。

七

九月になるとすぐ、急の使者があって、敦信はにわかに江戸へ立っていった。あとでわかったのだが、幕府から寺社奉行に任命の沙汰《さた》があったのである。

これはまったく予期しないことで、玄一郎の立場はかなり困難なものになった。それはその年末に「歳出切下げ」を断行しなければならない。比例は上位は多く、下位には少ないが、扶持《ふち》も平均して二割ちかい削減だし、一般会計では三割がた削る予定で、すでに江戸での案分計画は出来あがり、玄一郎の手に渡っていた。

法令としてはもちろん江戸国許の両重臣の副署を必要とするが、このばあいは緊急措置の手段を執り、敦信の「上意」ということで押切ることになっていた。

「おれがいなくては無理だろう、暫く延ばすほうがよくはないか」

敦信はあわただしい出立をまえにこう云った。しかし玄一郎はその計画が延ばせないことを知っている。敦信は待てるだけ待った。こんどこそといきごんでいる気持が赴任するときからわかっていたのである。

「できる限りやってみましょう、とにかくお墨付をお下げ願います、たいていうまくゆくと存じますから」

「必要なときはすぐ早（急便）をよこすがよい、なるべく無理はするな」

そうして敦信は江戸へ去った。

財政整理の墨付は十二月に来る。それまでは表立ってすべき事ではない、なるべく土地と土地の人々になじみ、ちかしいつきあいをひろげる。彼が自ら云う「地取り」をするのだが、今にわかにそういう奔走をすれば、その時になって却って逆の効果を招くかもしれない。

——じたばたするな、春が来れば花が咲き、秋になれば葉が落ちる、津田老も云《い》ったではないか、上手は釣らぬものだ。

玄一郎は肚《はら》をきめた。つまらぬ工作をするよりしぜんに任せよう、まずのんびり精気をやしなうことだ。……そして暇があると魚釣りにゆき、ときには料亭で遊んだりした。

だが事実はのんびりしてはいられなかった。敦信が去るとまもなく、若いれんちゅうの抑えに抑えていた反感と憎悪が、しだいに露骨にあらわれだしたのである。

家庭も相変らずであった。妻とは名ばかりで、祝言以来まだいちども寝屋をともにしたことがない。食事だけはいっしょである。しかも松尾は好みのよい着付けにあでやかな化粧で、いつもなまめかしいほど美しくしていた。

「——きれいだね、眼がさめるようだ」

思わず玄一郎はこういうことがあった。すると松尾の眼がきびしく光り、唇のあたりに冷笑がうかぶのであった。

「この土地では、女のなりかたちを褒めたり致しますのは、小者か下人のほかにはございません、お慎み下さいませぬと、わたくしばかりでなく一族の恥になります」

概していつも黙ってしまうのだが、このときは玄一郎はわざときまじめに云った。

「江戸でも士君子は口にしないようだ、……つい出てしまったんだよ、……美しいものを見ると下人でなくとも美しいと云いたくなるものらしい、ことに夫婦のあいだなどではね」

こんどは松尾が黙ってしまった。

青年たちとの関係は険悪になるばかりだった。役所の空気もよくない。解職された三人が蔭《かげ》で煽動《せんどう》するとみえ、再び事務は投げやりにされ、停滞し始めた。

玄一郎はこれにも逆らわなかった。かれらはいつも茶を飲み雑談をしている、寝ころんだり、足を伸ばしたり、可笑《おか》しくない話にげらげら笑ったりする。役机の上は四五を除いて、いつも硯《すずり》は乾いたままだし、書類や伝票は溜《た》められてあった。

中年を過ぎた者で四五人、かれらより幾らかましな者がいた。玄一郎はこの四五人を相手に、自分で急ぐものから順に始末をし、かれらに対してはなにも云わなかった。ときたまほかの老職が来て、このじだらくなありさまを見ることがあっても、眉《まゆ》をしかめるくらいが精々で、たいてい黙って見ないふりをした。家老格で奉行職、きもいり役の梶井《かじい》外記《げき》という人は、いちど来て玄一郎を怒った。

「あんな不作法なことをさせておいては困る、役所の規律が立ちません、まるで子供部屋のようなありさまではないか」

「それはどうも」玄一郎はそらをつかって答えた、「――江戸ではこんなことはないのですが、こちらではこれが習慣だと思ったのです、郷については郷に従えと云いますからね」

そして穏やかにこうつけ加えた。

「しかし事務はきちんと片づいています、その点はみんなよくやっていますから安心を願います」

梶井外記は顔を赤くし、若いれんちゅうのほうへ振返ってどなりつけた。

「おまえたちは国許の名聞を汚《けが》す気か、江戸の者に嗤《わら》われてもよいのか、われわれが田舎者とおとしめられるのはこんなざまを見せるからだ、少しは面目というものを考えろ」

八

その日の午後おそく、下城して和泉門を出ると、下僚の青年たちが七八人待っていて、柳の並木のところで、玄一郎を取巻いた。

「ちょっと聞きたいことがあるんです、そこまで来て貰《もら》いたいんですが」

「…………」

玄一郎は呼びかけた青年の顔だけを見た。

「ひまはとらせません、ついそこです」

玄一郎は黙って頷いた。かれらは四方から取巻いたまま、壕端《ほりばた》を三の曲輪《くるわ》のほうへ向っていった。

左に松井矢倉がみえるところを右に折れると、鉄砲組屋敷がある、そこを通りぬけると白旗八幡《はちまん》の森へつき当った。かれらはその境内へはいっていったが、そこには益山郁之助と上原、三次の三人が待っていた。

「やあ御足労をかけましたなあ」

益山が笑いながら、ずかずか歩み寄って来た。

「まえからいっぺん話したいことがあったんだが、今日はまたいやなことを聞いたんで、まあひとつ当ってみようということで来て貰ったんですよ、固苦しいことはぬきにして話そうじゃありませんか」

玄一郎は黙っていた。益山はじっとこちらを眺め、ふと唇を歪《ゆが》めて笑った。

「貴方《あなた》はあまり愉快じゃないようですね」

「――用件だけ聞こう」

「談合は無用というわけですか」

益山はこちらを見上げ見下ろした。

「よかろう、こっちもそのほうが好都合だ、われわれはねえ、ずいぶんがまんしてきた、どうせ江戸の人間は軽薄なおっちょこちょいだ、口さきだけの腰抜けだと思っていたからね、――娘たちの前で馬鹿囃《ばかばや》しをやってきげんをとったり、出世のために重役と縁をむすんだり、殿にとりいって不正な任免を行なったりするようなことは、恥を知るわれわれにはとうてい出来ない、そんなやつは人間の屑《くず》だと思っていたんだが、……おい、聞いているのかい」

「──要点だけにして貰おう、飽きてくる」

「これから飽きのこない話になるさ」

三次軍兵衛が、脇《わき》から口を挿《さ》しはさんだ。益山は堪《こら》え性がないとみえ、かっと赤くなりながら前へ出た。

「いいか、おれたちは人間の屑には構わないつもりでいたんだ、だがこんどはそうはいかん、貴方は今日われわれ全体を侮辱した、田舎者は不作法で規律を紊《みだ》すと云ったそうだが、この事実を認めるか」

「そんなことはどうでもいいのだろう」玄一郎は平然と云った、「──要点はほかにあるのじゃないか、それを聞こうじゃないか」

「あっぱれだ、よく云った」

益山郁之助は眼をぎらぎらさせた。

「それならひと言で済むんだ、こういう問題の片をつける方法は一つしかない、まさか拒みはしないだろうな」

「場所と時刻を聞こう」

「わかりがいいな、所は観音寺山の二本松、時刻は明日の朝六時としよう」

玄一郎は黙って頷き、かれらの眼を集めながらそこを去った。

並木のところで取巻かれたとき、玄一郎はもう肚をきめていた、それも江戸を立つまえに考えていたのであるが、忍耐のできる限りはして、ぎりぎりというところへきたら思いきってやる。これまで来た者はそのまえに甲《かぶと》をぬいだ。それは事を荒立てないためであったが、結果としては国許《くにもと》のれんちゅうを増長させた。

こんどはやらなければならない、政治の改革という事業のためにも、江戸の人間が腰抜けでないという証拠をみせ、お互いの正音を出しあわなければならない。

——いずれは誰かがしなければならないことだ、それをおれがやるだけだ。

彼はこう思ったのである。

肚はきめているが、さすがに平気ではいられなかった。玄一郎は江戸邸《やしき》の道場では群をぬく達者で、十八の年からは小野派をまなび、そこでも上位から五番と下ったことはなかった。

しかし真剣での勝負はまったくべつである、一流の名人といわれる者が、夜盗の刃にかかることもある。ことに明日の相手は二人三人では済みそうもない、少なくとも白旗八幡の境内に集まった者は、みんな敵にまわすとみなければならない。

とすれば勝敗は問題ではない、どこまで闘えるか、どうすれば恥ずかしくなく死ねるか。つきつめたところ懸念《けねん》といえば、その二つであるが、その二つの懸念がなかなか踏み切れるものではなかった。

「今夜は更《ふ》けて湯を浴びるから」

家へ帰った玄一郎は、召使にこう命じて居間へはいった。

松尾はどこかの集りへいったそうで、夕餉《ゆうげ》にも姿をみせなかった。玄一郎はずっと居間にこもり、役所に関するものと自分の身辺の処置、また江戸の友人への手紙など、遺書のかたちでそれぞれに書いて封をし、手文庫を出して私信を焼いたりした。

すっかり終ったのは十時ころである。召使に茶を淹《い》れさせ、ほっとして窓に倚《よ》ると、障子に青白く光りがさしている。あけてみると十三夜あたりのきれいな月が出ていた。

玄一郎は立って、納《しま》ってあった横笛の箱をとり出して来た。竹子が古いかと思ったが、音を調べてみるとさしてわるくもない、灯を消し、窓をいっぱいにあけた。青白く水のようにさしこむ光りのなかに坐って、やや暫《しばら》く月を見あげていたが、やがて彼は静かに歌口をしめし、三条古流でゆるしものとなっている猩猩《しょうじょう》の曲を吹きはじめた。

ふしまわしというものの殆《ほと》んどない、ごく単調な、色彩の乏しい曲である。一節一節が長く、ゆるやかにひょうびょうとして、音楽というより自然の声のように聞える。

名人が奏すれば神が顕《あら》われるといわれているが、むろん玄一郎にそれだけの心得はない。ただ虚心に、月光のなかへ溶けいる思いで吹いた。

曲が終って笛を膝に置いたとき、うしろでかすかに嗚咽《おえつ》の声がした。振返ってみると、縁側に松尾が坐《すわ》っていた。低くうなだれて、両手で顔を押えて、ひそめた声で啜《すす》り泣いている。玄一郎は黙って見ていたが、やがて、静かに、「どうしたのか——」ときいた。

松尾は懐紙を出して涙を拭《ふ》き、そっと膝で座敷へはいって来た。

「あまり曲が美しいので、なんですか胸がいっぱいになってしまいましたの、初めてうかがいましたけれど、なんという曲でございますの」

「——さあ、うろ覚えだからね」

玄一郎はこう云って笛をしまいにかかった。松尾はそこに坐ったまま、黙って動こうともしない。肩をすぼめ、しんとうなだれて、これまでにない思いいるような姿であった。

「湯を浴びたいが支度はいいだろうか」

「はい、わたくしみてまいります」

玄一郎はちょっと眼をみはって、妻のうしろ姿を見送った。まるで人が違ったようである。いつもの驕慢《きょうまん》な、冷たい敵意に似たものがどこにもない。寧《むし》ろよわよわしく、哀《かな》しげなようすにさえみえる。

——なにかあったのだ。

松尾がそのように変ったのはなにか理由がなくてはならない。玄一郎は風呂舎《ふろ》で湯に浸りながら、彼女が明日の決闘《はたしあい》を聞いたのだと思った。そのほかに思い当ることはなかった。笛の音の美しさに泣いたと云ったけれども、おそらく今日の集りで決闘の話を聞いて、その感動を抑えられなかったに相違ない。

「——名だけでも妻は妻というわけか」

玄一郎はこう呟《つぶや》いて、風呂舎の暗い壁を見ながら苦笑した。

寝所へはいり、灯を暗くして、夜具の中へ横になってから、およそ半刻《はんとき》あまりすると、さらに思いがけないことが起こった。

うとうととしかかったじぶんであるが、襖《ふすま》のあく音がし、誰かはいって来るので、そっちを見ると松尾だった。襖を閉め、こちらへ寄って来て、少し離れて静かに坐った。

玄一郎はこんどこそ驚いた。松尾は祝言《しゅうげん》の夜の寝支度である、しかし髪を解いて、化粧も濃くはない。眼を伏せ、身を縮めるように坐った姿は、霜の上に淡紅梅の花が一輪散っているような感じだった。

「——今日なにか聞いたんだね」

玄一郎は夜具の上に起きてからきいた。

「萩原でお噂《うわさ》を聞きました」

「――それで……」

「わたくしお詫《わ》びを申さなくてはなりません」

玄一郎は黙っていた、松尾は低い囁《ささや》くような調子で、ゆっくりとこう云った。

「こちらへ輿入《こしい》れをしてまいりました晩、あのように申上げましたのは、愚かな我儘《わがまま》と強がりでございました、――本当は初めてお招きしておめにかかったときから、心のなかではお慕い申しておりましたの、明け昏《く》れひとつ家にいて、お姿を眼にしお声を聞きながら、お側に寄ることもできず冷たいようすをつくっていることは、わたくしずいぶん辛《つろ》うございました」

彼女はそっと指で眼を撫《な》でた。玄一郎はやはりなにも云わない、黙って劬《いたわ》るようなまなざしで、じっと妻の姿を見まもっていた。

「苦しい悲しい気持で眠れずに明ける夜がつづき、こんどこそ思いきって、なにも云わずにお縋《すが》りしよう、幾十たびそう決心したかもしれませんでした、――でも夜が明けて、鏡に向うと、もうだめなのです、いつもの我儘と愚かな強がりが出て、……歯をくいしめるような気持で、やはり冷たいよそよそしいそぶりになってしまいますの、自分で情けないくやしいと思いながら、どうしても……」

松尾は抑えきれなくなったように、袂《たもと》で面を掩《おお》いながら噎《むせ》びあげた。

九

この告白は玄一郎には意外だった。いろいろの場合が眼にうかんだ。令嬢たちの招宴は四回あったが、四回とも松尾が主人役であり、そのときどきの趣向も彼女の采配《さいはい》であった。

——初めて会ったときからひそかに慕っていたという。

それがもし事実なら、馬鹿囃しの笛を吹いたり、藩主のお声がかりで求婚したりしたことは、松尾のような気性の者には屈辱だったに違いない。こちらはただ心驕《おご》った娘で、自分などの手では簡単にはいかないと思ったのであるが。

「よくわかった、もういい、寒いからここへはいらないか」

玄一郎はこう云《い》って手を伸ばした。

松尾はふっと身を縮めた、本能的な羞恥《しゅうち》であろう、だがすぐにすり寄って来て、その手を握りながらこちらを見あげた。

「かんにんして下さいますの」

「堪忍《かんにん》もなにもない、私も悪かったんだ」

彼がひき寄せると、松尾はなえたような身ぶりで、重く彼の腕に抱かれた。柔らかい弾力のある軀《からだ》が、哀れなほど震えている。松尾は彼の胸へ顔を埋めるようにし、泣き笑いのようなみだれた声で囁いた。

「そうでございますわ、あなたがお悪いのでございますわ、松尾の気持を察して下さらないのですもの、――いつも平気なお顔で、澄ましていらっしゃるのですもの……なにも仰《おっ》しゃらずに、黙ってこうして下さればよかったのですわ」

「この木の実はまだ固そうだったからね」

玄一郎の手がやさしく胸へまわると、松尾はああと熱い息をし、両の足をひきつるように縮めながら、さも悩ましげに頭を振った。

「こうして下されば、それでようございましたのに、ただこうして下されば、――それがとのがたの役目ではございませんの、……わたくし待っていましたのよ」

「それで明日の今夜になってようやく勇気が出たというのだね」

「わたくし少しも案じておりませんの、さきほどの笛をうかがって、またひとつあなたという方を知ることができました、――里神楽《さとかぐら》の笛と今宵《こよい》の曲と、……いいえ決して決してあなたを負かすことはできませんわ」

玄一郎は黙ったまま、そっと妻の頬に頬を寄せた。縋りついている松尾の手にちからがはいり、にわかに息が熱くなった。

「あなた、――」

松尾は苦痛を訴えるような声で、低くこう叫びながら顔を仰向けにした。すると解いた豊かな髪が、肩をすべってさらさらとその背へながれおちた。


明くる朝はひどい霧が巻いていた。

五時すぎに家を出た玄一郎はまっすぐに約束の場所へ向ったが、五六町もゆくと、霧のために着物の前や髪までが濡《ぬ》れた。――城下町を西にぬけると、道の片方は由利川に沿った街道になり、左へ曲ってゆくと、畑や苅田《かりた》の間を通って観音寺山の丘へつき当る。霧で見えないのか、それとも時刻が早いためか、途中でも人に会わなかったし、耕地にも農夫の姿が見えなかった。

七十段ばかりの高い石段を登り、寺とは反対のほうへ、みごとな老杉《ろうさん》の茂った森をぬけてゆくと、急にうちひらけた広い草地へ出る。端のほうに巨きな松が二本あるので、俗に、「二本松の丘」と呼ばれ、春秋には行楽の人で賑《にぎ》わうという話だ。

土地が高いので霧もそうひどくはない、玄一郎が草地へはいってゆくとかれらはすでに来ていて、いっせいにこちらへ振向いた。人数は昨日より多い、どうやら十五六人はいるようである。玄一郎はゆっくりした大股《おおまた》で、静かにそっちへ近づいていった。

「堂々といらっしゃいましたね」

誰かがそう云い、みんなが笑った。益山郁之助が前へ出て、やはり唇で笑いながら、敵意と軽侮の眼でこちらを見た。

「お一人ですか。介添はないんですか」

「——一人だ」

「云うこともまずいさましい」

さっきの声がまたそう云い、こんどもみんなが笑った。益山は手をあげてそれを制止し、だが自分でもにやにやしながら、

「ではやむを得ない、作法を御存じなかったのだろうから、介添はここにいる者の中から、選んであげましょう」

「——そんな必要はないさ」

玄一郎はおちついた眼で相手を見た。

「——私は一人でいい」

「しかし自分で勝負の始末はできないでしょう」

「——もうしてあるよ」

適度にまをおいた平静な調子で、激しさや強さの少しもない、閑談でもしているような口ぶりだった。

「——断わっておくほうがいいと思うが、こちらの作法は知らないけれども、江戸では中途半端《はんぱ》なことはしない、武士が刀を抜くからには、相手を斃《たお》すか自分が死ぬか、この二つ以外には勝負はない、……介添人というのは死躰《したい》の始末をする役で、これは出がけに家人へ命じて来た、必要がないと云ったのはそのためだ」

こう云うと、玄一郎は袖《そで》へ手を入れて、上着の肌をぬぎ腰へしっかりと挟《はさ》んだ。下は死に支度の白絹である。

「——相手は誰と誰だ」

白布を出して汗止めをし、袴《はかま》の股立《ももだち》をとりながら、初めて彼はそこにいる青年たちを眺めまわした。

「——一人ずつか、それとも此処《ここ》にいる者みんながいちどに来るか」

かれらが気をのまれたことは慥《たし》かである。決闘といっても、この土地では片方が傷を負えば、それで勝負がついたことになる。ところが玄一郎はどっちか死ぬまでだと云った。もちろん武士が果し合いをするとすればそれが当然であるし、彼のようすもそこまでやるつもりらしい。

上着の肌をぬぎ、汗止めをし、袴の股立をとる、おちつきはらった動作を見ていると、明らかに殺気が感じられた。

「勝負は一人と一人だ」益山が仲間のほうへ手をあげた、「——おれが相手になる、誰も手出しをするな」

益山は元気に叫び、袂から草紐《くさひも》を出して襷《たすき》をかけた。これまで幾たびとなく決闘をし、たいてい勝ち取っている。みんなそれを知っているからなにも云わず、二人を中心に輪をひろげた。

益山は襷をしただけで草履をぬぎ、刀の柄《つか》へ手をかけて云った、「こっちはいいぞ」

玄一郎は刀を鞘《さや》ごととり、下緒《さげお》を外して襷をかけた。悠々たるものだ、それから刀を抜いて、鞘を枯草の上に置いた。

「——あまりいい足場ではないな」

呟くように云って、まわりを見まわし、空を仰いだ。それから静かに刀を青眼にとり、左足を少しひいて益山を見た。

「——よかろう、いざ」

益山は刀の柄に手をかけたままである。まだときどき霧がながれる。ごく薄く条《すじ》のようになり、布を引くように、――しかし天も地もすっかり明けはなれて、森の中ではしきりに鶫《つぐみ》が鳴きはじめた。

抜刀流の手でもやるとみえたが、益山はふと五六尺うしろへ退《さが》り、刀を抜いて構えなおした。そのとき玄一郎の唇にあるかなきかの微笑がうかんだ。

「――益山安心してやれ、生命《いのち》はとらない」

玄一郎は低い声で云った。

「――但《ただ》し右の腕だけは貰《もら》った」

益山の刀が波をうった。息はあらく、呼吸が強くなる。緊張のあまり眼は大きくみひらかれ、唇の間から歯がみえた。

益山の軀は幾たびも動作を起こそうとした、そのたびに刀が波をうった、だが玄一郎の青眼の切尖《きつさき》が先を押える、眼につかぬほど微《かす》かに、しかしきわめて的確に切尖がつつと揺れる。……それは益山が動作を起こそうとする瞬間と、その方向を「こうか」と云うようにみえた。

玄一郎はすっと前へ出た。益山の顔が白くなった。玄一郎はさらに前へ出た。益山の唇が捲《まく》れて歯がむきだしになった。

とつぜん絶叫があがり、益山が飛礫《つぶて》のように斬《き》り込んだ。

取巻いている青年たちはあと云った。益山は中段の刀をそのまま、軀ごと相手へ突っかけたのである。相討ちを覚悟した必死の手だ。玄一郎は僅《わず》かに躰《たい》をひらいた。そして彼の手のなかで刀が峰をかえし、きらっと空を截《き》るのが見えた。

青年たちの眼にとまったのはそれだけである。その刹那《せつな》にぼきっというやな音がし、益山の軀はのめっていった。斬り込んだ勢いをそのままのめっていって、枯草の中に転倒し、左手で草をひき挘《むし》った。

「――誰か代って出るか」

玄一郎は、静かにかれらを見まわした。

「――出る者がなければ帰るよ」

みんな黙っていた。三人ばかり益山郁之助のほうへ駆けていった。玄一郎は刀を拭《ぬぐ》い、鞘を拾っておさめ、支度をなおしながら、同じような淡々とした口ぶりで云った。

「――そっちで饒舌《しゃべ》らなければ、この場かぎりで済むだろう、私は黙っているよ、ばかげたことだからな、……しかし望まれればやむを得ない、いつどこへでも呼び出してくれ、侍は一日一日死ぬ覚悟で生きろ、私はこう云われてそだって来た、――御奉公もそのつもりで、いつ死んでもいいように始末をしている、なにも知らずに江戸から来たわけではないんだ」

玄一郎はすっかり支度をなおすと、もういちどかれらの顔を見まわした。それからちょっと益山のほうへ振返ったが、なにも云わずに、ゆっくりと草地を横切って去った。

十

ふりかえってみれば僅かに一年であった。

江戸を立つとき心をきめたように、できる忍耐はしとおし、そのあいだにじりじりとこの土地へ根をひろげた。その根はいま確実に生長し始めている、それは皮肉なことに二本松の決闘が機縁になった。

妻が折れてきたのもそのためだし、彼に対する青年たちの態度が全部が全部でないにしろ、眼に見えて変ってきた。

――うっかりへたなまねはできない。

こういう警戒の気持と、平生の温和な、誰にも礼の正しい彼のひとがらに少しずつひきつけられ、信頼するようすがあきらかになった。

二本松の出来事はもみ消された。十五六人と一人の決闘で、表沙汰《おもてざた》になればかれらは唯《ただ》では済まないだろう。益山は崖《がけ》から墜《お》ちて腕を挫《くじ》いた。そういう話がちょっと耳にはいっただけで、やかましい評判は立たずに済んだ。

もちろん立会った人間が多いから、すべてが闇《やみ》に葬《ほうむ》られるわけはない、事実はかなりひろく知られていたとみえ、魚釣りにいったとき津田庄左衛門から注意された。

「このあいだ二本松の話をちょっと聞きましたが、そこまでゆかずに、なんとかする法はなかったものですかな」

「——私もいろいろ考えたのですが」

「これでよくなる一面もあろうが、いっそう悪い反面が出て来ると思う、……だいたい刀を抜きたがるような人間は野蛮で愚昧《ぐまい》ときまっているので、そこがまた始末に困るのだが、力で負けると次には卑劣な報復をしたがるものですからな」

「——けれども若い者のようすがだいぶ変ってきましたし、役所でもかなり仕事がしやすくなりました」

「慥かにそうのようですな、初めて貴方《あなた》のねうちがわかったという声もだいぶ聞くようです、だがどうもそこがむずかしいと思うのですよ、貴方に人望が集まってゆくとすると負けた人間はさらに陰険になりそうで……」

すっかり量の減った水は、川底の石の数もよめるほど澄み徹《とお》り、いかにも冷たそうに冬の空をうつしている。瀬の音も、老人の呟《つぶや》きのように静かで、両岸の雑木林は、すっかり裸になっていた。

津田は暫《しば》く黙っていたが、ふと、にこやかな表情になって、話を変えた。

「ときに、お家のほうはうまくいっているそうで、ようございましたな」

「やあどうも、そんなことまでお耳にはいっては」

「いや気にかかっていたものですからな、しかし失礼ですが感服しましたよ、庫田でも萩原でも云っているのですが、このごろはまるで人違いがしたようだそうで、——控えめな、しっとりしたひとになったという、どうかすると顔を赤らめたりなさるそうで、ときどきびっくりすると云っておりました」

玄一郎は返辞に困って苦笑するばかりだった。

「津田さんは庫田とお知り合なんですか」

「さよう、——まあひところはかなり近しくしていました、このところずっと出仕隠居というかたちで、……誰といって親しい往来は致しませんが、ときに呼ばれたりするものですからな、まあ昔のよしみというわけでしょうが」

「しかしどうしてそんな、出仕隠居などといってひきこもっていらっしゃるんですか」

津田は暫く黙っていた。そうしてやがて溜息《ためいき》をつくように云《い》った。

「――私は悔いの多い人間ですから」

玄一郎は胸がしんとなるように思った。津田庄左衛門のことは断片的に聞いていた、いつか自分でも云っていたとおり、津田家はずっと家老格であったのを、庄左衛門が若いころ放蕩《ほうとう》していろいろ失敗したため、寄合席へ下げられたのだという。子供が一人あったのだが、十七歳のとき死なれ、そのあとで入れた養子とはずっと別居のままであった。そして養子夫婦に子が生れると、まもなく籍を分けて別家させてしまった。

――自分のような者を親にもっていては、ゆくさき邪魔になることもあろうから。

こう人に述懐したそうである。津田家は自分の代で絶えてもよいと思っているらしい。そんなに思いきるほどの過去があるのだろうか、それとも津田そのひとの気質で、放蕩享楽《きょうらく》のはて厭世《えんせい》的になったものだろうか。玄一郎にはどちらとも判断はつかなかった。

――なにまだ油断はならない、おちつき澄ましたあの軀《からだ》の中には昔の火がくすぶっている、いつ燃えだすかもしれたものではない。

そういう評をする者もある。その点も玄一郎には否《いな》とは云えなかった。人間は環境と条件によって、いつどう変るかわからないものである。棺《かん》の蓋《ふた》をするまで批判はできない、玄一郎はこういうふうに見ていたのである。

藩主敦信が寺社奉行に任ぜられたという、正式の披露があったのは十月下旬で、国《くに》許《もと》でも城中で祝宴が催された。

そして月を越すとすぐ、玄一郎の身の上にとつぜん大事が起こった。或《あ》る日、役所にいると、家老職から呼ばれ、いってみると城代家老を除く全部の重臣が揃《そろ》っていた。あとでわかったのだが、その審問は初めから次席家老の采配《さいはい》だという、事の内容としては当然城代家老の指図をまつべきなのだが、玄一郎とは女婿《じょせい》という関係にあるので、和泉へは了解を求めただけであるということだった。

列席している重臣の数と、その場の緊張した空気をみて、玄一郎はなにか起こったなと直感した。——上座の中央を避けて坐《すわ》った益山税所は、いつもの煮えきらない暢《のん》びりした人に似合わずかなり貫禄《かんろく》のあるおちついた態度をみせていた。

「城代家老に代って問い糺《ただ》すことがある」

益山税所はこうきりだした。

「そこもとは浪花《なにわ》屋《や》の手代、嘉平なる者と昵懇《じっこん》であると聞くが、事実であるかどうか」

「——私には近づきはございません」

「浪花屋は大阪に本店のある材木商、当地はその出店であって、数年まえより御山の一手御用を願い出ておった、そこもとはさきごろから手代嘉平と往来し、旗亭などでしばしば会食するという、現にその場を見た者もあるのだが」

「――おそらく人違いでございましょう」

玄一郎はこう答えた。浪花屋などという店のあることも知らなかった。手代の名などはいま聞くのが初めてである、いったいなにを勘違いしているのかと思った。

「それでは済まぬのだ」

税所は手にした紙を膝《ひざ》に置きながら云った。

「――そこもとが手代と会食し、密談するようすを見た者がある、現にその証人がいるのだ」

「では証人に会わせて頂きましょう」

「必要があれば会わせよう、だがそれよりも動かぬ証拠がある」

こう云って、税所は手にしていた紙をひらき、両端を持って表をこちらへ向けた。

「そこから読めるであろう、どうか」

玄一郎はひと膝すすんだ。それは証書であった。領内にある碇山《いかりやま》の檜《ひのき》の一部を払い下げる、代価として五百両受取ったという文面で、玄一郎の署名と勘定奉行の役印が捺《お》してある、宛名《あてな》は浪花屋嘉平となっていた。

——ああいけない、そうか。

玄一郎は声をあげそうになった。津田に云われたことを思いだしたのである、卑劣な報復をやりかねない、——まさかと思ったが、早くもそれが事実となって現われたのだ。

「この署名、奉行職の判、まぎれはないと思うがどうか」

玄一郎は答えられなかった。自分ではまったく知らない、もともと企《たく》まれたことである。署名の字も似せてあるが、鑑識のある者が見れば擬署ということはわかるだろう。だが奉行所の役印はほんものである。誰かが盗んで捺したのだろうが、事実の反証がない限り弁明はならない。

浪花屋の手代なる者と会食し、密談するのを見たという証人、その人間が慥かに見たと主張したばあいにもはっきり否定するだけの材料がない。

事はかなり周到に計画されている、いまここでへたなことを云ってはいけない、玄一郎はそう肚《はら》をきめた。

「この証書に覚えがあるかどうか」

「——唯今はお答えがなりかねます」

「なぜ返答ができないのか」

「――唯今はお答えができません」

税所は、さもあろうという顔をした。

「よろしい、それを返答と認める」

そう云って列席の人々を見まわしてから、勘定奉行笈川玄一郎は汚職の疑いがあるので、審理ちゅう城内へ謹慎を命ずる、そういう意味の申し渡しをした。玄一郎はその場で脇差《わきざし》を取られ、袴《はかま》もぬがされたうえ、本丸下の巽櫓《たつみやぐら》の階上へ押込められた。

これも意外である、謀逆とでもいうならべつだが、仮にも奉行職にある者を汚職の嫌疑ぐらいで城内押込めという法はない。抗議すればできた。法制からいえば重職の席にある者を、職も解かずに檻禁《かんきん》することはできないのである。

だが玄一郎は抗議をしなかった。いかに巧みに計画されても、根のない謀略である限りどこかに隙《すき》がある筈《はず》だ。ここはするままにされて、こっちの執るべき手段をよく考えてもいい、そう思ったのである。

櫓番のほかに階下へ三人、階上へ二人の看視が付いた。古畳が一帖《じょう》あるだけで、あとは板敷だし、階段口と矢狭間《やはざま》から風がはいるからひどく寒い。

禅堂へこもったと思えばいい。

玄一郎はおちついた気持で、古畳の上に坐りとおし、夜は着たまま横になった、夜具に類する物はなにもないし、もちろん火の気もない。

看視の者は交代であるが、それでも堪《たま》らないとみえて、すぐ立っては階下へ暖まりにいった。もっともひどいのは夜半から明け方の寒さで、この時間はとうてい眠ることができず、立っても居ても、それこそ骨の髄まで凍るかと思った。

三日めの夜半、玄一郎は自分の執るべき手段をきめた。それは汚職の罪に服するということである。重職に対する裁断は藩主の許しがなくてはできない、この始末が江戸へ報告されれば敦信はそのままにはしておかぬであろう。関係者を江戸へ呼ぶか、少なくとも江戸から誰かよこすに違いない。

——じたばたするよりそのほうが早い。

覚悟をきめて、四日めの朝、玄一郎は次席家老への面談を求めた。

十一

次席家老に会って話したいという、玄一郎の求めは拒まれた。その必要がないというのである。取次いだのは看視の一人であるが、重役詰所は人の出入りがあわただしく、益山税所は特に多忙のようにみえたと告げた。

——なにか起こったに違いない、ことによると和泉へ累《るい》が及ぶのではないか。

玄一郎は不安になり、津田の言葉がまた新しく思いだされた。すぐ刀を抜きたがるような者は野蛮で愚昧だ。力で負けるとどんな卑劣なことをするかもわからない。かれらは玄一郎に松尾をめあわせたことで、和泉をも憎んでいるかもしれない。そうすれば巻添えにする危険は充分にある。

——そんなことになったら松尾は……。

玄一郎は息苦しくなり、身の置場のないような焦燥に駆られた。

だがそのときはもう、実は局面は変っていたのである。午後になると家老職から人が来て、御城代が呼ばれると伝えた。

玄一郎は聞き誤ったと思った。しかしともかくも本丸へゆくと、袴を出され、脇差を戻された。

「呼ばれたのは益山殿でしょうね」

こうきくと、係りの者はけげんそうな顔をした。

「いえ御城代の和泉さまです」

それから黒書院へいった。

そこには重臣が並んでいたが、益山税所の姿はみえず、上座には和泉図書助がいた。酒好きの肥えたこの老人は、赭黒《あかぐろ》い顔の頰が垂れ、眼袋ができていた、ちょっと見ると好々爺《こうこうや》にみえるが、細い眼の底には相当するどい光りがあり、悪くいえば狡猾《こうかつ》、ひいきめにみても老獪《ろうかい》という感じはまぬかれない。松尾を娶《めと》って以来、まわりに遠慮する意味もあって、私的には殆《ほと》んど往来していないが、いまその席に図書助を見ることは嬉《うれ》しかった。

益山税所に代って和泉図書助がそこにいることは、明らかに事態が変ったことを示すものだ。玄一郎は緊張していた全身の凝が、こころよく解けてゆくような思いで座についた。

「――お声代りである」

図書助が云った。藩主に代るということで、玄一郎は両手をついた。

「そのほう勘定奉行の職にありながら、責任重き役印をなおざりに致し候《そうろう》こと怠慢に候、よって七日間、居宅において謹慎致すべく、右、申付候――」

声代りと云ったが藩主の名ではなく、城代家老ほかに重臣たちの副署だけである。これにも不服を云えば、云えた。正式に江戸へ裁決を乞《こ》えば、せいぜいのところ「軽く叱《しか》りおく」程度のことだろう。謹慎七日は重すぎる。だが玄一郎はこれも黙ってお受けをした。

——この申し渡しにはなにかふりあいがあるに違いない。

こう考えたので、黒書院をさがるといちど役所へ寄り、支配と事務のうちあわせをして、すぐに下城した。

帰ることは知っていたとみえて、松尾はそれほど驚かなかったが、玄一郎のほうで、妻があまり憔悴《しょうすい》しているのにびっくりした。顔色も悪いし頬のあたりがこけて、充血した眼がおちくぼんでいた。

刀を受取って、いっしょに居間へ来ると、松尾は崩れるように彼の胸へ縋《すが》りつきそのまま激しく嗚咽《おえつ》した。

「心配したんだね、済まなかった」

「——あなた」

「もういいんだ、話は聞いたのだろう」

「はい、——母がまいりまして」

玄一郎は妻の肩を抱いた。

「家で七日の謹慎だ、悠《ゆっ》くり休めるよ」

風呂《ふろ》から出ると酒の支度がしてあった。良人《おっと》を見て安心したのだろう。松尾の頬にいきいきと血がのぼり、身ぶりやまなざしにも、無意識のなまめいたしながあらわれた。

「こんどの事でなにか聞かなかったか」

「詳しいことは存じませんけれど、母の話ですとお作事奉行の津田さまがなすったということでございます」

「――津田、……作事奉行の――」

玄一郎の持っている盃《さかずき》から酒がこぼれた。彼はそれには気づかず、大きくみひらいた眼で妻を見た。

「――まさか、まさかあの人が」

「ほかにも御家老の益山さまの甥《おい》に当る方や、三次とか上原とか、そのほか合わせて五人も、若い方たちが共謀なすったとうかがいました」

「――信じかねる、どう考えたって」

「でも津田さまはすっかり自白をなすったそうですわ、すべての指図をし、御自分が奉行所の御判をお捺しになったのですって、母から聞いたのはそれだけですけれど、――浪花屋とか申す商人ともつきあわせて、もうまちがいはないということに定《きま》ったそうでございます」

玄一郎は盃を措き、しんと眼をつむった。

十二

七日の謹慎が終って登城したとき、始終のことがはっきりわかった。

津田庄左衛門が主謀者で、益山郁之助ほか五人の青年たちがやったのだという。浪花屋はずっとまえから、——領内の材木を一手に扱いたいため、御山御用の許しを得ようとしてしきりに奔走していた。そこを利用したわけで、津田が勘定奉行の役印を盗んで捺し、碇山の檜の一部を伐《き》り出す許可証を作った。

津田の自白によると、碇山からそのくらい伐り出したところで、奉行の許可証があれば山役人も疑うまいし、世間へ知れることもあるまいと思ったようである。

浪花屋の手代はすぐに園部村の山役詰所へゆき、許可証を示して伐り出しにかかる旨《むね》を述べた。詰所の役人たちはなんの疑いももたなかったが、そのなかの一人が城へ用事で来たとき、益山税所にふとその話をした。それが発覚のもとになったのである。

玄一郎に嫌疑のかかったのは、許可証の件だけではなく、召喚された浪花屋の手代が、玄一郎としばしば会食し、直接この許可証を取ったと申し述べたためである。

これは益山郁之助らの詐謀《さぼう》であって、実はかれらの仲間の吉川左次馬なる者を、勘定奉行に仕立てたので、手代とつきあわせた結果、すぐにわかった。

玄一郎が城内押込めになった二日後、津田庄左衛門が和泉図書助の私邸へいって自訴した。そうして益山、上原、三次の名が出、さらに吉川左次馬、中野市之丞というふうに、つぎつぎと連類が挙げられたということだ。

浪花屋から渡された金は、少し手をつけただけで、殆んどそのまま三次軍兵衛の住居から出た。津田庄左衛門ほか六人は住宅檻禁となり、次席家老は責をひいて職を辞した。

この出来事は、玄一郎にかなり大きい衝動を与えた。彼は津田を買いかぶりはしなかったがそんなことをする人とも思わなかった。若いころ放蕩者《ほうとうもの》だったという理由で、藩中には津田がまだなにをしだすかわからないという評もある。

事実そういう例は少なくない、若いころの歓楽の思い出が、老年の血を激しく燃え立たせて、みぐるしい失態をするようなことはよくある。

——だがそのためにあんな卑《いや》しい事のできる人とは思えない、……もし事実だとすれば、おれにはあらゆる人間が信じられなくなる。

玄一郎にはそこがどうしても割切れず、深い傷のように心に残った。

事件の始末は江戸へ報告されたが、その裁決より先に、敦信から「歳出切下げ」に関する墨付が来た。

禍《わざわ》いが福になったといおうか、国許《くにもと》ではこの出来事が負債になったかたちで、はたしてこの状態を続けてゆけるかどうか、そこはまだ疑わしいと思うけれども、とにかくこの変化には希望をもってよい、相当なところまでゆけるということを玄一郎はみてとった。

三月中旬に新しい作事奉行として、八木隼人が赴任して来た。続いて大目付の沢田貞蔵が、事件に対する敦信の裁決をもたらし、関係者の罪科が定った。

津田庄左衛門　家禄《かろく》召上げ放国。

吉川左次馬　右に同じ。

益山、三次、上原、そして中野市之丞らは食禄を削られたうえ、それぞれの親族へ永の預けとなった。津田は主謀者であり、吉川は勘定奉行を詐称したことで罪が重かったのだろう。

玄一郎は津田といちど会いたかった。せめて退国するときにでもと考えていたが、やっぱり会わないほうがいいと思い、津田と吉川の追放される日には、八木隼人と二人で望水楼へゆき、久方ぶりにくつろいで飲んだ。

「やったね、たいした度胸だ」

八木は赴任して来たとき云ったことを、また繰り返した。玄一郎が江戸を立つまえ、自分がさんざんおどかしたので、ちょっとひっこみがつかないという顔である。

「風あたりは強いが、辛抱する、そういう手紙が来たろう、あのときみんなで帰って来るぞと話していたんだ、井部や萩原はいつ帰るかということで賭《か》けていたよ」

「――帰りゃしないさ、初めから覚悟していたんだ」

「嫁を貰《もら》ったと聞いてあっと思った。ことによると居据《いすわ》るぞという気がしてさ、それからあの決闘の話で肚がよめたんだ、こいつしてやられたよと云《い》って、あのときはわれわれ三人で先輩として大いに飲んだね」

玄一郎は、黙って苦笑していた。笑いながら、萩原のくめをこの男にひきあわせ、結婚するようにはこんでやろうと考えた。

「決闘の相手は十人以上だったというが、いったいそれだけを相手にしてやれるものなのかね」

「それより嫁を貰わないか、おとなしくて縹緻《きりよう》よしの娘がいるんだ、家柄も悪くない、少し年はいってるが――」

「笈川のお余りというのはいやだぜ」

八木隼人は、まんざらでもなさそうにこう云って笑った。来るときは雨だったが、黄昏《たそがれ》ちかくきれいにあがったので、それをしおに二人は望水楼を出た。

そこは由利川に面した丘のふところで、城下町とはちょっと離れている。先代の伊賀守が隠棲《いんせい》するつもりで建てたのを、気にいりの庖丁人《ほうちょうにん》に与えたのだという。

いまわりも閑静だし、道の途中も林や野の眺めが美しかった。二人は話しながら歩いていったが、道が松林の中へはいったとき、いきなりその前へ五人の者がとびだして来た。

「笈川玄一郎、今日はのがさんぞ」

こう叫んだのは益山郁之助である。三次、上原、吉川、中野たち、みんな厳重な身《み》拵《ごしら》えで、どうやら脱藩するつもりらしい、そのゆきがけの駄賃に意趣をはらそうというのだろう。

「いや大丈夫だ。八木、見ていろ」

玄一郎はおちついた声で、五人の者に眼をくばりながら袴《はかま》の股立《ももだち》をとり、下緒《さげお》で襷《たすき》をかけつつ八木隼人に向ってこう云った。

「さっきの返辞をするが、二本松で立合ったのは一人さ、幾らおれだって十五六人いっぺんというわけにはいかない、――今日は五人だが、このくらいならいけるだろう、二本松では命はとりたくなかったからね」

益山郁之助は、右手の骨が折れている筈だ。見たところは変らないが、おそらく充分に刀は捌《さば》けまい。

あとの四人は二本松でもしりごみをしたくらいで、今日はおそらく多数をたのみにして来たものだろう。まちがっても負けるようなことはないと思った。

「口に戸は立たない、云いたいだけ云え、よかったらいくぞ」

益山が罵《ののし》るように叫んで、刀を抜いた、あとの四人も刀を抜きながら左右へひらいた。八木隼人はうしろへ退り、だがもし危険なら出るつもりで、ひそかに刀の鯉口《こいぐち》を切った。左側の松林はやや疎《まば》らで、下草のぐあいもよさそうにみえる、玄一郎は不利になったらそこへかれらをひき込もうと思った。

「右を押せ上原、右だ」

益山が叫んだ、上原十馬が右へまわろうとする、玄一郎が逆に、左の端にいる三次軍兵衛を覘《ねら》って空打を入れた。

その動作で上原をたぐり込もうとしたのである。しかしその刹那《せつな》左側の松林の中で銃声が起こり、玄一郎の軀ががくっと大きく傾向いた。

八木隼人があっと叫び、刀を抜いてとびだして来た。玄一郎は左足を曲げたまま、

「林の中をたのむ、こっちは大丈夫だ」

こう云って頭を振った。弾丸は太腿《ふともも》に当った、しかし五人に向けた身構えは少しも変らず、切尖《きつさき》さがりの刀はかれらを身動きもさせなかった。

「――残念だが逃がした」

林の中から八木の声が聞えた。

「――しかしもう邪魔はないぞ」

益山郁之助は、じりじり詰め寄って来た。両手で持った刀を腹につけ、斬《き》られながら突こうとするらしい、このまえと同じ手であるが、こんどはまず斬られる覚悟で、じりじりと一寸刻みに詰め寄って来る。それは凄愴《せいそう》そのものという感じであった。

玄一郎は左足が動かない、どのくらいの傷かわからないが、膝から下が痺《しび》れて、まだ痛みもないが知覚もなかった。

益山は六七尺まで接近した。そして、そこから軀を叩《たた》きつけるように突っ込んだ。玄一郎の軀《からだ》が右足を中心にして僅《わず》かにまわり、ぎゃという悲鳴と共に益山が転倒した。刀は見えなかった。同時に右横から上原十馬が斬りつけたのであるが、刀を打落されてのめると、そのまま松林の中へとびこんでいった。

ひっ返すかと思ったが逃げたので、あとの三人もそれに続いてばらばら逃げだした。

「おうい、仲間を捨ててゆくのか」

八木隼人はこうどなりながら、刀を持ったまま近寄って来た。

「こいつはどうした、斬ったのか」

「脾腹《ひばら》を当てたんだが、肋骨《ろっこつ》が折れたかもしれない。――よく骨を折らせるやつだ」

こう云いながら、玄一郎もふらふらとそこへ腰をおとしてしまった。

弾丸は横から太腿を貫通して、骨には当らないが筋を切っていた。益山郁之助は二人が去ったあとそこで自殺し、ほかの四人は出奔したので、身柄を預かった親族はそれぞれ咎《とが》めを受けた。

鉄砲を射《う》った者はわからなかったが、あまり評判が高く詮議《せんぎ》が厳しくなりそうなので、自分で怖《おそ》れをなして行方をくらました。それは玄一郎の下僚で、もと益山に使われていた安倍又二郎という若者であった。

玄一郎は傷が膿《う》んだりして、それから夏《う》いっぱい休み、ようやく治って、起きられるようになったときは、もう秋風が立ちはじめていた。

十三

かさねがさね国許の者が迷惑をかけたという意味だろう、病中は和泉図書助はじめ重臣老職の人々がだいぶみまいに来たし、全快したと聞くと、祝いの挨拶《あいさつ》や贈り物がいろいろ届けられた。

「すっかりにんき者におなりになって」

松尾は贈り物の多いのにびっくりした。幾らか嫉妬《しっと》めいた気持を唆《そそ》られたようすで、すねたようなしおのある顔で良人を睨《にら》んだ。

「これから夫人がたのお招きにはわたくし必ず伴《つ》れていって頂きましてよ」

「――びっこでもよければね」

「仰《おっ》しゃいまし、ちょっと足を曳《ひ》いてお歩きになる姿はずいぶん伊達《だて》でございますわ、御自分でもそう思っていらっしゃるのじゃございませんの」

「――悪い口だな、からかってはいけない」

敦信から十月まで休めという沙汰《さた》があった。すっかり治ったものの、切れた筋がだめで、少し左足を曳かなければ歩けない。それに馴《な》れるためもあって、玄一郎は十月いっぱい休むことにした。

贈り物をされた向きへは、少しまをおいて松尾を返礼にまわらせた。この土地ではそういうばあい、妻が代理をしても不作法ではないのである。

庫田へは自分がゆくつもりだったが、いちおう妻をやった。ほんのひと跨《また》ぎのところなので、すぐ帰る筈《はず》がなかなか帰らない。和泉へでもまわったかと思っていると、やがて戻った松尾のようすがおかしかった。泣いたような眼をして、挨拶をするとすぐ立ってゆこうとする。庫田でなにかあったと思い、

「ちょっとお待ち、どうかしたのか」

と呼び止めた。松尾は明らかに狼狽《ろうばい》した。だがしいて笑顔になり、ちょっと気分が悪いからと云って、逃げるように自分の居間へ去った。

なにかあったことは慥《たし》かである。庫田で松尾の泣くような問題が出ようとは思えないが、彼の存在はかなり複雑だから、思いがけないところへ予想外の波が立ちかねない。

おちついたらよくきいてみよう、玄一郎はこう考えた。するとその夜、もう寝所へはいるころになって、松尾がひと揃《そろ》えの釣り道具を、居間の廊下まで持って来た。

「これをごらんになって下さいまし」

「――妙な物を持ちだしたな」

「御病気中に庫田さまから頂きましたの」

「――病中って、……寝ているときか」

「お床上げのまえでございます」

玄一郎はこちらへと云って、松尾の持って来たのを取り竿《さお》や魚籠《びく》や餌箱《えばこ》などを見た。継ぎ竿が三本、魚籠にも餌箱にもどこかで見た記憶がある。

「頂いたときすぐごらんにいれなければいけなかったのですけれど、なんですか不吉なことが起こるように思われまして、どうしても申上げる気持になれませんでしたの、勝手なことを致して申しわけがございません。どうぞおゆるし下さいませ」

「——詫《わ》びるほどのことじゃあないが、しかし不吉なことが起こるというのは」

云いかけて玄一郎はふと竿を見なおした。覚えがある。その竿にも、竿の主にも、——彼は道具をそっと押しやり、言葉に詰ったような感じで、暫《しばら》く黙っていた。

「——これは津田という人の持物だった」

「庫田さまもそう仰しゃってでした、あの方からあなたへかたみにと云って頼まれたそうでございますの、……あなたがこんなおけがをなすったのも、申せばあの方から出たことですし、わたくしどうしてもごらんにいれる気になれませんでしたの」

「——泣くことはない、それでよかったんだよ」

「いいえ、よくはございませんの、それで済まなかったのです、そのときすぐごらんにいれて、よろこんで頂かなければならなかったのでございますわ」

なにか仔細《しさい》ありげな口ぶりである。玄一郎は黙って妻を見た。松尾は涙を拭《ふ》き、ふるえる声で静かに云った。

「あなたにはお聞かせしてはならない、黙っているように庫田さまから固くお口止めをされましたけれど、どう考えましても申上げずにはいられません、——口止めをされたということをお含みのうえで、聞いて頂けますでしょうか」

「——云ってごらん」

「今日はじめて庫田さまがうちあけて下さいました、津田さまは、あの事件にはなんの関係もなかった、ただあなたの危難をお救いするために、御自分が主謀者だといって自訴なすったということです」

玄一郎にはすぐには納得がいかなかった。

松尾の話を要約すると、彼が城内押込めになった始終を聞いて、津田庄左衛門はすぐに浪花屋の手代と会い、それが益山たちの企みであることを察した。事件そのものは単純である。しかし益山たちには土地に多くの背景があるから、玄一郎に罪が及ばないとしても、相当ごたごたし紛糾が起こることはまちがいない。ことに問題になるのは伐《き》り出し許可の証書であって、奉行所の役印が捺《お》されている点、どうしても玄一郎の責任はまぬがれないだろう。そこで津田は主謀者となのり、証書は自分が作り、役印も自分が盗んで捺したと自訴したのである。

初めから見当をつけたとおり、益山、上原、三次の名をあげたが、和泉図書助の巧みな計らいで、ふいに浪花屋の手代とつきあわせ、案外なくらい簡単に計画が露顕したという。

「――しかし、もしそれが事実とすれば」

玄一郎には、まだなにか解しかねる気持であった。

「――それが事実だとわかっているなら、津田さんを罪にすることは避けられた筈ではないか、裁決までもってゆくためにやむを得なかったのかもしれない、だがそれにしてもなにか方法がある筈じゃないか」

「この仔細を御存じなのは庫田さまお一人でございますの、ほかには誰も知ってはおりません、あの方は罪をお避けにはなりませんでした、――あなたのために、よろこんでお立退きになったそうでございます」

「――おれのために……」

「あの方は、津田さまは、あなたの実のお父さまでいらっしゃいますって」

玄一郎は息をひそめた。ひじょうに不愉快なことを聞いた感じで、――なにをばかなと思い、脇《わき》へ眼をそむけた。

「津田さまがおさかんなころ、或《あ》る家のお嬢さまと恋仲になり、あなたがお生れになった、あの方には奥さまも御長男もいらっしたので、庫田さまに頼んで、あなたを笈川家へお遣《や》りになったそうですの、――そのときはなんとも思わず、すぐ忘れておしまいになった、そうして奥さまが亡《な》くなり、御長男に先立たれてから、ようやく、……初めてあなたのことを思いだし、あなたを見たい、あなたを取戻したいと思うようになったそうですの」

もちろんそんなことができるわけはない。庄左衛門は自分の過失の重さを知った、血を分けたおのれの子を、物でもくれるように他人へ遣った。

邪魔だったから、そうしなければ都合が悪かったから、親子の情などは感じもせず、些《いささ》かのみれんもなく遣ってしまったのである。……それが人間を侮辱し、冒瀆《ぼうとく》するものだということを年が経《た》つにつれてわかってきた。

「あなたがこちらへいらして、御自分のお子だとわかってから、あの方は毎日毎日、むかしの罪ほろぼしをしたい、あなたのためになにかしてさしあげたい、そう考えていらしたそうですの、――そして幸か不幸か、そのときが来たのですわ、……あの方はよろこんで、本当によろこんで、自分の罪ほろぼしをなすったのですわ」

玄一郎は、なにも云《い》わなかった。松尾はこみあげてくる嗚咽に歯をくいしめ、喘《あえ》ぐような調子でこう続けた。

「あなた、わかってあげて下さいまし、お父さまのお気持を、すなおに受けてあげて下さいまし」

だが玄一郎はやはりなにも云わず、苦痛を耐えるもののように眉《まゆ》をしかめて、暗い庭のあたりをじっと見まもっていた。

十月になって或る日、玄一郎は一人で柳瀬の淵《ふち》で釣り糸を垂れていた。よく晴れた風のない午後で、淵いっぱいに日が溜《た》まり、うっかりすると眠くなるほど暖かかった。

岸の上の雑木林では、頬白や鶫《つぐみ》がしきりに鳴き交わし、枝を渡るたびにばらばらと枯葉を散らした。

玄一郎は手に持った釣り竿を見ていた。

――私は笈川さんを知っていました、温厚な、仁義の篤《あつ》い、まことにいいお人でしたな。

いつかの津田の穏やかな、淡々とした話しぶりが思いだされた。

――叱《しか》られたり折檻《せっかん》されたことがおありですか。

玄一郎は、眼をつむる。実の親が子を思いやる言葉だった。叱られたり折檻されたりしたのではないか、辛《つら》い悲しいことはなかったか。

労《いた》わりかき抱く思いの、問いかけだったのである。そのとき自分はなんと答えたか、自分ではもうよく思いだせない。しかし津田が安心し頷《うなず》いた表情は記憶に残っていた。

――私は悔いの多い人間ですから。

溜息《ためいき》をついて、さりげなく云った声が、いま玄一郎の耳にまざまざと聞えるようだ。

彼は眼をあげて空をふり仰いだ。青く澄みあがった高みに、爽《さわ》やかにながれた白い雲があった。

「――お父さま」

彼は、そっと口の内で、つぶやいた。

「――お父さま」

玄一郎の頬を、涙がこぼれおちた。


（「講談雑誌」昭和二十五年二月号）

菊千代抄

一

菊千代は巻野越後守貞良《えちごのかみさだなが》の第一子として生れた。母は松平和泉守乗佑《いずみのかみのりすけ》の女《むすめ》である。貞良は雁《かり》の間詰の朝散大夫《ちょうさんだいぶ》で、そのころ寺社奉行を勤め、なかなかはぶりがよかった。

巻野家の上屋敷は丸の内にあったが、菊千代はおもに日本橋浜町の中屋敷か、深川小名木沢の下屋敷でそだてられた。養育の責任者は樋口《ひぐち》次郎兵衛といい、もと次席家老を勤めた謹厳でしずかな老人だった。身のまわりのせわは松尾という乳母がした。彼女は木下市郎右衛門という軽い身分のものの娘で、いちど物頭の屋代藤七へ嫁《か》したが、二年めに子を産むとまもなく死別してしまった。そのときはすでに菊千代の乳母にあがっていたので、以来ずっと側をはなれず仕えとおした。

父の貞良は月に五たびくらいは欠かさず会いに来た。髭《ひげ》の濃い、眼の大きな、こわいような顔で、背丈の五尺八寸あまりもある、躯《からだ》つきの逞《たくま》しい人だったが、口のききぶりはしずかでやさしく、笑うと濃い口髭の下にまっ白なきれいな歯が見え、片方の頬にえくぼができる。いかにも穏やかな温かそうな笑い顔で、これには誰もがひきつけられずにはいられなかったようだ。

会いに来ると、父は菊千代を前に坐《すわ》らせてたのしそうに酒を飲んだ。その席には給仕のために少年の小姓を二人、それと乳母の松尾しか近よせなかった。またどんな急用があっても取次ぎは禁じられていた。……まだ菊千代が乳母の手に抱かれているじぶんから、貞良はしきりに酒を飲ませた。三つ四つになると膳《ぜん》を並べさせ、「さあ若、ひとつまいろう」などとまじめな顔で盃《さかずき》を持たせたりした。

母にはごくたまにしか会わなかった。一年に三回か五回くらい、必要のある式日に上屋敷へゆくので、そのとき会うわけであるが、菊千代はあまり母が好きではなかった。髪毛が重たそうにみえるほど多く、頰がこけて、あとで聞くと病身だったというが、いつも沈んだ顔つきで、菊千代をいつも可愛《かわい》がってくれるようなことはなかった。むしろ菊千代の姿を見るのがつらいような、眼をそむけたいといったふうなようすさえ感じられた。

——そうだ、母にはつらかったのだ。

ずっとのちになってそう気づいたが、当時はなにも知らなかったので、こちらでもあまえる気持などは起こらず、挨拶《あいさつ》をしてほんの暫《しばら》くいるだけでも気づまりなくらいだった。

自分のからだに異常なところがあるということを、初めて知ったのは六歳の夏であった。そのまえの年から遊び相手として七人ばかり、家中《かちゆう》の同じとしごろの子供が選まれて来た。これらのうちはっきり覚えているのは、僅《わず》かに左の三名だけである。

庄吾満之助　中老角左衛門の三男
巻野　主税《ちから》　別家遠江守《とおとうみのかみ》康時の五男
椙村《すぎむら》半三郎　側用人半太夫《はんだゆう》の二男

そのほかには「赤」とか「かんぷり」とか「ずっこ」などいうあだ名が記憶にあるが、その意味もわからないし、顔かたちもたいてい忘れてしまった。

さて六歳のときのことであるが、浜町の屋敷の庭で遊んでいるうち、乳母の松尾がちょっと側を離れた隙《すき》をみて、誰かが池の魚をつかまえようと云《い》いだした。菊千代のほかに三人ばかり、すぐさま袴《はかま》をぬぎ、裾《すそ》を捲《まく》って、池の中へはいって魚を追いまわした。そのうちに菊千代の前へまわった一人が、とつぜん大きな声で叫んだのである。

「やあ、若さまのおちんぼはこわれてらあ」

菊千代はぎくっとして、捲っていた裾を反射的におろして棒立ちになった。叫んだ者が誰であったか思いだせない、その瞬間の自分の気持も、漠然とした恐怖というくらいの印象しか残っていないが、ふしぎなことには、まわりにいた者がみんなぴたりと鳴りをひそめ、息をのんだような異様な顔つきをしたことだけは、かなり年月が経《た》ってからもあざやかに思いだすことができた。……その沈黙はごく短い時間であった、池畔にいた一人が袴のまま池の中へはいって来て、「なにを云うのか、おまえは悪いやつだ」

こういう意味のことを叫んで、その暴言を口にした者を突きとばした。そうして菊千代の肩を抱くようにして、池から助けあげるところへ、松尾が走って来たのである。……菊千代は泣きだした、泣きながら松尾にとびつき、みんなの眼から逃げるように、松尾の手を摑《つか》んで御殿のほうへ駆けだした。

不謹慎なことを云った子供は、すぐに中屋敷からいなくなり、その後どうしたかまったく菊千代は知らない。彼を突きとばしたのは椙村半三郎で、そのとき八歳だったが、透きとおるような膚《はだ》の、おもながで眉《まゆ》のはっきりした、きわめておとなしい子であった。

たぶんお相手の子供たちが話したのだろう、菊千代はなにも云わなかったのに、松尾はその暴言を否定して、そんな異常なところは決してないこと、もしあるとすればいつも侍医が診ているのだから、それだけの治療をする筈《はず》であることなど、いろいろと説明してくれた。……菊千代はそれを信じ、あんな不謹慎なことを云ったのは卑《いや》しい悪い子であると思った。そしてその暴言そのものはまもなく忘れてしまったが、そのとき受けた恐怖のような感動は消えなかった、意識のどこかに傷のように遺《のこ》っていて、ときどき菊千代自身、びっくりすることが起こった。

池の中の出来事があってから菊千代は誰よりも椙村半三郎が好きになった。二歳年長でもあり、容貌《ようぼう》もきわだっていたしおとなしいので、まえから嫌いではなかったが、その後はなにをするにも彼でなければ気が済まず、少しも側を放さなかった。

その年の冬だったろうか、上屋敷で相撲があり、菊千代も呼ばれて、お相手の子供たちといっしょに見物した。これまで能狂言などは幾たびか観《み》たけれども相撲は初めてだし、終ったあとで、なにがしとかいう大関に抱かれたりして、それから急に相撲が好きになり、帰ると早速お相手の子供たちと相撲をとり始めた。……少年たちが集まれば、組みついたり倒しあったりするのは自然である。菊千代はたいせつな若君ということで乱暴な遊びは禁じられていたが、監視の眼がなければ組みあいも転がしっこもやった。けれどもこんどはじい——樋口次郎兵衛を菊千代はそう呼んでいた——に頼んで庭の一部に土俵場を造って貰《もら》い、そこでせいぜい本式のつもりで取組むのであった。

「若さまはごらんあそばすだけでございますぞ」

じいも松尾もこういったが、かれらのいないときには菊千代も土俵場へあがった。

相手はいつも半三郎を選んだ、庄吾満之助や「かんぷり」などとも取ったが、誰よりも半三郎がいちばん取りよかった。

半三郎は年も二つ上だったし、ほかの者とは違うこころづかいがあって、やんわりあしらってくれる。菊千代にはそれがもどかしいような、また歯痒《はがゆ》いような感じで、わざと乱暴にむしゃぶりつくのであった。それでも半三郎のあしらいぶりは巧みで、ごくしぜんに負けてみせたりするが、ときに誤ってしたたか投げとばしたり、胴躰《どうたい》に折重なって倒れることなどがあった。……菊千代にはそれが云いようもなく快かった。投げられたときや折重なって倒れる刹那《せつな》には、爽《さわ》やかな、しかもうっとりするような一種の解放感に満たされる。その感じは忘れることのできないものだったし、半三郎のほかには誰からも受けることができなかった。

こんなふうに遊んでいるとき、武家そだちといっても幼い年ごろのことで、急に小用をもよおしたときなど、子供たちは木蔭《こかげ》などへいってよく用を足した。菊千代もそれをまねようとしたが、自分は袴をはいたままではできない、かれらはどうやってするのかと、ふしぎにも思い興味も唆《そそ》られて、幾たびもその方法を覗《のぞ》いて見ようとした。見ることができたかどうかは記憶にないが、おかわでするときにまねをして、まわりをひどく汚し松尾にたしなめられたことがあった。

「若さまは御身分が違うのですから、決してそのような品のないことをあそばしてはなりません」

かれらと身分が違うということは、日常すべての事が示していた。それで松尾の言葉も、いくらか不審ではあったがすなおに信じた。

七歳から日課が定まり、学問と武術の手ほどきが始まった。父の意見では学問を主とするようにとのことだったが、菊千代は木剣の型や柔術のほうを好んだ。その相手もたいてい半三郎を選び、とくに柔術のときは彼のほかには相手にしなかった。

十歳くらいになってからだろう、巻野主税が泳ぎにゆこうと菊千代を誘った。そのときは小名木沢の下屋敷で、監督もわりあいゆるやかだった。

「お昼寝のときぬけだすんですよ」

主税はそういってすすめた。彼は巻野の別家に当る遠江守康時の五男で中屋敷が同じ浜町にあり、下屋敷もつい四、五町はなれた処《ところ》にあった。それで彼だけは通勤でお相手に来るのだが、休息の日には家でとびまわるとみえ、いつもなにかしら珍しい遊びを覚えて来ては教えた。……泳ぎに誘ったのもその一つで、彼はすでに幾たびも小名木川で、ひそかに泳いだことがあるというのであった。

「いい気持ですよ、流れの早いときは危ないけれど、なんでもありゃしない、こういうぐあいに水を切ってね、すぐ泳げますよ」

「みつかったらじいに怒られるからね」

「そっとぬけだすんですよ、お昼寝のときにそっと……すぐ帰って来ればわかりやしません、大丈夫ですよ」

それはかなり強い誘惑であった。青い冷たい水の深みや、波立っている広い川の景色がみえる。そこへ頭からとびこんで、飛沫《しぶき》をあげて泳ぎまわる、……いさましく抜手を切って、自在に泳ぎまわる自分の姿が想像され菊千代は胸がどきどきしたくらいであった。

二

主税の誘惑に負けて、屋敷の外へぬけだしたのは、曇っていて風の強い日であった。その付近は大名の下屋敷が点々とあるほか、なになに新田《しんでん》などという地名の多い、まったくの田舎であって、田畑や沼地や風よけの疎林《そりん》がうちわたして見え、晴れた日には筑波《つくば》山まではっきり眺められる。対岸は名だかい天神社のある亀戸《かめいど》村で、そっちにはかなり人家が見えるが、川とのあいだには畑や広い草原があり、子供たちには恰《かっ》好《こう》な遊び場になっていた。

二人は川に沿ってずっと東へいった。小名木川が中川へおちるところに船番所がある。その少し手前までいって、栗林《くりばやし》の中へはいり、そこで着物をぬぎにかかった。……ちょうど満潮とみえて、水のいっぱいある川の中では、付近の子供たちが男も女もすっ裸で、やかましく水をはねかえしては騒ぎまわっていた。

「さあ早くおぬぎなさいよ、どうしたんです」

先にすばやく裸になった主税は、こう云ってせきたてた。菊千代は寝所からぬけだして来たので、帯を解けばいいのであった。その帯はもう解いたのであるが、どうしても着ている物をぬぐことができない。

——若さまのは……こわれてる。

こういう囁《ささや》きが耳の奥のほうで聞える。そうして今、川で暴れまわっている子供たちの素裸のからだを見ると、羞恥《しゅうち》とも嫌悪《けんお》とも判断のつかない感情におそわれ、着物の前をしっかりと合わせたまま途方にくれるのであった。

そこへ東谷という若侍と松尾が駆けつけて来た。それでその冒険は中止になったが、そこまでいって泳げなかった口惜《くや》しさより、裸にならずに済んだことのほうが、菊千代には遥《はる》かにうれしく救われたような気持であった。……はっきりと自身のからだに注意するようになったのは、それからのちのことである。もちろん常にというわけではない、ごくときたまのことではあるが、ふとすると小名木川で遊んでいた子供たちの、男も女も素裸のからだつきが、眼にうかぶ、そして自分のからだとの差異を、ひそかにじっと思い比べるのであった。

菊千代は慥《たし》かに差異のあることを認めた。それはかなり歴然としたものであったが、日の経つにしたがって印象が薄くなり、かれらのそこがどんなふうであったか、自分とどのように違っていたかはっきりしなくなった。

——違うのが当然なんだ、かれらは下民の子供だし、自分は八万石の大名の世継ぎなのだから、かれらとはすべてが違うんだ。

こう自分で自分を納得させた。そのとおりだと思うのだが、それでも一種の不安や羞恥がしだいに根強くなり、その反動のように、言葉つきや動作がだんだん粗暴になっていった……そのころはもう松尾は庭へあまり出て来ず、東谷と柿沼《かきぬま》という若侍が付いていた。東谷のほうはそうでもないが、柿沼大四郎はやかましい男で、つまらない事にもよくむきになって怒った。

「さような言を仰《おお》せられてはなりません。それは卑しい言葉でございます、おやめなさらぬと樋口さまに申します」

こんなふうに云って、眼をぎょろっとさせて、赤くふくれたような顔になるのであった。しばしば樋口次郎兵衛に告げ口もするらしかったが、じいの小言は穏やかで、さしたることはないのでこわくはなかった。

「黙れしぶ柿、おまえなんぞ黙って付いていればいいんだ、なまいきだぞ」

菊千代はどなりつけて殴ったりすることもあった。けれども半三郎に注意されるばあいだけは、ふしぎなくらいにいうことをきいた。彼はたいていのことは黙って見ている、高い樹《き》の枝へ登ったりしても、心配そうな眼で、下からじっと見まもっているが、柿沼のように喚《わめ》いたり騒いだりしない。むしろあとになって、高い枝へ登ったらすぐに片足をこう絡《から》めとか、手は拇指《おやゆび》を離してこう握れなどと教えてくれる。そしてよほど眼に余るときだけ、それもあとからそっと注意する。

「いけません若さま、あれはおやめ下さい」

静かな眼でこちらを見て、低い声でそっというのである。それを忘れて菊千代が同じことをすると、彼は黙ったまま悲しげにみつめるのであった。その悲しげな表情は類のないもので、菊千代は泣きたいような気持になり決して三度とは同じあやまちをすることはなかった。

菊千代は七歳のとき、江戸城へあがって将軍にめみえをした。将軍は瘦《や》せた蒼白《あおじろ》い人で、なにか云って短刀をくれた。まわりには大勢の人がいたこと、天床《てんじょう》がばかげて高かったことなどを覚えている。そのほかのことは霞《かすみ》に包まれたようで、なにも思いだすことができない。……その年に妹が生れた。鶴子《つるこ》という名で、生母はのちに滋松院といわれた側室である。この側室は鶴子の下にも二人女子を生んだ。

菊千代が十三歳のとき母が亡《な》くなった。

上屋敷からの急使で、菊千代はいま臨終というところへいった。二年ほどまえから病臥《びょうが》していて、たびたびみまいにも来たが、母の態度はいつも冷淡だったし、こちらも愛着がなく、形式的な挨拶をしては帰ったのであるが、臨終のときの印象は忘れることができない。……母はきみの悪いほど蒼《あお》ざめたむくんだような顔で、苦しそうに喘《あえ》ぎ、菊千代を見ると、眸子《ひとみ》の濁った眼をみひらき、こちらへ手をさし伸ばした。

「どうしたのだ、握ってあげないのか」

側にいた父からせきたてられたので、菊千代はきみの悪いのをがまんして、その手をおそるおそる握った。すると母はぞっとするほどの力でこちらの指を摑み、もっと大きく眼をみはって、ぜいぜいした声で云った。

「お可哀《かわい》そうに、菊さま……お可哀そうに」

そうして眼からぽろぽろ涙をこぼした。

菊千代は身の縮まるほど不快で、いやらしくて、早くそこを逃げだすことばかり考えていた。母の顔などは見ようともせず、隅のほうで老女たちの啜《すす》りあげる声さえ、そらぞらしいと思ったくらいであった。

母の葬儀が終り、必要な忌日が済むまで、菊千代は約三月あまり上屋敷にいた。このあいだに妹たちとかなり親しくなったが、なついてくる鶴子よりも、佳玖子《かくこ》という三つの妹が好きで、その子とだけいちばんよく遊んだ。鶴子、貞子、淑子までが滋松院の子で、佳玖子はその後まもなく死んだ月照院という側室の子であった。もちろん生母の違うことで愛情の差をつけたわけではない、佳玖子はまるまるとよく肥えて、いつも眼を糸のようにしてにこにこ笑い、おぼつかない片言で絶えず面白いことをいう、それがひじょうに可愛《かわい》かった。いつか御殿の広縁で昏《く》れがたの月を観ていた。七日か八日くらいの欠けた月であったが、ふとまじめな顔をし、菊千代のほうを見あげて云った。

「喰べかけでおやめにするの、いけないのね、たあたまおこごりになるのね」

おこごりはお怒りのことである。

「そうそう、喰べかけはお行儀が悪いね」

菊千代はこう云って頭を撫《な》でてやった。佳玖子はまた暫《しばら》く月を眺めていたが、またこちらを見あげ、月を指さして云った。

「あのお月たま誰がたべかけたの」

そのときのこちらをふり仰いだ顔、頰が赤くよく肥えた、おちょぼ口をひき緊《し》めた、しかつべらしい顔は忘れることができない。その後も欠けた月を見るたびに、菊千代はよくそのときのことを思いだすのであった。

中屋敷へ帰ると暫くして、剣術と柔術はやめることになり代って薙刀《なぎなた》の稽古《けいこ》を始めた。学問も和学に変った。……父の命令だということであるが、ほかのものはとにかく、柔術だけは続けてやりたかった。それで隙《すき》をみては半三郎を誘って揉《も》みあった。

「やわらは禁じられたのですから、みつかるとお咎《とが》めをうけますから」

半三郎はそんなふうにいって、なるべく避けようとしたし、稽古ぶりもごく軽くなった。菊千代としては彼のきびしい極め手が好きで投げられたり押えこまれたりすると、相撲のときとは段違いな快さを感じる。ことにそのじぶん半三郎のからだに、一種のかぐわしい匂《にお》いがで始めて、揉みあって汗をかくと、それがいっそう強くなる。激しくからだをぶっつけたり押えこまれるときなどは、その匂いで咽《む》せるような感じになった。

「どうしてこんなに若のからだはふにゃふにゃしているんだろう、おまえは背もずんずん伸びるし手足もこんなに固くなる」

菊千代は自分の腕や足を摑《つか》んでみながら、たびたび半三郎のそれと比べてみた。

「――それは、躰質《たいしつ》というものがありますから」半三郎はそんなとき言葉を濁した、「――躰質もあるし、年も違いますし、それにやはり、……なんといっても御身分が」

「もういい、わかったよ、なにか云《い》うとすぐ御身分だ、たくさんだよ」

こんな問答になると半三郎はいかにも困ったような顔をする。彼はもう十五歳くらいになっていたが、背丈も高く、逞《たくま》しいからだつきで、毛の多いたちとみえ、脛《すね》にも毛が生えていたし、鼻の下にも疎《まば》らに生毛《うぶげ》が出た。からだに比べて顔は小さく、おもながで線がきりっと緊《しま》って、よく澄んだ考えぶかそうな眼といつも濡《ぬ》れたように赤い唇とに特徴があった。……それが困ったような表情になるのをみると、菊千代は云いようのない激しい感情を唆られる。いきなり抱きついて泣くか、もっといじ悪くやりこめるか、どっちにしても彼の本心とじかに触れたいというじりじりした気持になるのであった。

それからおよそ二年くらいのあいだ、菊千代の半三郎に対する感情は絶えず動揺し、一日じゅう側にひきつけて置くかと思うと、三日も四日も顔を見たくない、声も聞きたくない、わざと彼の見ている前でほかの者と親しくしてみせたり叱《しか》りつけたりする。自分でも理由はわからないのだがそんなふうな気分のむらが常に起伏を続けた。

三

十五歳の年の晩秋のことである。

中屋敷から馬で、向島、亀戸天神をまわって、下屋敷まで遠乗りが許された。距離はさしたることはない、遠乗りなどというほどのものではないが、屋敷から外へ出ることが珍しく、勇み立ってでかけた。先登が和島という中老の侍、菊千代のうしろに竹中春岳という馬術の師範が続き、そのあとに学友が五人、むろんそのなかには半三郎もいた。

向島の木母寺《もくぼじ》で休息し、命じてあったとみえる茶菓をたべて出た。そこから小梅を通って亀戸へ向ったのだが、枯野道へかかったとき、右側にある田川の枯芦《かれあし》の繁《しげ》みから、鼬《いたち》とも河獺《かわうそ》ともみえるかなり大きな毛物が、とつぜんとびだして来て道を横切った。これに驚いたのだろう、先登の和島の馬が高く嘶《いなな》いて棒立ちになった。和島は巧みに手綱を捌《さば》いて乗り鎮《しず》めたが、すぐうしろにいた菊千代の馬はもっと驚愕《きようがく》し、大きく跳躍すると、和島の馬の脇《わき》をすりぬけて、狂ったように疾走し始めた。……うしろでなにか叫ぶ声がした、誰か追って来るらしい。だが菊千代は眼のくらむような気持で、手綱を絞ることも轡《くつわ》を緊めることも思いうかばず、いま落ちるか、いまか、とただ夢中で歯をくいしばっていた。

どのくらい走ったものか、気がつくと竹中師範と半三郎とが、左右から馬を寄せてこちらに来、こちらの乗馬を挟《はさ》むようにして、広い草原のなかへ追いこみ、なお狂い出ようとするのを、左右から抑え抑え、草原の端にある寺の生垣のところでようやく止めた。

半三郎はすばやく来て轡を取り鐙《あぶみ》を押えた。彼はまっ蒼なひきつったような顔で、汗みずくになり、激しく喘いでいた。菊千代は馬から下りると、足がふらふらし、嘔《は》きけを感じたので、そのまま枯草の上へ腰をおろした……和島や師範がしきりに詫《わ》びを云い、そこへまた遅れた学友たちが乗りつけた。

「――もういい、なんでもない」

菊千代はうるさくなって手を振った。

「――少し休むから、みんな離れてくれ、半三郎がいればよい」

みんなはすぐには動こうとしなかった。菊千代は顔をあげて、例のない鋭い眼でかれらを睨《にら》んだ、それでようやくみんなそこを離れ、草原の中ほどへいって、馬と人とでこちらを隠すようにした。……菊千代は失禁したのである、馬が止ったとたん、温かいものがかなり多量にそこを濡らすのを感じた。今もそれがきみ悪く内腿《うちもも》の肌に感じられるのである。

「――御気分がお悪うございますか」

「気分も悪い、はきそうな気持だ、しかしこれはおさまるだろう」

「――お薬をめしましょうか」

「いや薬はいらない、大丈夫だ」

早くこの不愉快なものの始末をしたい、そのためにみんなを遠ざけたのであるが、さて半三郎と二人きりになると、どういって説明していいかわからず、とうてい口にすることができないような気持になった。

「――冷えるといけません、お敷き下さい」

半三郎も動顚《どうてん》していたのだろう、ふと気づいて馬乗り羽折《ばおり》をぬいだ。

「いや構わない、こうしていればいい」

菊千代は怒ったように顔をそむけた。

「少しこうしていれば、すぐに帰れるから」

それを敷けば汚れるであろう。半三郎の前からさえ逃げだしたくなった。これまではこんな事で気を遣ったためしもない、御殿にばかりいたせいでもあるが、おかわの不浄の始末さえ松尾にさせてきた。……それが今はまるで違う、あんな異常な出来事があったのだから、そそうをするくらいはさして気にすることもない、あっさりいってしまえばいい。そうわかっていて、しかしどうにも云いだすことができなかった。

「――お屋敷は近うございます、およろしければ御駕《おかご》を命じましょう、……お顔色が悪うございますから、そう致すほうが」

「いや大丈夫だ、もうすぐ治る」

菊千代はこう云って眼をつむった。どうやら嘔きけはおさまったが、腰から大腿部《だいたいぶ》へかけて、骨がだるいような痛いような、重苦しいいやな気持である。

――馬が疾走したとき、どこか痛めたのではないか。

ふとそんな疑いが起こった。気がついてみると腹のあたりも痛いようだ、そのうえ全身がわけもなくだるい。菊千代は急に不安になり、苛々《いらいら》した声で「帰る――」と云うと、立って大股《おおまた》に馬のほうへいった。うしろで半三郎があっといった。ごく低い、殆《ほと》んど息の音だけであったが、神経が過敏になっているので、菊千代はそれを聞きのがさなかった。おそらく失禁の汚れをみつけたのであろう、だが菊千代はもうそれには構わず、怒ったような歩きぶりでいって、師範の介添する馬へ乗り、和島の先登で下屋敷へ向った。

四

それからまる十日のあいだ、菊千代は寝間にこもりきりで誰にも会わなかった。父がみまいに来たときも、父をさえ寝間へ入れなかった。

——自分は女であった。

——男ではなかった。

——自分は女であった。

同じことを繰り返しながら、夜具の中で輾転《てんてん》と身もだえをし、とつぜん起きて泣いた。二三日は食事もせず、水ばかり飲んでいた。気が昂《たか》ぶってくると自分で自分を制することができない。物を毀《こわ》したり、寝衣《ねまき》をひき裂いたり、そうして父や母やまわりの者みんなに対して呪《のろ》いの叫びをあげた。

「みんな御家のためでございますから、古くからのいいつたえで、そうしなければならなかったのでございますから」

松尾はいっしょに泣きながら、そして不浄の始末に絶えず気をくばりながら、夜も殆んど眠らずに付いていた。

「決してそんなに御心配あそばすことはございません。お世継ぎさえ御出生になれば、それですぐにお姫さまにおなりあそばすのですもの、お嘆きあそばすことは少しもございませんですよ」

「聞きたくない、うるさい、黙ってくれ」

菊千代はこう叫んで、松尾に物を投げつけたことさえあった。自分の忌《いま》わしく呪わしい立場は誰にもわかって貰《もら》えない、松尾にも理解できないようだ。それが救いがたいほど菊千代を孤独感につきおとし、絶望的にさせた。

——自分は女であるのに、女として生れてきたのに、……それを男と偽ってそだてられた、今でも自分は男の気持でいる、だが、……からだは女として成長しているのだ、いったい自分は女なのか、それとも男なのか。

こうしてやがて菊千代は疲れた。暴れることにも泣くことにも疲れ、思い悩むことにも疲れて、虚脱したようにおとなしくなった。食事も少しずつ摂《と》るようになり、拒んでいた医者の診察も許した。……馬の疾走という出来事のために、初潮としては多量であったが、からだには異状のないこと、今後も案ずるようなことはないだろうという診断であった。

その報告を聞いたからであろう。診察のあった翌日に父が来た。

「このあいだはたいそう逆鱗《げきりん》だったな」

貞良は、こう云って笑いながら、自分から菊千代の居間へはいって来た。菊千代は顔が赤くなるのがわかった、肚立《はらだ》たしいほど恥ずかしくて、どうしても眼をあげることができず、泣きだしそうで口もきけなかった。

「話すおりがなかったので、さぞ驚いたろうと思うが、これにはわけがあるし、もともとそんなにうろたえ騒ぐほどのことではないのだ」

貞良は気軽な口ぶりでその理由というのを語った。

巻野家には古くから、初めに女子が生れたらそれを男としてそだてるという家訓のようなものがあった。そうすれば必ずあとに男子が生れるというので、これまでにもそうした例が実際にあり、そのままずっと伝承されてきた。当時貴族、大名のなかにはこういう類の家風が稀《まれ》ではなかったらしい。女子が七人生れればその一人を仏門に入れるとか、当主は決して正室を迎えてはならないとか、養子をするばあいは必ず巽《たつみ》の方角から選べとか、かなり有名なものでも四五の例はすぐに挙げることができる。

「若の大伯母さまにあたる方などは、二十歳まで男でおいでなされた、それからお祖父《じい》さまが生れて、松平遠州家へお嫁《か》しなされたくらいだ、これが巻野の伝統なのだが」貞良はこう云って菊千代を見た、「もし若にその気があれば、女にならず、男で一生とおすこともできる、これはずっとまえから考えていたのだが、……大名の家でも女というものはいろいろ束縛が多い、ばかなような者でも良人《おっと》として仕え、窮屈なおもいをして一生をおくらなければならない、男だからといって、こういう身分であればさして野放図なことができるわけでもないが、なんといっても女よりは自由だし、或《あ》る程度までは好きなように生きてゆける、……どちらでもよい、そのうちに分別がついたらまた相談しよう」

「——本当に、男のままでいられるのですか」

「若が望みさえすればぞうさもないことだ」

「——でも、あとに弟が生れましたら」

「巻野を継ぐのではない分封するのだ」

世継ぎは必ず生れる、案外はやく生れるかもしれない、貞良は確信ありげにそういった。また分封とは所領の内から適当な高を分けて、それに相当した家来を持って、生涯独立の館主《たてぬし》となることだと説明した。

菊千代は父にはなんとも返辞をしなかった。心のなかでは男として生きようと思ったが、からだが明らかに女であるという意識、それもまったく唐突に割込んできた意識のために、将来はとにかく現在のことすら、どう身を処していいか判断がつかなかったのである。……気持がおちついて、平常どおり寝起きをするようになっても、気《き》鬱《うつ》といって奥からは出なかった。身のまわりのことは松尾にさせ、会うのは樋口次郎兵衛ひとりである。庭も折戸を閉めて、侍たちの奥庭へ入ることはもちろん、中庭から覗《のぞ》くことさえ禁じた。

「じいとおまえのほかに、若が女だということを知っているのは誰と誰だ」

ある夜、菊千代はこう松尾にきいた、松尾は考えるまでもなく名を挙げた。父と、亡《な》くなった母と、侍医と、取上げた老女、江戸国許《くにもと》の両家老、そのほかに決して知っている者はないということであった。

「なにより公儀へもお届け致しますので、かようなことが漏れましては御家の大事にもなりかねませんのですから」

「――では若の相手にあがっていた者たちも知ってはいないのだね」

「それは申すまでもございません」

松尾はそこで思いだしたように云った。

「お忘れでございましょうか、いつぞや御別家の主税さまと、お屋敷をぬけて泳ぎにおいであそばしたことがございました」

「――うん、そんなことがあったね」

「主税さまがお誘いあそばしたそうですが、もし若さまが女であらっしゃるとご存じならば、よもや主税さまもお誘いはなさらなかったでございましょう」

そのときのことを菊千代はありありと思いだした。そうだ、主税は自分に早く裸になれと云ったが、その態度にはごくしぜんで、好奇心めいたものはなにもなかった。宗家別家の関係にある主税でさえ知ってはいなかったのだ。かれらが自分を男だと信じていたことはまちがいがないだろう、但《ただ》し例外はある。……六歳の年の夏、池へはいって魚を追いまわしていたとき、

――若さまの……はこわれている。

こう叫んだ子がいた。その日のうちに屋敷から逐《お》われたが、あの子は知っているかもしれない。それともう一人、椙村半三郎。

「どうあそばしました」

松尾がびっくりしたようにこちらを見た。半三郎を思いうかべたとき、われ知らず声をあげたらしい。菊千代はかぶりを振って黙って、立って庭へ出ていった。

――彼は生かしてはおけない。

それからというものは、菊千代は絶えずそのことを思い詰めていた。

――どうしても彼は死ななければならない。

あの不謹慎な子が暴言を口にしたとき、半三郎は袴《はかま》のままとびこんで来て、あの子

を叱って突きとばし、自分を抱くようにして池から助けあげた。あのときの彼の態度には、秘事を守ろうとするむきなものがあった。……それ以来ずっと今日までの、日常のこまごました点、彼のまなざしや挙措。すべてがそれを証明しているではないか。いつも彼は自分を女として見、女として扱って来た。

もっとも決定的なことは遠乗りの日の出来事である。菊千代が失禁だと思い誤った、あの着衣の汚れを彼はその眼で見た。まだ菊千代自身が気づかないうち、……うしろから、彼はそれを見たのである。そのときもらした彼の低い叫びも、菊千代の耳には残っている。

――生かしてはおけない、どうしても。

こう呟《つぶや》きながら、ぞっと身を縮めて、さらに菊千代は思いだすのであった。彼女はこれまで常に半三郎と相撲を取り、柔術の稽古《けいこ》をした。彼に投げられ、組合って倒れ、激しく押えこまれたとき、彼女は一種の強い快さを感じた。それで好んで彼ひとりを相手に選んだ、彼でなければその快さは味わえなかったから。……けれどもそのとき半三郎は知っていたのだ。自分が女であるということを、知っていて自分をあのように組みしき全身で押えこんだのだ。

「――ああ、あ、どうしよう」

菊千代は両手で顔を掩《おお》って呻《うめ》く。それを思いだすたびごとに、忿怒《ふんぬ》と羞恥《しゅうち》とのいりまじった、身を裂かれるような烈《はげ》しい感情におそわれ、顔を掩って呻くのであった。

五

父は案外はやく弟が生れるかもしれないと云《い》った。それにはやはり根拠があったものとみえ、年があけるとまもなく男の子が生れた。生母はのちに清樹院といわれた側室で、この人が貞良の生涯よき伴侶《はんりょ》となったのである。生れた子は亀千代と名づけられたが、成長して父の跡を継いだ越後守貞意は彼である。

弟が生れたということを聞いてから、菊千代は男として生きる決心がついた。そうして二月はじめの春寒《はるさむ》というにふさわしい、ひどく凍《い》てる日のことであったが、彼女は中屋敷の書院へ出て半三郎を呼び、人ばらいをした。

相村半三郎はもう十八歳で、むろん元服しているし、長身の瘦形《やせがた》ではあるが、骨組の逞《たくま》しい凜《りん》とした青年になっていた。僅《わず》かに数カ月会わなかっただけであるが、菊千代には見ちがえるような感じだった。躰格《たいかく》に比べてやや小さい頭部の、ひき緊《しま》ったおもながな顔に、濃い眉《まゆ》と相変らず濡《ぬ》れたように赤い唇とが眼をひく。……菊千代はいきなり彼の胸へとびつきたいような衝動にかられた。殆んど身が浮きそうになった。

しかしそれはたちまち激しい憎悪《ぞうお》に変り、膝《ひざ》の上の手が震えだした。

「今日はききたいことがあって呼んだのだ、いらぬことは申すには及ばない。みがきくことに返辞だけすればよい」

菊千代はできるだけ冷やかにいった。

「そのほう菊千代が男であるか、女であるか知っているであろうな」

「――おそれながら」

「返辞だけ申せ、知っているかどうか」

半三郎は両手をついたまま黙っていた。この部屋へはいってから、彼はまだいちどもこちらを見ない。蒼《あお》いほど澄んだ白皙《はくせき》の面を伏せ、なにかを耐え忍ぶとでもいうように、固く口をひきむすんでいた。

「返辞をせぬか、半三郎」菊千代は震えながら叫んだ、「――そのほう菊千代を若年とみてあなどるのか」

「――おそれながら、決してさような」

「では申せ、返辞を聞こう」

「――おそれながら、そればかりは……」

殆んど呟くような声であった。菊千代は全身の血が火になるような怒りを感じ、われ知らず膝が前へ出た。

「いえないというのは知っているからだな、半三郎、面をあげて菊千代を見よ、この眼を見るのだ、半三郎、面をあげぬか」

彼は静かに顔をあげた。菊千代はその眼を射止めるように見ながらいった。

「菊千代が女だということを、そのほう知っていたのだな」

「――はい」

「眼を伏せるな、そして、……それは初めから、知っていたことだな」

半三郎の眼が、然《しか》りと答えるのを認めて、菊千代は一瞬ふしぎな感覚に包まれた。それは絶望的な歓喜とでもいおうか、苦痛と快感とが複合した痺《しび》れるような感じのものであった。もし彼が知っていなかったとすれば生かしておいてもよい。生きていて欲しいという気持は充分にある、そのばあいはこちらから自分が女だったということをうちあけて、おそらくは泣いて彼にとり縋《すが》ったであろう。しかし彼は知っていた、それは菊千代にとっては凌辱《りょうじょく》に等しい。

――彼は自分にとって唯《ただ》一人の者だ。

――だが彼を生かしておいてはならない。

ごく短い刹那《せつな》の痺れるような感覚のなかで、菊千代はこう思いきめ、「半三郎、近う寄れ」と云った。三度それを繰り返した。半三郎は左右の膝で僅かに前へ出た。菊千代は右手で短刀を抜き、すり寄って、左の手で半三郎の衿《えり》を摑《つか》むと、力をこめて彼の胸を刺した。半三郎は無抵抗であった。うっという声が喉《のど》を塞《ふさ》ぎ、全身の筋肉が痙《けい》攣《れん》して、刺しとおした短刀を烈しくくい緊《し》めるように思えた。

「ああ、若、若さま」

　半三郎が叫んだかと思った。しかしそうではなかった。うしろから誰か走って来て菊千代を抱きとめたのである。それは松尾であった。

「御短慮な、なにをあそばします」

「放せ、放せ」

　菊千代は松尾をはねのけ、短刀を抜いてもうひと刺し刺しとおした。

　それからあとのことはよく記憶がない。樋口次郎兵衛が駆けつけて来、松尾が菊千代をはがいじめにした。半三郎は前のめりに、左手を畳につき右手で胸を押えて、がくりと首を垂れていた、抜けて取れそうな衿足とその姿勢が崩れる瞬間とを見たように思う。……気がつくと常居《つねい》の間に坐《すわ》っていた。松尾が盥《たらい》へ湯を取って、自分の両手を清めてくれていたが、そうしながら松尾がひどく震えているので、菊千代は却《かえ》っておちつきをとり戻した。

「短刀を取って来てくれ、それから……仕損じたかどうかも」

松尾が立ってゆくと、菊千代はなにげなく、いま清められた手を見ようとして、とつぜんぞっとし、身ぶるいをしながら眼をそむけた。その手が非常にいやらしく、穢《けが》れたもののように思えたのである。

松尾は戻って来て、囁《ささや》くように云った。

「――おみごとに、あそばしました」

菊千代は脇《わき》へ向いて頷《うなず》いた。

その翌日の午後に父が来た。菊千代は初めて父の怒った顔を見た。幼いじぶんから、怒ったらさぞ恐ろしいだろうとよく想像したものであるが、現に相対してみると決して恐ろしくはなかった。濃いいかり眉と大きな眼と口髭《くちひげ》のある屹《きっ》とした口許と……そのままで圧倒的な威厳に満ちているのが怒りのためにいっそう際立《きわだ》って、ふつうならとうてい眼をあげることはできなかったであろう。けれども菊千代はきわめて平静に父の眼を見あげた。父の怒りを凌《しの》ぐものが自分にはある。そういう気持であった。

「なぜ半三郎をせいばいした」

「――彼はわたくしを辱《はずか》しめました」

「どのようにだ、どう辱しめたのだ」

「――申上げられません」

「たとえ家臣なりとも、人間一人手にかけて理由が云えぬでは済まぬぞ、どのように辱しめたか聞こう」

「――申上げることはできません」

菊千代は冷淡に答えた。

「――もしそれで済まないのでしたら、菊千代の命をお召し下さい」

貞良は白い歯を見せた。叫ぼうとしたらしい。だが急に表情を変え、むしろ好奇的な眼で、まるで初めて見るかのようにじっと、かなりながくこちらの顔に見いった。

「――では半三郎を手にかけて、少しも悔いることはないのだな」

「半三郎がそれを知っていたと思います」

「――自分でしなければならなかったのか」

「わたくしが致さなければなりませんでした、わたくしと彼と、二人だけの事でございますから」

貞良は貞良として、なにごとか納得したようである。こんどの事は然《しか》るべく始末をする、今後は固く慎むようにといって、そのまま座を立とうとした。菊千代は言葉を改めて、――弟が生れたのだから、自分は世子の位地をぬけたものと思っていいかときいた。

「三月には将軍家の日光御参拝がある、それが済めば正式に届け出る筈《はず》だ」

「ではそれが済めば、菊千代のからだは好きに致してよいのでございますか」

「――好きにするとは」

「菊千代は、生涯、男のままで生きたいと思います、いつぞやお約束の分封のことも、頂けるものと思っていてようございましょうか」

貞良は眉をひそめた。どこか痛みでもするように、……それから、分封のことは異議はないけれども、男でいるかどうかは早急にきめる必要はあるまい、なおよく考えてみるようにと云って、父は帰っていった。

幕府のほうにはどういう形式をとったかはわからないが、四月から巻野家の世子は亀千代に定り、中屋敷でかなり盛大な披露の宴があった。……菊千代はそのとき初めて弟を見た。まだ百日に足らない赤児で、髪毛の濃いのと、よく肥えていたということくらいしか覚えがない。それが弟を見た初めであり、そして終りであった。

それから菊千代は再び以前の生活に戻った。学問もし、弓や薙刀《なぎなた》の稽古もし、馬にも乗った。半三郎がいなくなったほか、まわりはみな元の者たちばかりで、菊千代の秘密については誰も知らないらしかったが、半三郎がせいばいされたということで、一種の警戒と隔てができ、まえのようにうちとけた感じはなくなってしまった。

——かれらは怖《おそ》れているのだ、それだけなのだ、気にする必要はない。

こう思ったけれども、隔てのできたかれらのようすが、ときに激しく癇《かん》に障《さわ》り、ついするとどなりつけ、罵《ののし》り、またしばしば鞭《むち》をあげるようなことさえあった。

——悪かった、やり過ぎた。

あとでは悔みながら、やはり同じことを繰り返してしまう。その場になると自制するちからがなくなって、殆《ほと》んど無意識に乱暴なことをしてしまうのであった。

菊千代は責められなければならぬだろうか。いや、彼女はのちに思い返しても否《いな》ということができる。彼女は誰よりも苦しんでいた。十五歳のあの時まで男であると信じ、男としてそだって来た。しぜんにふるまっていても言語動作はそのまま男とみえるに相違ない。しかし菊千代はもうしぜんな気持ではいられなくなっていた。男であろうとする意識がつねに頭にあった。

——女だということがわかりはしないか。

——あの眼は気づいた眼つきではないか。このように絶えず神経が尖《とが》って、奥にこもっているとき以外は心のゆるむ暇がなかった。それだけなら時間の問題かもしれない、馴《な》れるにしたがって緊張も鈍ったであろう。だが彼女のからだがそうさせなかった。一日一日と見えるように、からだ全体が菊千代を裏切りはじめたのである。

六

なめらかに艶《つや》を増してゆく皮膚、量の多い髪毛、腰まわりから太腿《ふともも》へかけての肉付、ふくらんでくる胸乳。……菊千代はどんなにその一つ一つを呪《のろ》ったことだろう。月代《さかやき》にしても、菊千代のは剃《そ》りあとの青さが違う、なめらかに白くてぶよぶよした感じである。眉毛も細く、口髭も生えない、どんなに荒々しくしても手爪先はすんなりと美しくなるばかりだった。そして声がいつまでもかれらのように太くならず、叫んだりするときんきん甲高《かんだか》に響いた。まだ固いしこりのある乳房は手で押しても痛む、それを菊千代は晒《さら》し木綿できりきりと巻き緊めた。剃刀《かみそり》を当てれば濃くなるというので、口のまわりを毎日のように剃らせた。弓、薙刀、乗馬のほかにまた剣術を始め、なお奥庭の菜園で土いじりもした。

こうしてからだを酷使し、食事もできるだけ粗末な物をできる限り少量摂《と》った。しかしそういう努力を嘲弄《ちょうろう》するかのように、からだ自体は女としての発達を少しもやめなかった。

古くからの学友をやめさせ、まったく菊千代を知らない少年を三人、上屋敷から貰《もら》った。河井数馬、末次猪之助、佐野守衛、みな同年の十四歳であった。……このあいだに学問や武芸の師も交代させ、新たに来た師にもほとんど教授を受けなかった。三人の少年たちとだけ弓や薙刀の稽古をしたり、馬に乗ったりするほか、しだいに部屋へこもるようになった。

父の訪ねて来る回数はずっと減った。月に二度はたいてい来るが来ないときもあった。そのころ父は若年寄から老中になっていた。

「侍女を使ったらどうだ。これではあまり殺風景ではないか」

「いいえ侍女はいりません、松尾で用が足りますから」

「しかし少しはうるおいがないといけない、ここはまるで僧坊のようにみえる」

従前どおり来ると酒を出し、菊千代と膳《ぜん》を並べて飲みながら話すが、父は昔のように楽しそうではなく、ふとすると菊千代の姿から眼をそらすようにした。

——自分のおとこ姿がお気に召さないのだ。それは疑う余地がないと思った。すると強い反抗心が起こった。自分をこのようにしたのは父ではないか、初めから理由を知らせてくれたのならともかく、十五までなにも教えず、男であることに些《いささ》かの疑いももたなかった者に、いきなり女になることができるであろうか。そのうえ、男で一生くらすのもよかろうと、父が自らすすめたのではないか。

「分封して頂けるのはいつのことでございますか」

反抗心が起こると菊千代はよくこう云《い》った。

「まだ分封しては頂けないのですか」

貞良は明らかに迷いだしたようだ。そう簡単にはゆかぬとか、考えているとか、もう暫《しばら》く待てとか、なかなかはっきりした返辞はしなかった。……そうして菊千代が十八歳になった正月、いつもの例で上屋敷へ祝儀《しゅうぎ》にゆくと、貞良はうちとけた相談をするという調子で、こちらの眼をやさしく見ながらいった。

「やっぱり男でとおすつもりか、女になる気はないか、意地をぬいて正直にいってみないか」

菊千代は父の眼をみつめたまま黙っていた。答える必要がなかったのである。いまさらなにをという気持だった。貞良はその凝視に耐えられず、絶望したように眼をそらした。

巻野家はひたち、、、のくに嵩間《かさま》領で八万三千石だった。菊千代は二十歳の年、そのうちから八千石分封して貰った。浜町の中屋敷と、別家遠江守の屋敷とのあいだに、彼女のための屋敷が出来、また嵩間領の中山という処《ところ》に屋形と領地事務のための役所が建った。

新しい屋敷では、樋口次郎兵衛が付家老というかたちで、側にはやはり松尾のほかに女を置かず、近習は三人の少年のうち、才はじけた末次猪之助をやめて、矢島弥市という少し鈍感な少年を貰った。……八千石の館主《たてぬし》ではあるが任官しないので、公式には最小限の義務しかなく、家臣も江戸と中山の領地を合わせて、せいぜい四十人を出入りするくらいのものだった。

自分の屋敷を持ってから約二年くらい菊千代は比較的おちついた気持で過した。親族のあいだでは屋形の地名を取って「中山殿」といわれていたが、彼女は父に会う以外は決して親族と往来しなかった。……歌舞伎《かぶき》芝居を観《み》たり、遊芸人を呼んで酒宴をしたり、市中の盛り場を見てまわったり、笛の稽古をしたりしたのはこの期間のことである、だが笛のほかはみなすぐに飽きた、心からひきつけられるようなものは一つもなかった。

——人の世とはこんなものだろうか。

自分で思いつくこと、まわりからすすめられること、彼女の身分で可能なことはたいていやってみたが、やってみるにしたがって失望が大きくなるばかりだった。
――もっとなにかあるはずだ。この胸をどきどき高鳴らせてくれるような、なにかが、……それともこれが世の中というものなのだろうか、自分を夢中にさせてくれるようなもの、全身でうちこめるようなものはないのだろうか。

そのころ昌平黌《しょうへいこう》の教官で平松なにがしという学者がいた。陽明を教えたので学問所を追われたということを聞き、菊千代が彼を招いて老子の講義を聴いた。また芝の正眼寺へかよって禅もまなんでみた。けれどもやはり彼女には縁の遠いもので、どちらも徒《いたず》らに煩瑣《はんさ》であり、空疎《くうそ》なものにしか思えなかった。

こうして平静な時期が経過し、菊千代は二十三歳になった。その年の四月の或《あ》る夜明け、彼女の全神経を惑乱させるような出来事が起こった。……初夏の気温の高い未明の寝所で、菊千代は叫び声をあげて眼をさました。夢だったと思い、起きようとしたが、関節や筋がばらばらにほぐれたようで、身うごきすることもできない。それだけではなかった。夢の中でうけた無法な暴力が、自分のからだの一部にまだ残っていた。その一部分に受けた暴力が現実であるかのように、彼女の意志とは無関係なつよい反応を示している。そしてそれは全身を縛りつけ、痺《しび》れさせ、陶酔にまでひきこんでいった。

この夢と、夢によって起こったからだの反応とが、なにを意味するか。おぼろげではあるが菊千代は理解することができた。そして理解した刹那《せつな》に激しい絶望的な自己嫌悪《けんお》にうちのめされ、神経発作を起こして泣き叫んだ。……屏風《びょうぶ》を隔てて寝ていた松尾が、びっくりしてはいって来た。とのいの間からも侍が来ようとしたそうである。それほど異常な叫びだったのだろう。しかし菊千代は松尾さえ近寄せなかった。

「来てはいけない、さがれ、さがっておれ」

こう叫んで松尾も寝所から出てゆかせ、独りで輾転《てんてん》と泣き、喚《わめ》き、呻吟《しんぎん》したということであった。……その発作中のこまかい事はよく覚えがない、ただ人に見られてはならないと思い続けたことと、そして次のような声が、頭の中で休みなしに聞えていたことは忘れられなかった。

「おまえは女だ、男ではない、女だ、おまえは女だ、女だ、男ではない、女だ、女だ」

二十五歳になって菊千代は嵩間領の中山の屋形へ移ったが、神経発作を起こした日からそれまでの生活は、少し誇張していうと荒暴そのものであった。扈従《こじゅう》は矢島弥市のほか、つねに十五歳までの少年しか使わず、十五歳を越えるとすぐにやめさせた。

薙刀、剣術などの稽古にはかれらに相手を命じ、心の昂《たか》ぶっているときにはよくけがをさせた。いちどは相手の少年が臆《おく》しているのに苛立《いらだ》って、その少年の腕を薙刀で打ち折ったことさえあった。

月に一度か、ときには続けて二度くらい、あの忌《いま》わしい夢が彼女を辱しめた。そしてその夢のあとでは、きまって同じ発作を起こして、まわりの者を驚かした。

――このままでは気が狂ってしまう。

菊千代はそう思うようになった。どうしても制御することのできない衝動的な行為が、自分でぞっとするほど怖ろしかった。これを続けてゆけば狂人になる、必ず発狂するだろうという気がした。

――山へはいって静かにくらそう。

江戸にいても慰めはない。世捨て人になって、山へこもって平安に生活したい、そうすることができれば少なくとも狂人にはならずに済むだろう。それが自分に残された唯一《ゆいいつ》の道だ。菊千代はこう心をきめて、中山へ移ることを父に頼んだ。……貞良も菊千代の行状には当惑していたらしい、ついぞ小言めいたことはいわなかったが、中山へゆきたいと聞くと、愁眉《しゅうび》をひらくといった表情で、それはよかろうとすぐに承知してくれた。

幕府への手続きでちょっと暇取ったが、二十五歳の年の二月、菊千代は江戸を立って中山の屋敷へ移った。樋口次郎兵衛は老年なので、そのときいとまをやり、身ぢかの者では松尾と矢島弥市だけを伴《つ》れていった。

中山は嵩間の本城から五里ばかり離れたところで、屋形はなだらかな谷峡《たにかい》の丘の上に在った。敷地は五千坪ばかりだろうか、三方に築地塀《ついじべい》をめぐらし北側は柵《さく》になっていて、そのうしろは深い森がそのまま山へと続いている。森は斧《おの》を入れたこともないように、杉や檜《ひのき》の巨《おお》きな立枯れの樹《き》もみえ、びっしりと灌木《かんぼく》が繁《しげ》って、いつもじめじめしていた。そこには狐《きつね》や狸《たぬき》や鹿《しか》などが棲《す》んでいるというが、風の吹きぐあいによって、古い松葉の匂《にお》いが屋形の中まで匂って来た。また庭を迂曲《うきょく》して小さな流れが作ってあったが——それは澄み徹《とお》った余るほどの水量で、いつも溢《あふ》れるばかりたぷたぷと流れていたが、——その水は山裾《やますそ》に湧《わ》き、森の中をぬけて来るので、秋になると種々さまざまな落葉を流れにのせて運んで来た。そのなかにはまだ菊千代の見たこともない形の、しかも眼のさめるほど美しく紅葉したものがたくさんあって、初めのうちは幾種類となく拾っては集めたものであった。

七

「来てよかった、本当に来てよかった」

移って来て二年ばかりのあいだ、菊千代はおりにふれてそう云った。

「もっと早く来ればよかった、ここならおちついてくらせる、もう決してみんなを困らせるようなことはしないよ」

それは誇張ではなかった。気持も明るく爽《さわ》やかで、神経が尖《とが》ったり苛立つようなこともない毎日が清新でのびのびとしていた。まわりに人が少ないので、男であろうとする絶間ない努力から殆んど解放され、久方ぶりで自由な自分をとりもどした感じだった。

前庭には松や栗《くり》や楢《なら》などの林があり、その端に立つとひろい谷峡が眺められる。流れの早い川に沿って、白い道が遠く山の彼方《かなた》へと延びているが、それは嵩間から山越しに北陸道へ通じているそうで、しかしあまり人の往来はなく、みかけるのは多く付近の郷村の者であった。

菊千代は弥市だけ伴《つ》れて、馬で領内をまわったり、弓を持って森から山へわけ入ったりした。常陸《ひたち》人は頑固で意地がつよいと聞いていたが、山村の人々にもそういう気風があって、館主と知っても不必要な騒ぎはしない。菊千代はたびたび出先で弁当をつかったが、ごく貧しい農家などでもさほどおそれかしこむようなふうはなかった。二度、三度とたち寄るうちには、老人などが気楽に世間話をしかけたり、また弁当の菜や汁を作って出したりした。

「お口には合いますまいが、召上って頂こうと思ってこしらえたですから」

そんなふうに云って、塗の剝《は》げた椀《わん》や欠け皿などを並べる。焼干しの川魚と野菜を煮たもの、味噌汁《みそしる》、古漬けのたくあん。たいていこういったもので、なるほど菊千代の口には合わなかった。ただかれらの好意を無にしたくないだけで箸《はし》をつけたのであるが、馴《な》れれば屋形の料理とは違った風味があり、やがて出されたものは余さず喰べるようになった。

喰べ物に馴れるにしたがって、かれらの生活にも馴れていった。一年ばかりのあいだにたち寄る家はおよそきまったが、好んで寄るのは波山村の茂平、原の竹次、保毛村の太九郎という三軒であった。これらはみな貧しい小作人で、特に原の竹次はひどい生活をしていた。市原数右衛門という名代名主の話によると、竹次夫妻は嵩間の人間であって、両者とも商家そだちであるが恋仲になったのを許されず、いろいろと面倒なわけもあって、十年ほどまえついにかけおちをし、この土地へ来て居着いたのだという。

「このへんでは百姓は稗《ひえ》を食って三代というくらいで、あの夫婦もまあ孫の代まで辛抱する気があれば、百姓で食えるようにもなるでしょうが……」

数右衛門はそういったが、それはそのままでかれら夫婦の苦しい生活をよくいいあらわしていた。

原は屋形に近かったし、夫妻の身の上を聞いてから多少は好奇心もあって、菊千代はしげしげ竹次の家へいった。ときには独りで、庭へ歩きに出たままゆくこともあった。竹次もおいくという妻も年よりはずっとふけてみえた、二人のあいだに正太といって七つになる子があるが、親子とも揃《そろ》って無口で、けれどいつも三人いっしょに黙々と働いていた。田でも畑でも、薪伐《たきぎき》りにゆくにも必ず三人いっしょだった。……休む暇のない、そのうえ慣れない労働と、貧窮した暮しのために疲れきったふうである。恋仲などというなまめいた話とは縁の遠い姿であった。かれらがいっしょにいるのを見るたびに、巣を逐《お》われた雀《すずめ》の親子が、身を寄せあってじっと寒さを凌《しの》いでいるように思え、菊千代はひそかにこう呟《つぶや》いたものだ。

――あの二人は自分たちの恋を悔んでいるのではないだろうか、自分たちの恋のためにお互いを憎むようなことはないだろうか。

その年の秋の或る日。それは稲刈りの時期のことであるが、菊千代がかれらの田の近くを歩いていたとき、竹次といくとが激しくいい諍《あらそ》っているのを見た……菊千代は独りで、森から丘へぬけて、知らない山道を下りて来ると、偶然かれらの田の脇《わき》へ出たのである。

――竹次といく、

二人の高い声と姿を見てすぐに気がつき、われ知らず道傍《みちばた》の灌木の茂みへ身を隠した。田は道から一段低いので、夫婦の側で正太が泣いているのも見えた。

「あんたは病人じゃないの、病気のときくらいあたしがしたっていいじゃないの、あたしがいくらばかだってもう稲刈りぐらいできますよ」

「おまえをばかだって、おれはそんな、そんなことをいってるんじゃないんだ」

「いいえ知ってます。あんたはあたしをなんにも出来ない女だと思ってるんです、鍬《くわ》も鎌《かま》も持たせない、焚木《たきぎ》も背負わせない、こやしも担《かつ》がせない、いっしょに苦労をしようと云って来て、あたしはずっとそのつもりで、なんでもしようと思うのに、あんたにはもう、……もうあたしが重荷になっているんだわ」

「やめてくれ、頼むからやめてくれ」

泣きだした妻に向って、竹次は哀願するようにこう云った。

「おまえに野良《のら》の仕事をさせないのは、決してそんなつもりじゃない、おまえにそんな事をさせるのがおれには辛《つら》いんだ、こんなやまがへ伴れて来て、しなくてもいい苦労をさせて、満足に着ることも食うこともできない。みんなおれの甲斐性《かいしょう》なしのためだ、それだけだっておれは済まないと思ってるんだ」

「そんなことを云われてあたしが嬉《うれ》しいと思うの、一つの物を分けて喰べるのが夫婦なら、苦労だって二人で分けあうのがあたりまえじゃないの」

「おまえは苦労しているじゃないか、おれはおまえの姿を見るたびに」

「やめて頂戴《ちょうだい》、そんなこと、あんた」

いくは叫んで良人《おっと》に縋《すが》りつき、身を震わせて泣き、しどろもどろにかきくどいた。

「済まないのはあたしよ、あたしさえいなければ、あんたは渡島《としま》屋の主人になって、りっぱな旦那《だんな》でくらせたんだわ、それをあたしがいたばっかりにこんな、こんなみじめな」

「もうたくさんだ、おいく、やめてくれ、もうたくさんだ」

「あたしあんたに済まなくって、申しわけなくって、これまでどんなに蔭《かげ》でお詫《わ》びを云っていたか、しれないわ、堪忍《かんにん》して、あんた、堪忍して」

おいくは良人の胸にしがみついて泣いた。それから二人がどんなふうに言葉をとり交わしたか、どのようにして諍《いさか》いがおさまったか、菊千代にはよく思いだすことができない。……菊千代は説明しがたい感動にうたれ、いつか自分も泣いていた。それが諍いではなく、劬《いたわ》りあいであることがすぐにわかった。竹次が病気で寝ているので、おいくがそっとぬけだして稲刈りを始めた。それと知って竹次が追って来て、そんな諍いあいになったものらしい。

ごくありふれたことなのだろうが、ふだんどちらも無口で、心に思いながら口にだしてはなにも云えない、お互いが心のなかで、お互いに苦労をかける、済まないと思っていた。それが今、飾らない言葉で互いの口をついて出たのだ。

――もっとあたしに苦労を分けてくれ。

――これ以上おまえに苦労はさせられない。

このやりとりが衝撃のように強く、いつまでも菊千代の頭に残った。愛情でむすばれた二人の、庇《かば》いあい劬り支えあおうとする気持が、少しの巧みもなくあらわれている。貧窮したみじめな生活は、かれらの「恋」をうち砕いたであろう、しかしそれに代ってもっと深く、もっと根づよい愛が二人をつないでいるのだ。

「さあもういい、帰ろう」竹次がそう云った、「――正太も泣くんじゃない、もう二三日すればお父つぁんも起きるからな、そうしたら三人でいっしょに稲刈りに来よう、まだ五日や七日おくれたって大丈夫だ、正太は鎌を持ちな」

三人が去ってからやや暫《しばら》くして、菊千代は山道をかれらの家とは反対のほうへ気のぬけたような足どりで下りていった。頭がぼんやりして、胸の奥が熱いようで、足が地面から浮くような感じだった。

「——可哀《かわい》そうな菊さん、可哀そうに……」

菊千代はふとこう呟いた。自分でそう呟いて、その声にびっくりして、立停って周囲を見まわした。近くに人の姿は見えなかった。もちろん自分が呟いたのである。

「——なんだろう、可哀そうな菊さん、……どうしてこんな言葉が今とつぜん出たのだろう」

なにか遠い記憶にありそうだった。けれどもそれがなんであるか、どうしても思いだせそうにない。菊千代は頭を振って、藪《やぶ》の脇から堰《せき》に沿った道へと曲っていった。

屋形のある丘の裾へ出ると、表の黒門へゆく途中に農家が三軒ある。丘の下の、竹藪や雑木林に囲まれた、じめじめした陰気な一画で、三軒ともすっかり住み古し、殆《ほと》んど朽ちかかったあばら屋であるが、……そのいちばん道に近い家のものらしい、物置小屋のようなものの前に、屋形の侍と下僕とが四五人いて、声高になにか云《い》っているのが見えた。

菊千代は黙って通り過ぎようとしたが、「いや、ならん、すぐに立退け」こう云うのを聞いて足を停めた。立退けというのは穏やかでないと思った、それでつい知らずそっちへ近づいていって、どうしたかと声をかけた。……侍や下僕たちは驚いてそこへ膝《ひざ》をついた。するとその小屋の中に、ひどく痩《や》せた男が一人、じっと頭を垂れているのが見えた。

「どうしたのだ、その男がなにかしたのか」

「いろいろ、うろんなことがございますので、立退くように申し渡しているところでございます」

「うろんなこととは、どんなことだ」

「彼は三月ほどまえに此処《ここ》へ住みついた者でございますが」

侍の一人がこう説明した。そこは源太という農夫の物置小屋だったが、七月初旬に少し手入れをして、その男が住むようになった。源太の遠縁の者で、水戸《みと》のほうで商売をしているが、病弱のため店を人に頼み、暫く静養するつもりで来たのだという。

八

「私どももそうとばかり思っておりましたところ、それがみな嘘《うそ》で、源太とは縁もゆかりもなく、水戸の店というのも、商人と申すのも嘘で、まことは武士らしく、そのうえ病気は労咳《ろうがい》ということでございます」

源太の妻からもれたのが、屋形の下僕に伝わったので、来て問い詰めたところ返答がはっきりしない。素姓がそんなふうに怪しいし、労咳などという病人では屋形の近くには置けない。それで立退きを命じているのだということだった。

話を聞きながら、菊千代は男のようすを眺めていた。痩せた骨立ったからだで、いたいたしく肩が尖っている。両手を膝に置いて、ふかく頭を垂れた姿勢には、どこやら凛《りん》とした線があって、なにか由《よし》ありげな、という感じが強くきた。

――よほどやむを得ない事情があって、病むからだで、こんな処《ところ》へ身を隠しているのだろう。菊千代はこう想像したので、「いや立退くには及ばない、許すから此処に置いて、病気をいたわってやるがよい、弱い人間に無慈悲なことはしないものだ」

侍や下僕たちにそういいつけて、男のほうは見ずにそこを去った。

病気をいたわってやれといったとき、菊千代はふと竹次夫妻にも援助を与えようと思いついた。そして名代名主の数右衛門を呼んで、援助はどのようにしたらいいかを相談した。……数右衛門はそれには反対であった、かれらが本当に百姓になるつもりなら、やはり孫の代まで辛抱しなければいけない、ここで脇から助けてやれば、当座は生活が楽になるであろう、しかし援助が切れたときは元の杢阿弥《もくあみ》で、そうした例は幾らもある。そんなふうに主張した。

「それはそうでもあろうが、辛抱してゆけるだけの心配はしてやってもよくはないか」

菊千代はさからわずに、竹次が病人であることを話し、とにかく仇《あだ》にならない方法でかれらを援助するようにと云った。

それから約一年あまり、菊千代はおちついた静かな日を送った。

竹次には肥えた田を五段歩と、炭を焼くための山が与えられた。土地が谷峡《たにかい》なので、良い田地はあまり多くは無い、その五段歩は数右衛門の持ち地で、竹次に作らせるにはかなり無理をしたようであった。

源太の物置にいる男も、病気はさして悪くないとみえ、ときに歩きまわっている姿をみかけるし、小屋の前を通りかかるとよく薪《まき》を割っていたりした。あのときのことを忘れないのだろう、歩いていてみかけると、田を隔てた向うの道からでも鄭重《ていちょう》に挨《あい》拶《さつ》するし、小屋のまわりでなにかしているようなときにも、菊千代が通りかかると必ず、敏感に気づいて、頭を低く下げて黙礼した。

――武家であることは慥《たし》かだ。

菊千代はその身ぶりを見るたびにそう思った。

――それも志操の正しい人間に相違ない。

そして自分ではなるべくそ知らぬ顔をして、めだたないように魚や鳥などをときどき持ってゆかせたり、嵩間から月に二度ずつ医者が来るとたちよって診察や投薬をするよう命じたりした。……彼が某藩の浪士で楯岡《たておか》三左衛門という名であることや労咳も年が年だから、たぶんこのままかたまるだろうなどということは、みなその医者から聞いて知ったのである。

移って来て翌年の秋、別家の巻野主税がとつぜん中山へ訪ねて来た。彼はぶくぶく肥《ふと》って、しゃれた口髭《くちひげ》など立てて、朝から酒を飲みながら、もう世の中がつまらないから、いっそ絵師にでもなろうかと思うなどといった。

「こんなことを申上げてはあれですが、ちょっと悪い女にひっかかりましてね、私もだいぶひどいめにあいましたが、子供ができたなんていいだしたりしましてね、誰の子だかわかりゃあしないんですが、それでまあ、そのあれなんです、そのほうの始末をするあいだ江戸にいないほうがよかろうということで、実は大洗の方面を廻ったりしたんですが、ひょいとこちらの屋形を思いだしたもんでね、御祝儀《ごしゅうぎ》だけでも申上げなければなるまいというわけで参上した、……つまりそんなようなことで、実のところもうなってないようなものなんですが、そんなこんなでまあ、やっぱり絵でも描いてゆこうかと思わざるを得ないですよ」

主税は五日滞在した。そのあいだ酒ばかり飲んで、いかがわしい唄《うた》をうたい、「ここには色っぽい腰元などいないですか」などと松尾に云ったりした。

「これだけの屋形で腰元がいないというのは淋《さび》しいですなあ、だいいちまだ殿さまが独り身でいるというのがおかしい、私はそこは遠慮なく申上げるたちですが、奥方をお迎えにならんとすればですね、もしそうとすればですね、これははっきり云いますけれど、やっぱりそこはきれいなのを四五人お側へ置かなければいけないと思う、……これは自然に反しますよ、私は断じて……」

酔うと着たまま寝所へもぐりこみ、眼がさめるとすぐに酒である。菊千代は二度ばかり相手になってやっただけで、あとは帰るまで松尾に任せきりだった。……矢島弥市は初めて主税を見るので、その傍若無人なありさまには、ひどく驚いたらしい。けれども主税の言葉には感ずるところもあったふうで、「どうもやはり、これは、差出がましゅうございますけれども、これはやはり奥方をお迎えあそばしませぬと……」

いつもの鈍感な調子でそう云いだした。それは主税が去って五六日経《た》った或《あ》る日、二人で丘の上を歩いているときのことであった。

「おまえの気にすることではない」

　菊千代は脇を向いたまま冷やかに云った。

「それはもう仰《おお》せのとおりですが」弥市はもそもそ口ごもったが、やがてまた、「――御領分の者なども、そのことでお噂《うわさ》を致しておりまするし」

「領内の者が……なにか云っているのか」

「そこはどうしても下民のことでございますから、いろいろと愚にもつかぬことを……もちろん御心配申上げてのことでございますが」

　もうよせと叱《しか》りつけようとしたが、菊千代はそのまま黙って歩いた。八千石の館主で、二十六歳で、まだ結婚もせず若い侍女も置かないとすれば、領内の者たちが不審に思うのは当然かもしれない。

　――かれらはどんな噂をしているか。

　こう考えると、およそ不清潔なものが想像され、ぞっと肌寒くなる感じだった。その不愉快な気持から逃げるように、ちょうどいつかの道にさしかかったので、菊千代はかなり急な細い坂を、足ばやに竹次の家のほうへ下りていった。

　いつか夫妻の云い諍っていた田はもう稲が刈り取られたあとで、刈り株がきれいに並びしきりに雀《すずめ》が落ち穂を啄《ついば》んでいた。菊千代があのとき身を隠した灌木《かんぼく》の茂みは、去年より丈も伸び枝をひろげて、その枝にまじって野茨《のいばら》の赤い実が美しく光ってみえた。……彼女はそこで立停って、しんとした刈田を眺めまわした。しっとりと柔らかく乾いた田の土、きれいに揃《そろ》った刈り株、……そこに竹次やおいくや正太の姿が見えるようである。新しく肥えた五段歩の田を作り、冬には炭を焼いて、互いに劬り支えあって、三人で幸福に生きているであろう、今、現にかれらは三人で、いっしょに喜々と働いているに違いない。身も心もぴったりと倚《よ》り合った親子三人のむつまじい楽しげな姿、……菊千代はふと泣きたいような感情にさそわれ、無意識に口の中で呟《つぶや》いた。

「――可哀そうな菊さん、可哀そうに」

まったく意識しない呟きであった。こんども自分でびっくりしたが、その刹那《せつな》にありありと思いだした。それは母の言葉であった。母が亡《な》くなるとき、菊千代の手を握って、涙をこぼしながらいった言葉である。

――お可哀そうに、菊さん、お可哀そうに。

菊千代は危うく呻《うめ》きそうになった。母の顔はよく思いだせないが、むくんだような頰にこぼれ落ちた涙や、詫《わ》びるような祈るようなその声は、まざまざと記憶からよみがえってきた。自分の手を握った痛いほどの力も、そのまま自分の手に残っているようだ。

——お可哀そうな、菊さん。

母の言葉の意味が初めてわかる。自分が上屋敷へ訪ねていっても、どこかよそよそしくて、自分の姿から眼をそらすようにした。……母は自分のおとこ姿を見るに耐えなかったのだ、家の古い伝承には従わなければならない、しかし初めて産んだ娘が男としてそだてられるのを、母は平気では見ていられなかった。いつも哀れがり、可哀そうだと思っていたのだ。

——お母さま。

菊千代は眼をつぶって、心のなかでそう呼びかけた。

自分はなぜ母の言葉を思いだしたか。十余年もまえの、しかもそのときはわけもわからず、ただきみが悪いとしか感じなかったことを、なぜとつぜんに思いだしたか。いま菊千代には理解することができる。それは竹次夫妻の劬り愛しあう姿を見たからなのだ、そのように深く良人に愛されているおいくの姿を見たからである。自分はかつてそのように愛されたことがない、主従の関係はあるけれども、女としては一度も、誰からも愛されなかった。おそらくはこれからも愛されることはないだろう。自分では意識せずにそう思い、そして記憶の底に隠れていた母の言葉を、われ知らず呟いたに違いない。

――そうだ、可哀そうな菊千代。

その年の冬を越すあいだ、菊千代は鬱陶《うっとう》しいような、元気のない日々を送った。

九

中山へ来てからの静かなおちついた生活が終った。年が明けて春の近づくころから、菊千代はまた気持が苛々《いらいら》し、癇《かん》が昂《たか》ぶって、例月のさわりの前後には、再びあの忌《いま》わしい夢を見るようになった。なんの理由もなく性急に名代名主を呼んで、「竹次への援助はやめる、もう構うな」などと怒り声で云ったり、また自分ひとりでいきなり栖岡三左衛門の小屋へゆき、「こんな処では不自由であろう、屋敷へ来て養生するがよい、申しつけて置くから」

そんなことを云いだしたりした。

思いつくことが衝動的で、しかもそれが抑制できない。なんでも即座に思うようにやってしまう。独騎で半日も遠乗りをして、そこがもう隣藩であることを知らずに咎《とが》められたり、無法に駆けさせて乗馬の脚を挫《くじ》かせたりした。薙刀《なぎなた》の稽古《けいこ》を始めて、弥市のほかに相手がなく、弥市はまた相手には不足なので、庭樹《にわき》の枝を叩《たた》き折ってまわり、腕の筋をちがえるようなこともあった。

竹次のことはあとから使いで取消し、援助を続けるようにと云ってやったが、楯岡のほうは命じてしまったので、侍たちがいって彼を屋形へひき取った。これは菊千代は知らなかったが、ある日、森の柵《さく》のところでふいに彼と出会い、びっくりして顔を眺めた。

「——おおこれは……」楯岡もひどく狼狽《ろうばい》したようすで、うしろへさがりながら低頭した、「——お情けをもちまして、御邸内に住まわせて頂いております……とつぜんお眼をけがしまして、まことに……」

そして低頭したまま、逃げるように侍長屋のほうへ去っていった。その背丈の高い、肩の踞《かが》んだようなうしろ姿を見やりながら、菊千代は呼びとめて話しかけたいという強い誘惑に唆《そそ》られた。……彼が源太の小屋にいるじぶんから、いちど身の上を聞きたいと思った。そればかりでなく、ふとすると彼とならうちとけた話ができそうに思えた。

——素姓を隠して、こんな山の中へ遁《のが》れて来て、ひっそりと病を養っている、訪ねて来る者もないらしい、家族なども有るのか無いのか。……

その孤独な姿には菊千代と共通するものがある、それが心をひくのであろう。柵の側で出会ってからのちも、しばしば屋形のうちそとでみかけることがあった。

——今日は呼びかけてやろう。

そう思うのであるが、三左衛門はひどく恐縮するようすで、いつもこちらを避けるように、ただ低頭して去るのがきまりだった。

三月になってまもなく、嵩間の城から使いがあり、父が訪ねて来た。供は十人ばかりだったが、駕《かご》が幾つも付いて来て、若い腰元が五人とその持物が運びこまれた。……このありさまを見ると、菊千代はすぐに別家の主税を思いだし、侮辱されたように肚《はら》が立った。彼女が直感したとおり主税は帰ってこちらの生活ぶりを父に話したらしく、「相変らず僧坊のようなくらしをしているというではないか、もっと気楽にしてはどうだ」

久方ぶりの対面に父はすぐこう云った。

「小さくとも館主となれば、これはこれで一城のあるじといえる、人間はその身分に応じた生き方をしなければならない、もう少し寛闊《かんかつ》な気持になって、楽しむことは楽しんで生きなければ……あとで悔んでも若い日をとり戻すことはできないぞ」

菊千代は黙って聞いていた。世間で楽しみといわれている事は、江戸でたいていいやってみた。けれども心から自分を慰め、楽しませてくれたものはない。中山へ来たのは隠遁《いんとん》である。世捨て人になるつもりで来たのだ。父もそれを知っていた筈《はず》なのに、いまさらなぜこんなことをいうのか。そういう気持であった。

「伴《つ》れて来た五人はそれぞれ芸達者だ、なかでも葦屋《あしや》と申すのが気はしもきくし、まだいろいろ世間も知っているので相手には面白いであろう、まず、ともかくも披露させよう」

それから酒宴になった。

腰元たちは美しく化粧して、着飾って、琴、三味線、笛、鼓などそれぞれの芸をみせ、唄もうたい踊もおどった。葦屋というのはもう二十二三であろう、小柄のきりっと緊《しま》ったからだつきで顔かたちもよく、立ち居の動作もきびきびしていた。得意なのは鼓らしいが、琴も笛も巧みである。そしてほかの四人を自在に指揮して、酒宴の席を絶えず飽かせないように、ゆき届いた心くばりをみせた。

嵩間に訴訟があって来たので、暇がないからと云《い》いわけのように断わって、父は一夜だけ泊ると帰っていった。

十

腰元たちが来て二十日あまりは、慥かに身のまわりが華やいで、賑《にぎ》やかでもあるし気がまぎれた。父によくいいつけられたとみえ、葦屋はほとんど付ききりだった。性分もよほど敏感なのだろう。絶えず側にいて、菊千代の望むことはたいてい先へ先へとまわってした。

だが菊千代はやがて飽きて、疲れてさえきた。そんな年ごろの娘たちと、いっしょにくらしたことは初めてで、美しく化粧をし、着飾った姿を見ると、珍しくもあり眼の楽しみでもあった。みんなで話をさせて、久しぶりの江戸言葉で、ばかげたようなたあいのない話をするのについ笑ったこともある。……しかしそれは二十日ばかりのことであった。やがて化粧の香料のつよい匂《にお》いが鼻につき若いからだの嬌《なま》めいた姿が眼ざわりになった。

「――弥市、馬を出してくれ」

彼女たちが双六盤《すごろくばん》などを持って来るのを見て、とつぜんそこを逃げだして、袴《はかま》も替えず馬でとびだすようなことがしばしばになった。夕餉《ゆうげ》は小酒宴ときまったようで、黙っていれば更《ふ》けるまで弾いたり唄ったり踊ったりする。それもうるさくなるばかりで、叱《しか》りつけてやめさせるか、さっさと席を去るようになった。

「これからは申しつけるまで音曲は無用だ、また身のまわりのことは松尾にさせるから、呼ばぬ限りは出て来ないように」

ある日どうにも癇が立ったので、葦屋に向ってきびしくそういった。それは三月下旬の、昼から気温の高いむしむしする日だった。葦屋にそういい渡したあと、弥市を伴《つ》れて領分はずれのほうまで歩きまわり、さすがに疲れきって帰って来た。……食事をしたあと、もういちど湯を浴び、寝所へはいったのが九時ころであろう、暑いのでいちど眼がさめ、掛け夜具を替えさせようと思ったが、昼の疲れであろう、全身がひどくだるく、そのうえ眠くもあるので、声をだすのも億劫《おっくう》になり、ついそのまま眠ってしまった。

どのくらい眠ったかわからない、誰かに呼び起こされているような感じでうとうとしているといつかしらあの忌わしい夢のなかへひきこまれた。

「――ああいけない、いけない」

身をもだえながら、その夢から遁れようとして、思わず叫んだ。その声で眼はさめたが、同時に自分が誰かに抱かれているのを知った。

――夢だ、まだ夢をみている。

こう思ったが夢ではなかった、柔らかい、熱いような肌が、自分の肌をぴったりと押しつけている、そうしてすぐ耳のそばで、喘《あえ》ぐような、かすれた囁《ささや》き声がした。

「そのまま、じっとしておいであそばせ、じっとして、なにもお考えなさらないで、そのままじっと、……もう少しおみ足を……」

葦屋の声であった。彼女のからだと手足の動作で、菊千代は自分が辱《はずか》しめられているということを感じた。そのからだと手足をふり払わなくてはならない、突き退けなくてはならない。こう思った。けれどもそれはまったく不可能であった。葦屋の動作は菊千代の全身を麻痺《まひ》させ、頭までしびれさせた。固くつむった眼のまえに虹彩《こうさい》のような光りが飛び交いいつか夢中で自分から葦屋に抱きついてさえいたようだ。

「お姫さまとだけ、お姫さまとわたくしと、二人だけ」葦屋はうわずった声で菊千代の耳へ口を寄せて囁き、そして呻いた、「――そのほかには誰にも、誰にも決して……お姫さま、わたくしのお姫さまどうぞいつまでも」

その夜の経験のこまかい部分はよくわからない、ただ呼びさまされた感覚だけは、葦屋の無礼を証明するかのように、朝まで反復して菊千代をおそった。

松尾が起きる時刻を知らせに来たとき、菊千代は顔をそむけたまま気分が悪いといった。からだ全体がだるく、頭に泥でも詰ったような感じだった。おそらく醜い顔をしているであろう、誰にも会いたくないし、このままどこかへいってしまいたいような気持だった。……そうしてまた眠ったらしい、こんどははっきり眼がさめ、夜半の経験が夢でなく、現実に葦屋の辱しめを受けたのだということ、それが異常な感覚として、現に自分のからだに残っていることを認めた。

「——葦屋、……あの女め」

菊千代はさっと蒼《あお》くなった。葦屋は自分が女であることも知った、生かしてはおけない、どうしても生かしておいては。……菊千代は鈴を振って松尾を呼び、着替えをしてから、「——葦屋にまいれと云え」こう云って刀を取った。葦屋はすぐに来て、媚《こ》びた笑い顔でこちらを見あげた。襖際《ふすまぎわ》に手をついている。

「お召しでございますか」

「——はいれ」

菊千代がそう云ったとき、葦屋はとっさに危険を感じたらしい、はいろうとした姿勢がそのまま逃げ腰になった。

「おのれ、逃げるか」

菊千代はこう叫んで刀を抜いた、葦屋は身をひるがえし、次の間から廊下、そして庭へと走り出た。菊千代は刀を右手に追って出た。うしろで松尾がなにか叫び、わらわら人の騒ぎたつのが聞えた。

「待て、逃げようとて、逃がしはせぬぞ」

菊千代は絶叫した。葦屋は裾《すそ》を乱し、狂気のように悲鳴をあげた。髪もほどけた、いちど庭を流れている水へ落ちこみ、裾が濡《ぬ》れたので、栗林《くりばやし》のところで激しく倒れた。距離は十歩ほどである、葦屋は笛のような声をあげ、はね起きて坐《すわ》って、絶え絶えに喘ぎながら、大きく眼をみはって、喪心したようにこちらを見た。

——その顔、その手で……。

菊千代は歯をくいしばりながら、刀をふりかざしてまっすぐにいった。するとふいに、横からつぶてのように走って来て、「お待ち下さい、御短慮でございます」こう叫びながら立ち塞《ふさ》がる者があった。菊千代は逆上したように刀を振り、「止めるな、斬《き》らねばならぬ、どけ」

「お待ち下さい、どうぞ気をお鎮《しず》め下さい」

「どかぬと斬るぞ」

菊千代は刀をふりあげた。すると立ち塞がった男は両手を着物の衿《えり》にかけ、それをぐっと左右にひらいて、自分の裸の胸を見せた。

「お斬りあそばせ、いざ」

そしてすぐに衿を合わせた。

「——その胸の、その胸の……」

菊千代はくらくらとめまいにおそわれた。

「——おまえは誰だ、おまえは」

その一瞬に過去のあらゆる記憶が、内発する幻像のように頭のなかで明滅した。だがそれがなんの意味であるかわからぬうちに、からだを渦に巻かれるような感じで昏《こん》倒《とう》した。

寝間へ運ばれるとすぐ気がついたようだ。けれども激しい神経発作を起こし、輾転《てんてん》ところげまわったり、着ている物をひき裂いたり、叫んだり泣き喚《わめ》いたりしたという。

「あの女を生かしてはおけない、葦屋を斬れ、すぐ庭へひき出して斬ってしまえ」

狂気のように叫び続けたのを、自分でもおぼろげに覚えている。それと同時に、そのように泣き叫びながら、頭のなかでは記憶の幻影を追っていた。池が見え、広い御殿がみえ、ふいに視界が赤い色で潰《つぶ》され、老子の講義をする男が現われた。狂奔する馬の背にしがみついている自分。「かんぷり」と誰かの呼ぶ声がし、水の中を魚がすばしこく逃げる。そしてまた御殿の暗い部屋、その部屋が歌舞伎《かぶき》芝居の舞台になり、その舞台の上を、猫のような見知らぬ動物が横に走った……そしてこれらの変転する幻像の背景のように、古い二つの傷痕《きずあと》のある男の胸部が明るく暗く捉《とら》えがたいもどかしさで絶えず見えたり消えたりした。……痩《や》せて蒼白い、男のあらわな胸、そこにある二つの古い傷痕。……それがいつまでも執拗《しつよう》に、変化する幻像の向うに見えるのであった。

「それをどけろ、どけてくれ、斬ってしまえ、庭へひき出して……ああ」

菊千代は両手で顔を掩《おお》い押えようとする松尾の手の下で身もだえをした。

発作がまったく鎮まったのは三日めの夜半過ぎであった。心身消耗という感じでそれからはよく眠ったらしい、眼がさめると枕許《まくらもと》に松尾が坐っていた。

暗くした燈火《とうか》が横からさして、松尾の肥《ふと》った頬の片面を静かな色に染めていた。髪に白髪が出たのだろう、鬢《びん》のところに幾筋かきらきらと光っているのが見える。菊千代は自分の頭がきれいに冴《さ》えて、憑《つ》きものでもおちたように、からだ全体が爽《さわ》やかになっているのを感じた。

——ながいあいだせわをかけた。

気持のいい甘いような溜息《ためいき》が出る。松尾だけではない、幼いころからずいぶん多くの者に面倒をかけせわになった。庄吾満之助、椙村半三郎、別家の主税にも。……痈が立って薙刀で相手の腕を折ったことがある。あの少年はなんという名であったか。赤、かんぷりなどというあだ名の子もいた。けれども誰より好きなのは半三郎であった。……椙村半三郎、慥《たし》か側用人の二男であったが、美少年で、静かな性分で、思いやりがあって、……そこまで回想してきたとき、菊千代はぎゅっと眼をつむった。

——いやそんなことはない。

彼女は胸の上で両手を強く握った。ずっと昔、自分は半三郎を手にかけた。その手で押えつけて、短刀で二度、彼の胸を刺した。みにやった松尾は「おみごとにあそばした」と云ったのを覚えている。……葦屋を斬ろうとしたとき、前に立ち塞がったのは楯岡三左衛門であった。彼は衿を左右にひらいて「斬れ」と云った。その痩せて骨立った、蒼白い胸に、古い突き傷の痕が二つ、慥かに見えた。

「——だがそんなことはある筈がない」

菊千代は口の中でそっと呟《つぶや》いた。それと同時に眼の前の霧が消えるように思い、相村半三郎の姿がありありと見えてきた。……菊千代は松尾に声をかけて、静かに云った。

「——侍長屋の、楯岡を呼んでくれ」

十一

時刻が時刻だし、また菊千代が乱暴するのではないかと心配したのだろう、松尾は夜が明けてからにするようにとなだめた。しかし結局さからっては却《かえ》って悪いと考えたようすで、手燭《てしょく》に火を移して出ていった。

かなり待った。そして三左衛門が来た。着替えをし、袴《はかま》をはいていた。菊千代が夜具の上に起きなおると、松尾が背へ衾《ふすま》を掛け、髪へ櫛《くし》を入れた。

「おまえはさがってくれ」

こう云って松尾を遠ざけてから、菊千代は三左衛門のほうを見た。彼はずっと離れて手をつき、頭を垂れていた。

「久方ぶりであった、椙村半三郎、近う」

彼は頭を垂れたまま、呼吸五つばかりして、それから膝《ひざ》でこちらへ進み出た……いたましく尖《とが》った肩、痩せている躰軀《たいく》。……田を隔てて挨拶《あいさつ》をした姿がみえる、薪《まき》を割っているときのおちついた身ぶり、屋形へ移ってから初めて森の柵《さく》のところで見た肩を踞《かが》めたようなうしろ姿。それは病と辛労のために変貌《へんぼう》しているが紛れもなく半三郎の印象と合うものだ。現に今、眼の前に彼を見てそのあまりに紛れのないことが烈《はげ》しく菊千代を打った。

「——どうして此処《ここ》へ来た。半三郎、父上のお云いつけか」

「——私の一存でございます」

「——なんのために」

半三郎はまた頭を垂れ、両手をついていた。菊千代は喉《のど》もとへなにかこみあげてくる、もどかしいようなせつないような、まだ経験したことのない感情で胸がいっぱいになった。

「――半三郎は昔はなにも云わなかった、自分の云いたいことも、云わなければならないことも、口には出さないで、黙っていた……けれども今宵《こよい》はいわなければいけない、本当のことを、残らず話さなければいけない」

菊千代はちょっと言葉を切り、昂《たか》ぶってくる気持を抑えるように深く息をついた。

「――どうして、此処へ来た、半三郎、あのときのことをひと太刀《たち》うらむためにか」

半三郎はやはり顔を伏せ、手をついたままで否《いな》という動作をみせた。泣いていたのか、泣くのを堪《こら》えていたものか、低いしゃがれた声で、とぎれとぎれに答えた。

「――私をお刺しあそばしたときの、若君のお心の内は、私にはよくわかっておりました、お恨み申す……いいえ、半三郎はあのとき、よろこんでお手にかかりました、お恨み申すどころではございません、よろこんで……それが当然のことでございましたから」

「――それは、知っていたからという意味か」

「初めから、御殿にあがりますときから、存じておりました」半三郎はいっそう声を低めた、「――お相手にあがりますまえ、父が秘事である由《よし》をひそかに告げ、お側へあがったらよくよく注意して、若君のお心を紊《みだ》さぬよう、秘事のためにお心を傷《いた》めることのないようにと繰り返しきびしく申しつかりました、御殿にあがったのは七歳のときでございます、お側に仕えて年々と御成長あそばすお姿を拝見しながら、私はおそれながら……」

「云《い》ってくれ、遠慮はいらない、構わずなにもかもすっかり話してくれ」

「申してはならぬことでございますが」

「いや聞きたい、なにもかも残らず聞きたいのだ」

半三郎はためらいがちな口調で、注意ぶかく言葉を選びながら云った。……しだいに女らしく、美しくそだってゆく菊千代を見て、彼は少年らしい義憤を感じはじめた。それまでは秘密を知っているのは自分だけだという自覚から、つよい保護的感情で仕えていたのであるが、それが義憤に変り、やがて愛情がうまれた。

「まことに無法なしだいではございますが」

半三郎はごく控えめな表現で、菊千代に対する同情と愛憐《あいれん》の気持を語った。なにより怖《おそ》れたことは真実のわかる時である、菊千代の気性でもし自分が女だと知ったら……それは想像するだけでいつも慄然《りつぜん》とした。彼女がまだ本当のことを知らないうちに、伴れだして、二人だけで、どこかの山奥へでも隠れよう。そんなことをたびたび思い、まじめに計画をたてたことさえあった。

もちろん実行できることではなかったが、そのうちにあの遠乗りの日が来た。菊千代の着衣の汚れを見て、彼は思わず声をあげた。十七歳になっていた彼は、本能的な直感で、それがなにを意味するかおぼろげにわかった。とうとうその時が来てしまった。彼はこう思って、殆《ほと》んど絶望にうちのめされたのである。

書院へ呼ばれて菊千代を見たとき、彼はすべてを了解した。自分が秘密を知っていたということを気づかれた、それが菊千代をどのように怒らせたか、彼にははっきりわかったのだ。そしてむしろよろこんで、自分を菊千代の手に任せたのであった。

「——ふしぎに一命をとりとめましてから、私は自分の生涯を賭《か》けて、君を蔭《かげ》ながらお護《まも》り申上げようと存じました。……労咳《ろうがい》を病みまして、ひところは医者にもみはなされましたけれども……若君のおしあわせを見届けるまではと、気力をふるい起こし、その一心を支えに此処までお供をしてまいったのです」

「——今でも、そう思ってくれるか」

菊千代は乾いたような声で云った。

「菊千代を、今でも、哀れと思ってくれるか」

半三郎の肩が微《かす》かに震えた。

「――菊千代がどんなに可哀《かわい》そうな者であるか、半三郎は知っている筈だ、八千石の屋形のあるじで、気儘《きまま》勝手にくらしていながら、その日に窮している貧しい農夫が羨《うらや》ましい、夫婦親子のむつみあう姿を見ると、羨ましいと思いこの胸が嫉妬《しっと》で裂けるようだ、……半三郎、おまえにはそれがわかる筈だ、半三郎だけは今でも菊千代を哀れと思ってくれる筈だ」

喉へこみあげていたものが、抑えきれなくなって、菊千代は両手で顔を掩《おお》い、耐えかねて嗚咽《おえつ》した。それからふいに、衝動的に夜具をすべり出て、半三郎の膝《ひざ》へ身を投げかけて、泣き咽《むせ》びながら訴えた。

「菊千代を女にしておくれ、半三郎、そのほかにしあわせになる法はない、生涯を賭けてと云った人ではないか、……それなら菊千代を女にしておくれ、おまえのほかには誰もいない、半三郎だけが、おまえだけがそうしてくれることができる……菊千代を哀れと思うなら、おまえの手で、この手で……」

身をふるわせて、菊千代は彼の手を摑《つか》み、その手へ頰を激しくすりつけた。

それからあとは夢中のことのようにしか思いだせない。固く硬《こわ》ばっていた半三郎の姿勢が、しぜんと柔らかくほぐれ、その手がいつか菊千代の肩へまわって、静かに、やさしく、劬《いたわ》るように撫《な》でてくれた。菊千代はあまやかな恍惚《こうこつ》とした感覚のなかでなお暫《しばら》く泣きひたり、かきくどいていたようである。……そうしてやがて、彼の手で抱き起こされ顔をそむけて涙を拭《ふ》いたとき窓の明り障子にほのかな晩春の曙《あけぼの》の光りがさしていた。

（「週刊朝日」昭和二十五年四月）

思い違い物語

一の一

典木《のりき》泰助《たいすけ》が来たときは誰もさほど気にしなかった。江戸邸《やしき》から人が来るたびに警戒的になる一連の人たちは、こんども初めはびくりとしたようである。しかし二十日ばかりするとかれらは祝杯をあげた。よほど疑いぶかい者でさえも、多少は含みのある調子で、

——まあ、よしんばそうだったとしてもあの男ならまあさして心配はないだろう。

こう云《い》ったくらいであった。

泰助を寄宿させたのは山治《やまじ》右衛門である。彼は九百二十石の中老で年寄役を兼ね、昔は無鉄砲な強情者と定評があった。先代の殿さまは長門守知幸《ながとのかみともよし》といって、これもずいぶんと我の強い人だったが、なにか右衛門に対して心残りなことがあったとみえ、もはや御臨終というばあいに及ぶと——山治をへこませることができなかったのは今にしては無念である。こういうことを口外されたそうである。このことは右衛門の耳に伝わったらしい、そして彼は臣下としてかなりまじめに反省し、自分の性行を撓《た》めなおすことに努めた。そこには少なからぬ苦心があったと思うが、現在では穏やかな

渋い人格を身につけ、どちらかといえばがまん強い人の部類にはいっている。……そのためかもしれないが、右衛門は泰助については満足していると云った。妻のみね女もそれに異存はないらしかった。またかれらには二人の娘がいて、姉の千賀は十八歳、妹の津留《つる》は十七歳になるが、この娘たちも幾らか保留的に同感の意を表した。

「本当に温厚なおちついた方ですわ」

姉の千賀は含羞《はにか》みながらこう云った。

「どんな大事な物でも安心して預けられる方らしいわ」

妹の津留は含羞まずにそう云い、それからちょっと視点を斜にしてから付け加えた、

「そしてとッてもうまく静ウかにくしゃみをなさるわ」

平穏な日々が続いた。

泰助は寄合格で奉行総務という職に就き、山治家と城とを毎日ごく精勤に往復した。藩の人事異動に警戒を怠らない一連の人々は、泰助と接するにつれて自分たちの安全を確認し、ほどなく彼を無視するようになった。……この「一連の人々」というのは、領内の農工商業を管掌する関係役所の者、つまり勘定、納戸《なんど》、作事、収納、普請《ふしん》など、各奉行所の主事支配といった人たちで、要するにその担当する事務上かなり多額な特別収入があり、その利得を守るために連合協力しているわけである。こんな事はいつ

の世どこと限らず、およそ「役所」があり「役人」がいる以上は必ず付いてまわるし、そこはどうもやむを得ないものらしいが、……そういう実情からして、江戸邸から誰か転任して来る者があると、かれらはまず検査官ではないかと疑い、相当以上やきもきするわけであった。

山治家においても日々は平安であった。妻女と姉娘とは掛って泰助の世話をし、将来についての微妙な予想を楽しんでいた。なぜかというと、姉妹のどちらかがやがて泰助と結婚することになっていたから、……そして妹は早くも棄権し、泰助が不承知でさえなければ花嫁の席は千賀のものであったから。

「良人《おっと》にはおちついた温和《おとな》しい人に限ります、お父さまの無鉄砲と強情には泣かされましたからね、本当に山治へ来てから五六年は、母さんは一日として泣かない日はないくらいでしたよ」

みね女がそう云うと、千賀は涙ぐんでそっと頷《うなず》く。彼女はそんなときには、すぐ「泣いている母」の姿が眼に見えるので、それがべつのときの母の言葉と矛盾することなどには決して気がつかない、たちどころに同情の涙が出て来るのであった。

「わたくしも典木さまなら、良人として一生お仕えできると思いますわ、……静かな、波風のない、しっとりとおちついた一生、……女の仕合せってそういうものですわねえ」

もしもこんなとき津留がいるとすれば、この妹娘は必ず山羊《やぎ》のような声で「ええへへへ」と笑う、わざと喉《のど》へひっかける妙な笑いかたで、それから姉の口まねを上手にやってみせる。

「女の仕合せってそういうものですわねえ」

「津留さん、なんですそんな」

母親が叱《しか》ると、こんどは母の口まねをする。

「母さんは一日として泣かない日はないくらいでしたよ」

これもたいへんうまい、しめっぽい声といい口調といい母親そっくりである。そして、呆《あき》れている母と姉に向って、ずけずけと遠慮なく云うのである。

「女の人ってみんなへんてこよ、母さまも谷川のおばさまも幸田の奥さまも、みんな嫁に来てからどんなに辛《つら》かったとか悲しかったとか、日も夜も泣きの涙で送ったとかって、世界じゅうの不幸を独りで背負ったような顔をなさるかと思うと、こんどは旦《だん》那《な》さまの自慢を始めて、およそ自分くらい幸福な妻はないなんて、まるっきり反対なことを平気で仰《おっ》しゃるんですものね」

「あら、母さんがいつそんなこと云いました」

一の二

「いつでもよ、例えばこのあいだ」

津留はこういうときまず舌に湿りをくれて精気潑溂《はつらつ》として、巧みにこ、わ、い、ろ、を使い分けながら極めて能弁に連打をあびせるのである。

「このあいだ倉重の奥さまがいらしったとき、この頃は主人がすっかり年寄じみてしまって物足りませんわ、昔は若くもあったでしょうけれど、やっぱり愛情も激しかったんですわね、つまらないような事でも、す、ぐ、む、き、になって、それこそまっ赤になって怒って、がんがんがんッて雷を鳴らすんですの、それがもう比べ物のないくらい猛烈で、わたくし軀《からだ》じゅうがじいんと痺《しび》れるようになるんですけれど、そんなあとは水でも浴びたようにさっぱりして、歌でも唄《うた》いたいようなうきうきした楽しい気持になったものですわ、本当にあのじぶんのことを思うとこの頃は」

「もうたくさんよ、いいかげんになさい」

母親はたいがい狼狽《ろうばい》するだろうし、顔も赤くならざるを得ないだろう。

「――なんという人でしょう、そんなことを聞いていたりして恥ずかしくないんですか」

「恥ずかしいのはお母さまでしょ、わたくし聞いていたんじゃなく聞えて来たんですもの、お母さまとッても嬉《うれ》しそうに話していらしったでございますですわア」

右のようなわけからして、津留の舌が活動を始めるときは、原則として母も姉も黙ることにしている。父の右衛門でさえも、よほどの事でなければ抗弁はしない。それほど頭がいいというのでもないらしいが、勘が敏速で口の達者なこと、白を黒と云いくるめる巧みさと、云いくるめるまでの精力的なねばりの強さとは無敵であった。

津留が花嫁候補を棄権してから、典木泰助についての世評はしだいに低下していった。石の仏とか、薄ぼんやりとか、昼の蠟燭《ろうそく》とか、いろいろな蔭口《かげぐち》が弘まった。それらはやがて統一されて「大賢人」ということにおちついたが、……これを聞いたとき山治右衛門は寝酒を飲んだ、晩酌は五合と定《きま》っていたし、このところ寝酒など飲むことは絶えてなかった。それを敢《あ》えてしたには理由があるに違いない。

「お父さまよっぽどお嬉しいのね」

こう云って津留は笑って、眼をくるくるさせた。もちろん皮肉であるが、母や姉には通じない。彼女たちは善良であるから、右衛門の胸中を察し、津留の勘の悪さに驚いたくらいで、「お父さまは嬉しがっているのではありません、内心は怒っていらっしゃるのです」と母親がたしなめた、「――典木さまのことをよくも知らないで、世間の人たちがつまらない悪口を云うので、気を悪くしていらっしゃるんですよ」

「あらそうかしら、わたくしが聞いたのは大賢人ッていう綽名《あだな》でしたわ」

「それが悪口なんです、本当はその反対の意味で云ってるんですよ、あなたにも似合わない、そのくらいの意地悪がわからないんですか」

「まあそうでしたの」津留はまた眼をくるくるさせて、さも吃驚《びっくり》したように云う、「——大賢の反対ッていうと大愚ですわね、お世辞のうまいこと、わたくしならそんなふうには云いませんわ、わたくしならもっとはっきり」

だが母親と姉はほかの話を始めた。

大略こんな状態のところへ、江戸から典木泰三が到着したのである。泰助の弟で年は二十三歳、藩主からお声掛りの赴任で、やはり山治家で面倒をみることになった。まだ泰三が来るまえのことであるが、その話を右衛門から聞いた泰助は、ちょうど菓子を喰べていたときであったが、それを喉へ閊《つか》えさせてうっと云い、千賀がいそいで茶を取って渡すと、その茶でようやく呑《の》みこんで、悠然と眼をしろくろさせた。……そんなことは初めてで、相当に強い精神感動を受けたものらしく、「はあ、泰三がまいりますか」

こう云って深い溜息《ためいき》をつき、それからこんどは自分で自分に云いきかせるかのように、口のなかでそっと次のように呟《つぶや》いた。

「嵐が始まる、……安穏にやってゆけると思ったが、……やっぱりそうはいかないのか、……私はいいとして、……迷惑な人には、迷惑なことになるだろう」

ごく低い独り言であった。母親と千賀とは聞えなかったのだろうか、べつになんとも思ったようすはなかったが、右衛門と津留はなにかしら一種の印象を受けたらしい。右衛門は眉《まゆ》のあたりを緊張させ、津留は好奇心のために眼をきらきらさせた。

そして泰三は到着したのであるが、その当日、右衛門は役所でちょっとした事があって、精神的に幾らか昂奮《こうふん》していた。たいした問題ではない。例の「一連の人々」が、泰助のばあいと同じように、こんどもまた泰三が「検査官」として来るのではないかと疑い、右衛門に向ってさぐりをいれるようなことを云ったのである。それがいかにも狡猾《こうかつ》で知ったふうな態度だったから、こちらはよほどやりきれない気持になった。

――なんという卑《いや》しいやつらだ。

こう思ったくらいではないが、そこは身分や年齢からして、さりげなくあしらっておいた。そうして個人的には少なからず不愉快になって帰って来たわけだったが、自宅の門をはいって、玄関へかかろうとしたとき、「危ないッ危ないッ、さがれッ」いきなり頭の上からどなられた。

そんなことは未曽有《みぞう》であるし、なにしろ余りに突然である。頭の上のほうからずぬけた高声で絶叫され、われ知らず右衛門は脇《わき》のほうへ身を避けた。それと同時に、がらがらがらッとなにか落ちて来て、殆《ほと》んど右衛門とすれすれの処《ところ》でなにかが砕け飛んだ。

一の三

——金吾だな。

右衛門は瞬間そう思ったという、そして刀の柄《つか》に手をかけながら上を見た。

玄関の屋根の上に若侍が一人いて、妙な、こっちがてれるような腰つきで、踊りでも踊るような恰好《かっこう》をしながら、たいへんおうふうな口ぶりでどなっていた。

「いい年をして不注意じゃないか、侍は常に用心を旨《むね》としなければならない、軒下なんぞを歩くときには特に気をつけないと、いつ屋根から瓦《かわら》などが落ちて来ないとも限らない、またこの屋根がばかげて古い、瓦なんぞみんなずれているんだから、ええ畜生」

「なに者だ、きさまは」右衛門は片方の足で地面を叩《たた》いた、「——なんだ、そこでなにをしているんだ、きさまは誰だ、この……」

そして振返って、下僕の多助に向って、あのくわせ者を引摺《ひきず》り下ろせと命じた。

屋上の若侍はびくりとした。そのときわかったのだが、彼は玄関脇の朴《ほお》の木の枝に凧《たこ》をひっかけたので、それを破らないように取ろうとしていたのであるが、眼下の老人の正々堂々たる怒り声と、その怒りのために赤くなった顔を見て、これはたいへんだと思ったらしい。

――これはこの家の主人に違いない。

こう気がついたものだろう、そこで、持っていた凧糸は放さずに、危なっかしい腰つきで屋上から敬礼を送り、「これはどうも、失礼を致しました、知らなかったものですから、山治のおじ上ですか」

「下りてまいれ無礼者、下りろ」

右衛門は十五六回も片方の足で地面を叩きそれから玄関へとびこんだのであるが、そのあとの事はよく覚えていない、気がついてみると、着替えをして居間に坐《すわ》って、妻の持って来た茶を啜《すす》ろうとしていた。その茶がひどく熱かったので、うっと云ったとたん、初めて自分がそこにいることに気づき、それと同時に言葉がしぜんと口を衝《つ》いて出た。

「泰三か、泰三だな、泰三だろう」

「はい、泰三さんでございます」

「うーん泰三か」

右衛門は唸《うな》って、それから突然、「なにが可笑《おか》しい、なにを笑うんだ」と妻女をどなりつけた。みね女はあっけにとられ、口をあけてぽかんと良人を見た。

「どうなすったんですか、わたくし笑いなんか致しませんですよ」

そのときえへんという咳《せき》が聞えた。見ると廊下にさっきの屋上の若侍が来ていた。手に箱のような物を抱えている、背丈は五尺四寸くらいだろう、がっちりと固肥《かたぶと》りで、躰重《たいじゅう》は十六貫ぴんというところか。濃い眉毛も、眼尻《めじり》もわざとのようにしりさがりで、きれいな白い大きな歯を出して、にこにこ笑いながら、「御《ご》挨拶《あいさつ》にまいりました、はいってもよろしいでしょうか山治のおじ上」

こう云い云い、ひどくむぞうさにはいって来て、箱をそこへ置いて坐り、みね女に向ってくすくす笑いながら、「とんだ失敗をしましてね、凧が樹《き》にひっ掛ったものですから、屋根へあがって取っていたんですよ、糸がひっ絡《から》まってなかなか取れやしません、それに久しく手入れをしないんですね、瓦が緩んじゃってて、ちょいとするとずっこけるんです、そこへおじ上が帰って来られまして、私は吃驚して、おじ上とはよもや知りゃあしません、とっさのばあいですから危ないぞッてどなったんですよ、どうも済みません、でもその代りおじ上は頭を破らずに済んだんですが、もし私ののどなるのがもうちょっと遅かったら」

「うるさい、黙れうるさい」

右衛門が根《こん》をきらせて叫んだ。とたんに泰三はそこへ両手をつき、右衛門の先手へまわって初対面の挨拶を始めた。それが間髪を容《い》れぬすばやさで、剣術関係の術語でいうところの「燕返し《つばめがえ》」といったような呼吸であった。

「右のようなしだいで、御上意とは申しながら、兄ともども私まで御迷惑をおかけ申すということはまことにあれでございまして……それにつきなにか手土産をと思い、多少は勘考したわけですが、田舎へは浅草海苔《のり》とかき餅《もち》がなによりということで、それだけでは先方も物足らぬであろうと思ったものですからべつに花仙堂の栗饅頭《くりまんじゅう》を買いまして、これがそれを容れた箱でございますが」

こう饒舌《しゃべ》りながら、彼は箱を前へひき寄せ、その包紙とのしを指で示して続けた。

「ごらん下さい、このとおり水引もかかっております、決して嘘偽《うそ》りは申しません、それは信用して頂きたいと思うのです」

「そんなことは信ずるも信じないも……そんな土産物などは家の者に渡せばいいではないか」

「それがいちおうお眼にかけませんとうろんに思われるかもしれませんので、と申しますのが、実はこの箱の中はからっぽなので、ごらん下さい……このとおりなんです」

一の四

泰三は水引をこき外して、蓋《ふた》を取って中を見せた。なるほど中はからっぽである、右衛門はかっとのぼせてきた。だがもしかするとなにかの洒落《しゃれ》か、変った手品でも披《ひ》露《ろう》するのかもしれない。いきなり怒っていいかどうかわからないので、「からっぽはわかった、しかしそれがどうしたのだ」

「そこが云いにくいところなのですが、ほかならぬ山治のおじ上だから申上げるのですが、その、貴方《あなた》は浅草海苔とか栗饅頭とかまたかき餅など、そんなつまらない物にみれんはお持ちにならないでしょうな」

右衛門は黙ってこっちを睨《にら》んでいる、泰三はできるだけ愛嬌《あいきよう》よく笑ってみせ、空き箱の内部を手でさっと撫《な》でながら云《い》った。

「私は実に意外だったのですが、こちらへ来る途中ですね、宿屋へ泊るたびにどの宿屋の飯もひどく不味《まず》いんです、ことに飯の菜がなってない、まるで食えないんです、といったところで武士であってみれば、まさかおかずの文句は云えやしません、そこまでは私も品格を下げたくはないですから、つまり」

「つまりそれで箱の中の物を喰べたというわけか」

「いやそう仰しゃっては、それでは身も蓋もなくなります、そんな単純な気持では決してありません、私としてはこちらへ持って来て喜んで頂くつもりで、代金も自分で払いましたし重い思いをして持って来たものなので、そんな貴方の仰しゃるような」

「うるさい、黙れ、もういい」右衛門は唇を白くしていた、「——土産は貰《もら》ったことにする、礼も云う、過分であった……このとおり頭を下げた、これでいいだろう」

「いやそんな、礼を云って頂くほどの物ではございません、ほんのもう寸志ですから、どうぞもう」

「うるさい、わかったからあっちへゆけ、頭がきんきんしてきた」

側からみね女がめまぜをするので、泰三は心残りだったが、「ではせめてこれだけでも此処《ここ》へ置きますから」と云って、からっぽの箱を右衛門のほうへ押しやり、おじぎをして去ろうとした。その背中へ、右衛門が思いだしたようにどなった。

「屋根の上で凧などあげてはならんぞ」

そして両手で耳を塞《ふさ》いだ。泰三がまたなにか云うかと思ったのであろう。だがそれを見て、泰三は黙ってもういちどおじぎをして去った。

「なんというやつだ」

もう安心とみて、右衛門は両手を耳から放して妻を見た。

「あんなに狎《な》れ狎れしいやつは見たことがない、またあのずうずうしさとむやみに饒舌ることはどうだ、これはとんだ者を引受けたらしいぞ」

「わたくしも吃驚しました」

みね女は半分がた笑いながら云った。

「十時ころに着いたのですが、すぐ裏へいって薪《まき》を割りまして、十束ばかり割ったそうですけれど、そのあいだに下女のお花を泣かせまして、飯炊《めした》きの吉造の腕を抜きまして、隣りの村田さまの有之助さんと口論をなさいまして、裏木戸を毀《こわ》しまして」

「まあ待て、いや待て、その下女を泣かしたとか吉造の腕を抜いたというのはどうしたわけだ」

「お花も泣くほどのことはないのですが、あれは御存じのように縹緻《きりよう》が自慢でございます、自分ではこの城下で幾人のなかにはいると思っているのを、泰三さんが踏ん潰《づぶ》したひょっとこのようだとお云いなすったそうで、それから吉造ですけれど、あれは左の腕が少し短いんですの、自分では右が長いんだと云っておりましたが、それを左が短いんだから同じ長さにしてやると云いまして、それでつまり、……肩の付根のところを抜いてしまったんです」

「もういい、また頭がきんきんし始めた」

右衛門は溜息をついて云った。

「水を一杯持って来てくれ」

その夜のことである。およそ夜半じぶんであったろう、突然どこかで烈《はげ》しい物音が起こり、人の悲鳴が聞えたので、右衛門はがばとはね起き、脇差を取り、行燈《あんどん》の掩《おお》いをはねて、「なにごとだ、なんだ」と叫んだ。そのときもすぐ「金吾」という名が頭にうかんだのであるが……襖《ふすま》をあけて隣りの部屋から妻が顔を出した。

「あの物音はなんだ」

「わたくしにもわかりませんけれど、泰三さんのお部屋のようでございますよ」

「なに泰三……」

右衛門は廊下へ出て、脇差を右手に持ち替えてそっちへいってみた。……泰三の部屋は玄関に近く、家扶の相模《さがみ》忠之進と隣り合っている、近づいてゆくと、そこでは誰かわからないがいま盛大に組討ちをやっていた。

「——誰だ、なに者だ」

右衛門はこう叫んだ。

「——曲者《くせもの》です」

泰三の声である。続けて忠之進の苦しそうな声も聞えた。

「——曲者です、この、あっ」

「——どうだ、うぬ」

どたんばたん、ばりばりと襖や障子が毀され、組んずほぐれつ格闘している。右衛門は片方の足で廊下を叩きながら絶叫した。

「あかりを持て、曲者だ、あかりを持て、曲者だ油断するな」

格闘者は廊下へ転げ出て来た。

一の五

城代家老の満信《みつのぶ》文左衛門は温厚な徳人である。思慮綿密、喜怒を色に表わさず、曽《かつ》て人を叱《しか》ったことなく、声をあげて笑わず、沈着寛容、常に春風駘蕩《たいとう》といった人格であった。……今もにこにこしている、肥えているというほどではないが、軀《からだ》も顔も福ぶくしい、半ば白くなった眉毛《まゆげ》が眼の上へかぶさるほど厚く生えている。その眉毛の下の眼が、いかにも柔和に微笑して、泰三の深刻な気持をやわらげているようにみえる。

「私も少しは粗忽《そこつ》でございます。兄が、……御存じかもしれませんが、兄があのとおりおちついておりますから、私まで泰然自若というわけにはまいりません、そこが世の中のむずかしいところだと思うのですが、それにしてもいくら私だって、まさかわけもなく粗忽をするというのではないので、……そうです、例えば先日の夜なかのことなんですが」

泰三は坐りなおした。ふしぎなことにそのようすが津留に似ている、さあ来いとばかり舌に湿りをくれる感じで、精気潑溂《はつらつ》たるところまでそっくりにみえる。

「私は厠《かわや》へまいるつもりで、起きて夜具から出まして、障子をあけたところがいきなりおでこをなにかにぶっつけました、よく眼から火が出るということを申しますが、御城代はそんな覚えがおありですか」

「そう……まあ、ないようだが」

「本当に火が出るんです、ばしッといったぐあいにですね、ひどいもんです、吃驚《びっくり》しまして、これは方角が違ったと気がついたもんですから、こんどはこっちへ見当をつけてあけました、するとなにかしらぐにゃッとした物を踏んづけたんですが、そいつがもう、まるでまっ暗がりの中でものも云わずにとび掛って来たんです、いきなりですからね、……こっちは御参《ござん》なれと思いました、さあ来いというわけです、なにしろこれから世話になる山治家のためですから、武運つたなく死ねば死ねと覚悟をきめて、そむにむさんにひっ組んで、敵もさる者でしたから相当に骨が折れましたけれども、それがこへ人がやって来たりしたときは遂《つい》に、……相手は気絶していたんですが、それがまさか家扶の相模さんとは、私としては実に案外でもありぺてんにかかったような心持で、これは御城代にもわかって頂けると思うのですが、どうでしょうか」

「——うん、まあ、そこはわしとしても、ひと口には批評はできないと思うが……」

「そうでしょうか」泰三は不平らしい、「——私は繰り返して申上げますが厠へゆきたかったんです、そのほかにはこれッぽっちも邪心はなかったので……それは相模さんも気の毒は気の毒ですけれども、結果ばかりとりあげて私だけが粗忽だというのでは片手落ちだと思うんです、それだけは私は、……はあ、なにか仰《おっ》しゃいましたか」

「——ええ、それについては、あとで云うとして、まずそこもとを呼んだ用件なのだが、ええ、つまり、このたび江戸からこちらへ来た、お声がかりで来たわけなのだが、そのお声がかり、……というところに、なにか特別な意味があるか、どうか、という点で、……城代として聞いておきたいと思うのだが」

泰三はすばやく四方《あたり》を見た。そこは城代家老の詰所であって、常なら取次や書記や走りという侍などが六人いる定《きま》りだが、満信城代の計らいでそのときはみんな席にいなかった。

「おたずねですから申上げますが、誰かに聞えるようなことはないでしょうか」

「それはまあ、その懸念《けねん》はまあ無用である」

「では申上げますが」泰三は上半身を乗り出し、低い声で耳うちをするように云った、「――原因は幾つかあるのです、表向きは厄介払いということになっていますが、実際また私がいなくなって江戸ではずいぶんほっとした人間もいることでしょうが、殿もそんなふうなことを仰しゃっていましたけれども、むろんそんな些細《ささい》なことじゃないので、最も重大なのはですね、……失礼します」

泰三はよほど安心できないとみえ、すり寄って、城代家老の耳へ口を寄せて、やや暫《しばら》くなにかこそこそ囁《ささや》いていた。

これは機宜な方法だったかもしれない。そうでなかったかもしれないが、ともかく、このとき太鼓張りの障子の蔭《かげ》、――というのは家老の席の三方を囲ってあるのだが、――その蔭に少年が一人、眠ったふりをしてこの会話を聞いていたからである。

「――うむ、ふむ、ふむ」

城代はこう頷《うなず》いた。

「だいたいそういうわけなのです」泰三は密談を終ってちょっと笑った、「――殿としては立場もあり、あれだけ頭脳《あたま》のよい方ですから、事を荒立てずにおさめたいと思われたわけでしょう、私としても宜《よろ》しいというわけです、厄介払い、笑うなら笑えという気持です」

「――そう、うむ、まあそこは、あれだからともかくもまあ、……やるがいいだろう」

満信城代は深慮遠謀といったふうに、しかし温厚に微笑して、ではこれでと、引見の終ったことを手振りで示した。

廊下をさがって来た泰三は、どこで曲り角をまちがえたものか、いくらいっても供待へ出ない。彼はまだ無役なので、三の口というところからあがったのだが、だいたい眼印を頭へいれておいたのがうやむやになってしまい、同じ廊下を何回も通ったのだろう。

「なあんだあいつは、またあんなとこを歩いてるぞ」

などと云うのが聞えた。そのくらいならいいが、或《あ》る部屋にいた人間は、げらげら笑いをして、こっちを指さして、「おい見ろ見ろ、あそこに大きな迷子がいるぞ、誰か親を捜して来てやらないか」

大きな声でこう云った。泰三はこのときはむかむかっときて、べらぼうめなにをぬかすとどなり返した。

「こんなちッぽけな田舎の小城がなんだ、江戸へいってみやがれ、上屋敷の御殿の廊下なんぞ延長一里十二町二十一間もあるんだ、角々に立番がいて道を教えるくらいなんだぞ、こんな鼻の閊《つか》えるような城の中で頼まれたって迷子になれるかッてんだ、ざまアみやがれ」

ぽんぽんと巻舌でやっつけた。そしてあっけにとられているのをしり眼に、ずんずん大股《おおまた》に歩いていったが、……それからどうしたか、供をして来た若党の弥平は、日の昏《く》れるまで供待で欠伸《あくび》をしていた。

二の一

典木泰助と泰三の兄弟について、この辺でその身分関係の要点を記しておこう。……かれらの父は斎宮《いつき》といって、江戸家老を十二年も勤続した。きげんのいいときは中ぐらい肚《はら》を立てているような顔つきで、怒っているときはきげんのいいような顔になった、ということである。母の名はそで、同藩の佐々木氏の出で、妻としても母としてもごくあたりまえな、——ということは女性としては優良の部に属するだろうが、

――容姿も気質も中ぐらいな人であった。

人はみかけだけでは判断はできない。斎宮は十二年も江戸家老を勤続して、比較的には謹厳実直な人物であると信じられていた。にも拘《かかわ》らず、十二年めの夏のことであるが、どう魔がさしたものか、御手許金《おてもときん》を二千両も遣いこみ、殿さまお気にいりの若い侍女を殴打《おうだ》し、そのついでというわけでもないだろうが、殿さまにも悪態をついて、そうして自分は腹を切って死んでしまった。……殴打された若い侍女はたいそう泣き悲しんで、自分をひいきにしてくれた殿さまに対してなにか侮蔑《ぶべつ》的なことをいって暇を取って出ていったそうで、殿さまの立場としては二千両も遣いこまれたうえのことでもあり、相当な損害などという程度ではなかった。

典木は食禄《しょくろく》千二百石であった。かかる不始末をしたからには当然その家名はつぶれ、妻子にも咎《とが》めがある筈《はず》である。一般はそう思っていたが、殿さまはそうはしなかった。食禄を千石削り、妻と二人の子は沼田東兵衛という老職にお預け。こういう処置をとられたのである。……これについての解釈は種々あったが、代表的な説によると殿さまになにかひけめがあって、斎宮の所業はすべて忠義のためだったといわれる。それは妻子を沼田老職に預けるとき、殿さまから内密に、

――よくよくめをかけて遣わせ。

というお言葉があり、残った食禄とはべつに年々かなり多額な養育料が、御手許から出たということである。このとき殿さまは長門守知幸、現在の殿さまはその子の長門守知宣《とものぶ》という人であるが、典木の遺族についてはなにか云い含められていたとみえ、泰助と泰三は早くから小姓にあげられ、ずいぶんなお気にいりだと伝えられている。……こういうところから、典木斎宮の切腹を忠死だとする説が出たらしい、だが真相のほどは現在のところまで不明というほかはない。ちなみに兄弟の母そで女は三年まえの冬、沼田老職の家で安らかに病死した。

右のような略歴であって、初めに兄、次に弟と、二人が江戸から派遣されて来たとあってみれば、国許の人々がそこになんらかの「使命」を臆測《おくそく》するのは人情というべきであろう。……すなわち前章で述べた如《ごと》く、泰三が城代家老に呼ばれ、城中で密議を交わした日の夜、ほぼ同じ時刻に二個所で、ひそかに二様の密会が催された。

その一は金吾六平太の家であって、集まる者は六人。金吾六平太（納戸《なんど》奉行）のほかに川北孝弥（勘定奉行所主務）井上角兵衛（作事奉行所支配）沢野市三郎（普請《ふしん》奉行総務）下島義平（収納方元締）金沢勘次（郡《こおり》奉行監事）という顔触れであって、例の「一連の人々」の幹部らしい。内容は密会であるが、形式は金吾家のこころ祝いというわけで、座にはきらびやかに屛風《びょうぶ》をめぐらし、煌々《こうこう》と燭《しょく》を列《つら》ね、さすが特別収入のある連盟だけに、美酒佳肴《かこう》の配膳《はいぜん》にもぬかりはなかった。

「実にどうも、くわせ者というぐらいでは足りないような人間と申すべきか、実にどうも、なんともだいそれた挙動である」

六平太は出目金と綽名《あだな》の付いた眼をぐりぐりさせて、膳部の上の焼き鯛《だい》をねめつけ、その眼で連盟員の顔を順々に眺めやった。

「現に人払いをしていながら、肝心の点に及ぶと城代の耳へ口を持っていって私語したという、ではいったい人払いはなんのためであるか、実にその狡猾《こうかつ》さというものは」

「いや狡猾なのは寧《むし》ろそのあとの振舞」と井上角兵衛が卵焼をのみこんで云《い》った、「――お廊下で迷ったふりをとりつくろい、うろうろ致し、わざと暴言を吐き、そして御台所へ紛れ入って料理人と悪ふざけ」

「そのとき魚を割いてみせたそうですな、私は聞いただけですけれども、これなどは、いかに彼が肚黒《はらぐろ》い人間であるかという一例だと思うのですがな」

「そこで対策なんであるが」

六平太はまた焼き鯛をねめつけ、その眼を列席の人々へ向けながら議題を進めた。

「相手がそこまで深慮遠謀で来るとすれば、こちらも単に買収などという手で安心はしておられない、むろん買収の網も掛けるが、喧嘩《けんか》を仕掛ける手、酒色の餌《えさ》なども案外な効果をあげるかもしれぬと思う、……これは、酒色について彼がいかなる嗜好《しこう》を持っておるか、という点をまず仔細《しさい》に調べなければならぬが」

「彼は近く御役に就くそうですから、その方面で失脚させる法も考慮すべきでしょう」

「兄の石仏を利用する手もあり得るですな」

かれらとしては身の安泰を護《まも》るためだろうが、その謀議はしんけんな様相を呈してきた。自分たちがどちらかといえば不正な利得をしている関係から、ふだん内心ではそくばく気が咎めないとはいいえない。精神組織が多少とも正常であるなら、幾分かは良心の囁きも聞く筈である。が、一旦《いったん》そこに摘発される危険が生じたばあい、その心理は猛然として自己主張に変貌《へんぼう》する。

——かかる些細な事を取上げるとはなにごとであるか、世間にはもっと大々的な憎むべき悪事が多々あるではないか、にも拘《かかわ》らずわれら如き小事件を追求するとは卑劣である。かかる不正は断じて排斥しなければならない。

こういう理屈になるらしい。しかも底になにほどかの罪の意識があるだけ、かれらの反噬《はんぜい》は警戒を要するのである。……ところで話の途中であるが、そのとき一人の新しい人物がはいって来た。まだ若い貧相な男で、右の高頬に長さ二寸ばかりの古い傷《きず》痕《あと》がある、そのためにうっかりした者が見るとどすのきいた顔にみえるが、そして彼自身も、

――詳しくは云えないがね、相手は五六人だったが、ちょいとした決闘をやってね、向うを斬《き》ってはいけないと思ったもんだからね、なに話すほどのことじゃないのさ。

こんなふうに云っているが、実際のところは洗濯町という下品な娼婦《しょうふ》街で、なじみの娼婦のために剃刀《かみそり》で斬られたということであって、その当の娼婦から直接に聞いた者があるのだから、このほうが事実らしい。彼の名は本多孫九郎という。

「野村の吉太郎が典木を訪ねてゆきました」

彼は誰かをあざ笑うような表情で、こう云って、高頬の傷痕をぴくぴくと動かした。

「かれらは典木泰三に会見を申込んだのです、野村はその使者です」

二の二

泰三は午餉《ひるげ》を喰べている。もう時刻が過ぎたので、喰べているのは彼一人。給仕には妹娘の津留が坐《すわ》っていた。

「もう少し悠《ゆっ》くり召上れな、それでは喉《のど》へつかえてしまいますわ」

「そんな声を出さないで下さい」泰三は箸《はし》を持った手で津留を制止し、その箸で醤油《しょうゆ》注《つ》ぎをひっくり返したので、慌《あわ》ててそれを起こしたとたんに汁椀《しるわん》をはじき飛ばした、「――悠くり喰べたいんだが、そうしてはいられないんですよ、私はいそぐ必要はないんですがね、飯を下さい、茶がありますか、なにしろ大将がやきもきしている、茶を下さい、茶漬でかっこみましょう、大将は気が短いですからね、貴女《あなた》だってそう思うでしょう」

「お茶をどこへおかけなさるの、みんなお膳《ぜん》へこぼれてしまいますわ、……あらあら、お袴《はかま》が濡《ぬ》れてたいへんですわ」

「袴なんぞ構っちゃいられないんです、いま何刻《なんどき》ぐらいですかね、ああいけない」彼は箸を抛《ほう》りだして懐中を探り、蒼《あお》くなって飯茶碗《めしぢゃわん》も置いて、飯茶碗は畳の上へ転げ落ちたが、彼は両手で自分の着衣をあちこち忙しく搔《か》き捜し、やがて内ふところからくしゃくしゃになった封書をみつけ出し、ほっとしてにこにこと眼尻《めじり》を下げて笑いながら、「――ああよかった、ありましたよ、無くしたなんてことになると大将てんかんを起こしかねませんからね、どうしてあんなに怒りっぽく育ったものか、よっぽど親があまかったんですねきっと、いや飯はこっちにあります、喰べかけのをいま此処《ここ》へ置いて」

「これがそうですの、お膳から落ちたので拾ってつけ替えたんですわ」

「そいつはすばしっこいですな、へええ、そいつは気がつかなかった、ああ、おじ上」

廊下の障子があいて、山治右衛門が恐ろしい顔を覗《のぞ》かせた。疳《かん》が昂《たか》ぶっているのを懸命に抑えているらしい、恐ろしい顔のままにこやかに笑って「ははあ食事か」と云った。泰三もあいそよく笑い返し、茶碗と箸を右衛門に見せながら「ええ食事です」と答えた。

「空腹なものですから、失礼しています」

「ほほう、そうか、ふん、空腹か」

「ええ、ふしぎなくらい空腹なんです、三年ばかりまえにいちどこんな事がありました、あれは慥《たし》か殿さまのお供をして葛飾《かつしか》のほうへ鴨《かも》を捕りにいったときでしたが、途中から雨になって」

「それはいいが用事はどうした」右衛門はそろそろがまんが切れてきたらしい、「――空腹であろうとなかろうと、用事を頼まれたら先にその報告をしなければならない、おまえは十時に家を出ていった、満信までは往復十七八町、もう二時間以上も経《た》っているではないか、……が、まあいい、返辞を聞こう」

「返辞っていいますと、なんの返辞ですか」

右衛門は眼をつぶって、口の中でなにか呪文《じゅもん》のようなものを呟《つぶや》いた。それからごく慎重に眼をあいて、穏やかにこう質問した。

「おれはおまえに満信へ使いを頼んだ、手紙を持たせて、返辞を聞いて来るようにと頼んだ、そうではないか」

「そうですとも、そのとおりです」

「うう、……で、おれは、その返辞を聞きたいのだ」

「ああそうですかその返辞ですか、それなら食事が終ったらすぐいって来ます、手紙はここにちゃんと持っていますから安心して下さい、決して無くしたりなんかしやしません、ちょっとばかり皺《しわ》くちゃにはなりましたけれど、これで私もそこまでずぼらではないですから、ええすぐいって来ます」

「すぐいって来る」右衛門の両方の眼の眸子《ひとみ》が右は右へ左は左へと乖離《かいり》運動を起こした、「——というと、つまり、その、……おまえは、二時間以上も経つのに、まだ、その、うう」

「いや待って下さいお待ち下さい」

泰三は片手をあげた。そのために箸が飛び皿の焼魚が——といっても殆《ほと》んど骨だけになっていたが――膳の上へはね返った。

「それについて申上げなければならないんですが、私は此処を十時に出ました、それはもう仰《おっ》しゃるとおりなので、私は満信さんへ向ってゆきました、それは天地神明に誓ってもいいです、頼まれた以上は責任がありますから、いくら私だってそれほどずぼらじゃありません、満信さんの家は二条町で此処からは北に当るわけでしょう、多少は東に寄っているかも」

「要点を云え要点を、おれは方角などを聞いてはおらん」

「そうですとも、私も方角などはどっちでもいいんです、そこで満信さんのほうへ向っていったんですが、あの原っぱですね、御材木蔵の向うにある草っ原ですが、あそこへさしかかったのが私の運の悪いところだと思うんですが、実を申上げるんですけれども、私は武士としてひくにひかれぬ立場にぶっつかったんです、私が武士でなければよかったんですが、武士である以上は、おそらく貴方《あなた》でもみのがして通るわけにはいかなかったと思うんですが」

「もういちど云うがな、いいか、よけいなことは抜きにしろ、いいか、よけいなことは抜きにして要点だけ云え、要点だ、わかったか」

「はあわかりました、要点ですね、要点」泰三は脇《わき》へ向いて眉《まゆ》をしかめながら呟いた。

「ばかばかしい、人生が要点だけで成り立つと思ってるのかしら」
「なに、な、なに、今なんと云った」
「貴方が武士ならわかって下さると思うんです」泰三はみごとに切って返した、「――手紙の内容は知りませんが、ともかく手紙は手紙ですからな、まさか命にかかわるという切羽《せっぱ》詰った問題ではないでしょう、ところがこっちはそうはいかないんです、その場でなんとかしなければ当人の立つ瀬がないんですから、それは実に見るに見かねたありさまなんで、貴方がもしごらんになったとしても」
「云え、云え、云え」右衛門は右手で拳骨《げんこつ》を拵《こしら》え、その拳骨で自分の眉間《みけん》を押えながら叫んだ、「――なにがどうしたんだ、その原っぱでなにがあったんだ」
「こういうことは冷静に聞いて頂かないと話しにくいんですが、弱ったな、貴方がそんなに昂奮《こうふん》していらっしゃるとすると、いえ話します、べつに仰天するほどのことじゃないんですから、それで問題の原っぱなんですが、私が通りかかるとですね、子供が大勢で凧《たこ》をあげていたんです、ええ凧です」彼はすばやい横眼で右衛門の顔色を見る、「――あのいかのぼりというやつですね、あれを大勢であげている、見るともなく見るとです、むろん私は歩きながらですが、二十人ばかりいたでしょうか、なかには十五六以上になる大きな子供もいましたが、またそのなかには大人の侍が二人ばかり、……自分のか伜《せがれ》のかそれとも弟のか、そこはわかりませんけれども、これが子供といっしょになって爪をあげているのには驚きました、貴方にも想像できると思いますがみっともいい図じゃありません、ばかなまねをするやつがあるもんだ、どんな育ち方をしたものか、監督者の顔が見てやりたい、こんなふうに思いながらですね、ふと脇を見るとそこに、……そうですね、年にして六つか七つ、まあ八つにはなっていないでしょう、可愛《かわい》い子供が泣いているんです」

「おれはもういちど云うが、おれは」

「いえわかってます、つまり要点ですからね、私だってそのくらいのことは忘れやあしません、それで要点なんですが、私としても侍であって、当城の藩士ともなればへたなことは出来ない、うっかりすれば殿さまの御名にもかかわるわけですから、……そこで私は聞いたんです」

「なにを聞いたんだ、誰に、なにを」

「その子供にです、その泣いている子供にですよ、どうして泣いているのか、誰にいじめられたのか、殴られでもしたのか、悪いやつはまだ此処にいるか、……こんなぐあいにですね、相手はなにしろまだ頑是《がんぜ》ない子供ですからなかなか返辞をしやあしません、じれったいけれどもこっちも乗りかかった舟ですからそこは根気よくやりました。そのうちに子供のほうでもいくらかおちついたんでしょう、実はこれこれと話しだしたんですが、いやどうも、……殴られたのでもなければ誰にいじめられたんでもない、貴方もそれは意外だとお思いになるでしょうが、誰のせいでもないんです、つきつめたところそこは子供だと思ったんですが、実にばかな話なんですが、つまり凧があがらないっていうわけです」

「凧、……凧、……凧がどうしたと」

「あがらないんです、みんなの凧はあがってるのに彼の凧だけはあがらない、見ると嘘《うそ》も隠しもないそこの地面にのたばってる、小っぽけな奴凧《やっこだこ》でしたが、……またのたばってるというのは仙台の方言で、寝転んでるっていう意味なんですが、それを覚えたについて仙台藩の人間と知己になったことから話さなければならないので、もし貴方がお聞きになりたければですが、いやそれはべつの機会にします、今はとりあえず要点だけにしますけれども、……それでですね、小ちゃな奴凧がそこの地面の上にのたばったわけです」

「おまえがそれをあげたんだろう」右衛門はついに喚《わめ》きだした、「――そのへたばった凧を、その小っぽけな奴凧をその子供の代りにあげたんだろう」

「貴方は見ていたようなことを云いますが」

「うるさい、黙れうるさい」右衛門はここでまた拳骨で眉間《みけん》を押え、右の足で廊下を叩《たた》きながら叫んだ、「——なにがひくにひかれぬだ、武士の面目と爪とどんな関係がある、殿までひきあいに出す必要がどこにあるんだ、おれはおまえに満信へ使いを頼んだ、おれは返辞を待っていた、ところがきさまは途中でひっかかって、まるで阿呆《あほう》のように爪をあげていた、爪を、爪を、爪を」

「しかし待って下さい」泰三は少しずつ脇のほうへ退却しながら、「——私はふと使いのことに気がついたんです、これはいけない頼まれたことがある、こうしているばあいではないと、しかし気がついてみるとひどく腹が減ってる、非常な空腹なんで、まさか貴方がそんなにむきに怒ろうとは思いませんから、ちょいと午飯《ひるめし》を」

「おれは上訴する、江戸の殿へ、おれは」

「いってまいります、すぐです」泰三は横っ跳びにうしろの襖《ふすま》をあけた、「——ほんのちょっとのまです、どうか暫《しばら》く」

そして脇玄関のほうへとびだし、どこかの障子でも蹴倒《けたお》したのだろう、ばりばりがたーんという物音をさせ、さらにがたぴしどたばた賑《にぎ》やかな音響を展開しながら、ついに外へと出ていった。

二の三

そのとき山治から満信城代へ遣《や》った手紙は重要な意味をもっていた。すなわち、この両者は早くから家中《かちゅう》の綱紀粛正を考え、弛廃《しはい》し堕落した政治のたてなおしを計画していた。尤《もっと》も両人にすればそれほどむきになりたくはない、政治というものは、それ自身が横暴と不正と悪徳を伴うものであって、どんなに清高無私の人間がやってもいつかは必ず汚濁してしまう。寧《むし》ろそういうものなしには政治は有り得ない、もう一つ押し進めるとそれが自然でさえあるかもしれない。という感じであってみれば、粛正や改革はやってもやらなくても同じことで、なるべくなら知らん顔をしていたいのである。ところがそうしていられなくなった、実にこの世はうるさい仕組になっているものだが……。

時と処《ところ》に関係なく、大義名分とか公明正大とかいうものを信仰的に固執して、自分以外のあらゆる人間を不正不義、悪漢堕落漢であると罵倒《ばとう》し憎悪《ぞうお》する人種があるものだ。これは一種の病気であって療法はごく簡単、すなわち彼に欲するだけの権力と富と名声を与えれば即座に治癒《ちゆ》する。昨日まで赤くなって慷慨《こうがい》していた者が、けろりと治ってごく穏当な人間になる。疑わしい向きは試みにやってみることをおすすめするが……しかし権力や富や名声などというものは贈答品ではないから、おいそれと遣《や》ったり取ったり出来るものではない。ことに正直廉潔《けんれつ》などという銘柄は、決して流行しないものと古今東西を通じて厳と相場が定っているのである。

右ようの理合で、この藩にもそういう侍がいた。それほど過激ではなかったらしいが、藩史によると、その中心人物は野村吉太郎だと明記してある。野村は藩の重職格で、もと御納戸《おなんど》奉行九百二十石の身分であった。それが十年ほどまえに役目のことで譴責《けんせき》され、食禄《しよくろく》半減、この物語の当時は無役であった。……この男を中心にして、主として若侍が二十人ばかり、例の「一連の醜団」に対して弾劾《だんがい》的な言動に出ていたが、典木兄弟の到着を機に、それが積極的行動にまで発展するようになって来た。

ここに及んで、満信城代と山治右衛門とが動きだしたのであるが、どちらも荒療治はやりたくない。「一連の醜団」なるものは、代々その局に当った人間がみなそうであった。正面から摘発して、現「醜団」に肚《はら》を据えられると、時効などという便法のない時代のことだから、遡及《そきゆう》的にどこまで拡大してゆくかわからない。それでは困るので、これが対策には慎重な考慮がはらわれなければならなかった。

然《しか》らば両老職はいかなる策をたてたかというに、まず泰三を使者として、密書がましいものの遣り取りから始めたのである。実に年の老《ふ》けた人間というものは狡猾《こうかつ》だと思うが、その効果は意外に早く、意外なかたちで顕《あら》われたのである。

泰三は右衛門の手紙を持って満信へゆき、満信の返書を右衛門に持って帰った。

「奇態なことをするおいぼれ共だ、どういう魂胆でこんな人を小馬鹿《こばか》にしたようなことをやるのかしら」

二日おき一日おき二日おきといったぐあいに、山治と満信を往復するので、泰三は気持が草臥《くたび》れてきて、歩きながらよく独りで不平を云った。

「これじゃあまるで飛脚に雇われて来たようなもんだ、いまに道筋のやつらがすっかりおれのことを覚えちまって、ちょいとあたしのも頼みますなんか云《い》いだしたらどうするつもりだろう」

「ははあ、また走り使いか」

いきなりこう云った者があった。例の原っぱのところであったが、不平の独り言を云いながら歩いていたので、泰三は不意をくらって「やあ」と快活におじぎをして振返って、それからむっとした。……すぐうしろに三人の若侍がいた、まん中の一人は高頬に傷痕《きずあと》のある、あの本多孫九郎であった。

「いまへんなことを云ったのはおまえさんたちか」

泰三は三人を眺め、その眼をにやにや笑っている孫九郎の上にとめた。

「聞えたかね」孫九郎が答えた、「——聞えたとすると悪かったが、三人でね、いま貴公のことについて話していたんだよ、聞かせるつもりじゃなかったんだがね」

「ああそうかい、おれはまたおれをからかったのかと思ったよ」泰三はしげしげと相手の顔を眺め、ぺっと脇へ唾《つば》をして、「——人相の悪いやつらだ、ろくなしゃっ面《つら》あしていやあしねえ、どうせ末は馬子《まご》か駕舁《かごか》きだろう」

「おい待て、聞き捨てならんぞ」

孫九郎がどすのきいた顔で、凄《すご》んだ声をあげてどなった。歩きだした泰三は立停って、けろっとした顔で振返った。

「なんだい、なにか用かい」

「いまなんと云った、いまの言葉をもういちど云ってみろ」

「聞えたかい、そいつは悪かったな」泰三はにこっと笑った、「——聞かせるつもりじゃなかったんだよ、感想を独り言で云っただけなんだ、そうかい、聞えたかい」

「人を嘲弄《ちょうろう》するな、あんな高声の独り言があるか、聞えるのを承知のうえの暴言ではないか」

「するとお互いさまだな、おまえたちの暴言もおれに聞えた、つまり聞かせるつもりの悪口がお互いに聞えたわけで、双方目的を達して満足というわけだ、そうじゃない

「黙れ、悪口にも程度がある」孫九郎は本気に怒ったらしい、「――われわれの人相をうんぬんし、あまつさえ末は馬子か駕昇きとは武士として聞き捨てならん言葉だぞ」

「おれのほうもそうなんだ、おれも使い走りなどと云われたのは初めてでね、おまえたちの十倍くらい聞き捨てがならないんだよ」

「それならなぜ初めにそれを云わんか」

「云えないんだ、云えば喧嘩《けんか》だからね、おれは殿さまに喧嘩を売ってはいかんと禁止されているんだ、売ってはいかん、だからこっちから仕掛けるようなことは出来ないんだ」

「すると喧嘩を買って出るというのか」

「ばかなやつらだ」泰三は唇をへし曲げてこう呟《つぶや》いた、「――喧嘩をするのにいちいち念を押してやあがる、これだから田舎者はいやだってんだ、ちぇッ、そこに原っぱがあるじゃねえか、見えねえのかな」

「その一言気にいった」

孫九郎の右側にいた男が、大きな声でこう喚いて、そして続けて喚いた。

「問答はやめて勝負をしよう、来い」

「そうこなくっちゃあいけねえ、男はあっさりするもんだ」泰三はにこにこと眼尻《めじり》を下げて笑った。

「――だがおれはちょいと使いを済まして来る、なにひとっ走りだ、あっというまに帰って来るから」

「卑怯者《ひきょうもの》、この期《ご》に及んで逃げる気か」

「そいつだけは心配するな、おれに限ってそんな勿体《もったい》ないことはしないから、それだけは大丈夫だから待っててくれ、そこの原っぱだぞ、すぐ戻って来るからな」

そして泰三は満信家のほうへと喜び勇んで走っていった。

二の四

その夜の夕餉《ゆうげ》のとき、右衛門は頻《しき》りと泰三のほうへ眼をやった。泰三はいつもの席よりずっと下座へ寄って膳《ぜん》を置き、なにやら燈火《とうか》を避けるような姿勢で、いやにこそこそと喰べている。……どうもおかしい、脇見もしないし話もしない、茶碗の中へ顔を伏せるようにして、肱《ひじ》を横へ張って、ぜんたいがなにか隠し立てをしているようなぐあいである。

「泰三、おまえどうかしたのか」

あまり腑《ふ》におちないので、右衛門はとうとう堪《たま》りかねてそうきいた。

「私ですか、いいえ、べつに」

「こっちを向いてみろ、おまえなにか隠しているだろう」

「私がですか」彼はこっちを向かない、「――私はなにもしません。隠すことなんかありません、本当です、嘘なんかつきません、私は殿さまに……」

「殿にどうした、殿にどうしたというんだ」

「殿さまにいかんと云われたんです、こっちから決して喧嘩《けんか》を売ってはいかん、これは固く禁ずるぞと云われたんです」

「――それで、……それでどうしたんだ」

「ですからつまり、私は、喧嘩なんぞ売りやしません、殿さまの仰《おっ》しゃることは重いですからね、私は決して」

「おまえ額に瘤《こぶ》を出してるな」

右衛門は眼を光らせて、こっちを覗《のぞ》くように見た。泰三は顔をそむけ、いそがしく飯をかきこみながら云った。

「ええこれは、あれです、ちょいと転びまして、木の根があったもんですから、とっ拍子もないような処《ところ》に大きな根っ子がありまして、あれはなんでしょうか、道路関係の事は普請《ふしん》奉行の係りでしょうか、それとも作事方の」

「おまえ喧嘩をしたんだろう」

「私がですか」泰三は心外なことを聞くものだという眼つきをした、「――私が喧嘩をしたと仰しゃるんですか、この私が、……どうして笑うんです津留さん」

給仕をしていた津留が、もうがまんができないというように失笑《ふきだ》した。よほど忍耐していたものだろう。止めようとしても止らないらしく、袖《そで》で口を押えながら立ち、笑いながら廊下へ逃げだしていった。すると、それといれ違いに、玄関番の侍がやって来て、「典木さんの泰三さんにお客です」と云った。

「私に客、ああそう」

得たり賢しと彼は立った。右衛門の追求を逃れる絶好の機会である、立ったとき膝《ひざ》で膳を小突いたので、皿小鉢がけたたましく踊り、なにか二つ三つ転げ落ちたが、そんなことに構っている暇はない、誰にともなくおじぎをして廊下から玄関へとびだしてゆくと、そこに――うす暗いのでよくわからなかったが――四五人の若侍が立っていた。

「私が典木泰三です、なにか御用ですか」

「――なにか用かって、ばかにするな」

最前列にいた男がどなった。聞き覚えのある声なので、泰三は式台へ下りて、「なにを怒ってるんです、なにか私が」こう云って相手を覗いて、「――やあ、これは、これはどうも」

高頬に傷痕《きずあと》のある顔を見て、泰三はあいそよく笑って、それからあっと声をあげた。

「やあ失礼、あんたたちか」

「黙れ卑怯者、約束をどうした、えらそうに大言を吐いて、われわれはずっとあの原で待っていたんだぞ」

「しっ、しっ、そんな声を出さないでくれ」泰三は手で相手を押え、声をひそめて、「――まことに済まない、あやまる、実は大きな声では云えないんだが、あれから使いにいったさきで喧嘩になってね、向うの家へはいろうとしていたときなんだが、詳しいことは省くが、いやに向うばりの強い野郎で、やるか、よしっていうわけさ、五人いたっけが一人ちょいと強かった、このとおり瘤をこさえちゃったんだが、気持のいいやつらで、あとはさっぱり手を握り合ってね、そういうわけで原っぱのほうはつい忘れちまったと云っては悪いが、そうするとつまり……みんな原っぱで待ってたのかい」

「逃げ口上はたくさんだ、表へ出ろ」

「そうだ表へ出ろ」うしろにいた仲間が口々に叫んだ、「――果し合の約束を破るとは卑怯なやつだ、それでも武士か、恥を知れ」

「そんな高い声で、そんな」

泰三は両手でかれらを制止しようとしたがすでにそのとき右衛門がそこへ出て来ていた。

「なんだそうぞうしい、なに事だ」

「決闘です」本多孫九郎が昂然《こうぜん》と叫んだ。

「武士と武士との決闘です、失礼ですが御老職は口を出さないで下さい」

三の一

玄関から戻って来た右衛門の顔にはちょっと複雑な表情があらわれていた。それは憎むべき犯人に判決を与えてこれを刑務所へ引渡したときの裁判官の責任をはたした自信と幾らかの人間的反省とが混合した表情に似たものであった。

「どうなさいましたの、泰三さんは」

妻女が待ち兼ねたように質問した。右衛門は黙って自分の膳の前に坐《すわ》った。泰助はちょうど食事を終って悠然と千賀に茶を注いで貰《もら》っていた。

「決闘をしにいったよ」右衛門は飯の残った茶碗《ちゃわん》を取上げながら、「——相手は五六人いたようだが、いや七八人かもっといたかもわからない、ひどく激昂して、卑怯者とか恥を知れとか喚いておったが、泰三はぐうの音も出しおらん、ひらあやまりにあやまって」

「それをお父さまは黙って見ていらしったんですか」

津留がそう云って非難するように父を睨《にら》んだ。

「どうしてお止めにならなかったんですの、お父さま」

「かれらは黙っていてくれと云った」右衛門は晴れやかに答えた、「——御老職は黙っていて下さいとな、どうもしようがない、武士と武士との決闘とあってみれば、これはもうわしなどの口出しをすべきばあいではないし、それに考えてみるに、これは泰三には一種の薬であるかもしれん、こんな事でもなければあの軽率とお饒舌《しゃべ》りと粗忽《そこつ》は治らぬかしれんのでな、いや男子はなにごとも修業、艱難《かんなん》辛苦を経験しなければお役に立つ人間は出来ぬものだて」

「お父さまは卑怯です」津留は眼に涙をうかべながら云った、「——御自分が泰三さまに肚《はら》を立てていらっしゃるものだから、泰三さまがひどいめに遭うのを喜んでいらっしゃるんです、わたくしみんな知っています」

「なにを云いますか津留さん」母親が側から驚いて叱《しか》った、「お父さまのお考えなさることに間違いはありません、それにこんな事は女の口を出すことではないのですから」

「泰助さまもそれでいいのですか」

津留はこんどは舌鋒《ぜっぽう》の向きを変更した。

「血を分けた弟が七八人も十四五人もと決闘をなさるというのに」

「いや十四五人などはおらん五六人だ」

「お父さまは御自分で七八人かもっといたかもしれないと仰しゃったではございませんか、現に見たお父さまが仰しゃるのですもの、本当は二三十人いるかもしれませんわ、いいえきっと二三十人はいると思います、それなのに泰助さまは兄として安閑とそうして茶を召上っていていいのですか」

姉の千賀がはらはらして「津留さん」と云い、母親も「津留さん」と制止したが、この潑溂《はつらつ》たる妹娘はいさい構わず、「それでもあなたには御兄弟の情がおありなのですか」

こうきめつけて凄《すご》いような眼をした。すると泰助は悠然として、睫毛《まつげ》一本動かさないといった顔で、津留のほうを静かに見て答えた。

「——しかしですね、それは、ええ……それはつまり、泰三のことをですね、心配していらっしゃる、ということになるわけですか」

津留はひっちゃぶいてやりたいというような眼をした。けれども相手には通じはしなかった、泰助は依然として静ウかな調子で云った。

「——もしもそうならばですね、それは寧《むし》ろ私は反対だと思うんです」

「反対とはなにがですの、どこのなにが反対だと仰しゃるんですか」

「——つまりです、つまり私はですね、寧ろ相手の人たち、その決闘の相手の人たちのほうがずっと心配だと私は思うんです」

「では泰三さまは負けないと仰しゃるんですか」

「——泰三がですか、ええもちろんです、それで江戸でもみんな手を焼いたんですが……しかしですね、殿さまから厳しいお叱りを受けて来たんですから、まあこんどは、……こんどくらいはですね、あまりひどい事はやらないだろうと思うんです」

右衛門はまたしても喰べかけの茶碗と箸を置いて、「それは本当か、その泰三が強いということは」と泰助のほうを見た、「——七八人も相手にして、本当に彼は負けないというのか」

「えええそれはです」

泰助がそう云いかけたとき玄関のほうにどたんばたんがたぴしという物音が起こり、その物音がつぎつぎに物音を呼び起こしつつこちらへ近づいて来た。玄関の障子が倒れ、ついで杉戸が外れ、襖《ふすま》が破れ廊下の障子が破れといったぐあいであって、とりもなおさず、泰三が進行して来る状態を証明するものであった。

「やあ、どうも、どうも失礼」

泰三が襖を一尺ばかりあけて、そこから顔を出して、にこにこと眼尻を下げて笑って、ひょいとおじぎをして、「ちょっと人に招待されたものですから、食事はもう頂きませんからどうぞ片づけて下さい、それをお断わりしようと思いまして」

「待て泰三、け、決闘はどうした」

「残念なことに仲裁がはいっちゃったんです、その仲裁人に招かれたんで、口惜《くや》しいけれどもあのおけら共と仲直りをするわけなんです、今日は二つも喧嘩の口があったのに、二つとも中途半端《はんぱ》になっちゃって、いやなんでもありません、私は喧嘩なんか、決して私は、ではいって来ますから、どうぞひとつ皆さんはお先へ」

そして勢いよく襖を閉め、その反動で一方の襖を二尺も辷《すべ》らせ、それから再び例の狼藉《ろうぜき》たる物音を立てながらその物音といっしょにとびだしていった。……四人は暫《しばら》くは身動きもしなかった。そしてやがて、姉の千賀がほっと太息《といき》をついて恍惚《こうこつ》としたように泰助を眺め、それから母のほうへ振返って、胸の中からなにか溢《あふ》れてでも来るように囁《ささや》いた。

「——ほんとうになんという違いようでしょうねえお母さま、御兄弟でいながら……こんなにお兄さまはお静かでおちついていらっしゃる、ほんとうになんという違いでしょう」

「ええなんという、なんという」津留は軀《からだ》をくねくねとくねらかして、姉の声をそっくりまねて云《い》った、「——ほんになんというお静かな、石のような、木像のような、ええへへへ」

山羊《やぎ》のような声で笑って、すばやくそこから逃げだしていった。

三の二

泰三は勘定奉行所の仕切方という役目に就いた。今でいうと支出係に当るものらしい。十月初旬に仰せ付けられたのであるが、初めて登城した日は多忙であった。まず勘定奉行の元田東兵衛から、以下役所の関係筋へ挨拶《あいさつ》まわり、およそ十二三人に会ったろう。そのたびごとに机に蹴《け》つまずき、湯沸しをひっくり返し、対立《ついたて》を押し倒し、襖障子を破り、また机に蹴つまずきといったぐあいで、どこへいっても「わっ」とか「あ大変」とか「ひやっ」などという奇声をあげさせた。

仕切方というのは奉行所の中でも人数が少ない、八帖《じょう》ばかりの役部屋の三方は戸納で、そこにはぎっしり書類が詰っている。同僚は三人であるが、三月と九月が決算期で、そのときは十五六人になるそうである。支配は大仲甚太夫《じんだゆう》という老人で、一日じゅう喉《のど》でうるるんうるるんといったふうな、こっちの喉が痒《かゆ》くなるような音をさせていた。……ほかの二人は、泰三に云わせれば「昼間のみみずく」であって、決してそれ以外のなにものでもないそうである。……初登城の日、退出してから祝宴に招かれた。招待者は野村吉太郎ら五名の若侍で、なかに白井九郎兵衛とか大仲久馬などという者がいた。

なぜかれらに招待されたかというと、かの本多孫九郎らと喧嘩《けんか》をした日、泰三は満信城代の家の門前でこの野村吉太郎ら五人とも喧嘩をし、吉太郎と殴りあいをしたうえ和睦《わぼく》したという関係があったのである。……で、その日の招待となったのだが、場所は新柳町という処《ところ》の「柳亭」という小さな料理茶屋であった。泰三は下城してそこへいって、通された座敷を眺めまわすと、

――この連中はあまり金はねえな。

こう思って腹の中で舌打ちをした。これに比べるとあの晩、本多孫九郎たちと仲直りをしたときは豪華版であった。尤《もっと》も仲裁にはいったのが井上角兵衛といって、作事奉行所の支配だったからだろう。和泉《いずみ》橋の脇《わき》にある観水楼とかいう二階造りの料亭で、芸妓《げいぎ》も十人ばかり来て、じゃんじゃか騒いだ。

「むさくるしい処で失礼ですが、まずこれへお坐り下さい」

大仲久馬がいそいで彼を上座へ据えた。やっぱり自分たちもむさくるしいことは知っているらしい。みんなが席に着くと、野村吉太郎が改まった姿勢で自分と四人を紹介した。それによると大仲久馬はなんと、彼の上役大仲甚太夫の二男であった。そこで泰三はすぐさま、「あの人が喉で妙な音をさせるのはなんですか、痰《たん》が絡《から》んでるようでもないし咳《せき》をするんでもないようだし、あれはなんですか」

久馬は急に顔を赤らめ、かなりいきごんだ調子で、自分はそんなことは知らない、これまでついぞ聞いたことも見たこともないと答え、しかもそれを断言した。……これはあとでわかったことなのだが、甚太夫の「うるるん」は人まねであった。勘定奉行の新郷治兵衛がそれをやる、そしてそれをやるときには或《あ》る程度まで威厳が出るので、甚太夫はそれを――まねていると云って悪ければ――それにあやかっているらしく、またそのことはかなり広範囲に知られているため、久馬が赤面し且《か》つ否定の断言をしたらしいのであった。

酒が始まるとまず喧嘩の話が出た。

「ともかく驚きました」吉太郎がそう口を切った、「――こちらは貴方《あなた》に話しかけた、まえからいちどお話をうかがいたいと思っていたところ、御城代のお邸《やしき》の門前でばったり会ったでしょう、これはいい機会だと思って声をかけたわけです、ところが貴方はいきなりこの野郎ふざけたまねをするなと喚《わめ》きだしたんですからね」

「側にいた私たちも吃驚《びっくり》しました」白井九郎兵衛が云った、「――あれあれと見ているまにふざけたまねとはなんですか、くそウくらえ、なにがくそだ、うるせえ、無礼者、ええ面倒だということで殴りあいになったんだが、私は三つ四つ殴られましたけれども、なにしろわけがわからないんで」

「あのときはこうなんだ」泰三は説明した、「――あのすぐまえに別の連中と喧嘩をやってね、すぐ引返して来るから待っていろと云って、用達しをするために走って来た、そこを呼び止められたんで、その連中が追っかけて来たもんだと思ったんだよ、おかげでそいつらが待っていることを忘れちまって、夜になって家へねじ込まれて恥をかいちゃった」

「その連中というのは誰ですか」

「頬ぺたかどっかに傷痕のある、そう本多孫九郎というのとほかに四五人」

「本多孫九郎ですって」

吉太郎が大きな声をだし、かれらは互いに眼を見交わした。泰三はそんなことは気がつかないから、喧嘩のこと、井上角兵衛が仲裁にはいったこと、それから観水楼で盛大に仲直りの宴会をしたことなど、例のあけっ放しな調子ですっかり語った。

「かれらは先手を打った」吉太郎が仲間に向ってそう云った、「――われわれの先手を打って、典木氏を懐柔しようとしたんだ」

「なんだいそれは、あいつらになにか魂胆でもあるというのかい」

「その喧嘩はわざと拵《こしら》えたものなんです」白井九郎兵衛が云った、「――井上が仲裁に出ることも、仲直りの宴会も、初めからみんな計画されたことなんですよ」

「へえ、妙な趣向を凝らすもんだね、こっちじゃあみんなそんな手数をかけて人と知合になるのかい」

「そんなばかなことはありません、かれらは特に理由があってそうしたんです」

野村吉太郎が沈んだような声で云った。それは自分の言葉に重みと実感を添えるためらしく、自然その表情や姿勢も厳としたものになった。

「その理由というのは、これは典木さんだから申上げるのですが、実に憎むべき汚職事件からきているのです」
「おしょくッてなに者だい」
「汚職、つまり職務を汚《けが》す、汚職です、うちあけて申しますが藩政は紊乱《びんらん》し弛廃《しはい》し、悪徳と不正で充満しています、貴方はおそらく、……典木さんが赴任して来られたのも、おそらくその点に秘密の使命があるのだと思いますが、いいえ隠さないで下さい、私共は知っているのです、そして貴方が必ず使命をはたされるだろうということも信じているのですから」
「おれにはなんだかわからねえが」泰三はやや酔いかけていた、「――政治だのなんだのごたごたした話はやめようじゃねえか、酒が不味《まず》くなっていけねえ、おウそこにいる青いの、おめえ一つ受けてくんな、それにこう野郎ばっかり雁首《がんくび》を並べていてもつまらねえがどうだ、芸妓を四五人呼んでぱっとやらねえか」
「今夜はまじめな話があるんです、貴方は仮面をかぶっておられるようだが、私共は本気なのですから、藩家のためには一命を捧《ささ》げる覚悟でいるのですから、どうか胸襟《きょうきん》を開いて申上げることを聞いて頂きたいのです」
「そんなに云いてえんなら云うさ、おらあ勝手に飲みながら聞いてるよ」泰三は手酌で飲み、脇を向いて独り言を云った、「――こんなことなら来るんじゃあなかった、酒も肴《さかな》も不味いし、なっちゃねえや」

三の三

世間の批評とか人の鑑識などというものは実に軽薄なものである。泰三が勤めだしてから二十日と経《た》たないうちに、泰助の評判がめきめき善《よ》くなってきた。昼の蠟燭《ろうそく》だの石仏だのと嘲笑《ちょうしょう》した人々が、今では彼を認め、彼の人格を賞揚し始めさえした。

「やはりなんですな、同じ血筋といっても兄は兄、比べてみると格の違いというものは争えないものですな」

「沈着冷静、実にあの若さにしては珍しい老成ぶりです、能ある鷹《たか》は爪《つめ》を隠す、石仏などと云われても馬耳東風と聞きながしていたところなど、実にあの若さにしては稀《まれ》な風格と云うべきでしょう」

「私はあの人は禅学をやったと思うですな、それも曹洞《そうとう》の痛棒に敲《たた》きぬかれて、大悟の境を通過した人だと思うのですな」

こんなような評が、城の内外で頻《しき》りにとり交わされた。

だが云うまでもなく、この世評の変貌《へんぼう》には由来するところの原因がある。それは泰三そのものであった、初め勘定奉行所の仕切方に勤めた彼は、十日めに納戸《なんど》方《かた》へ転勤になり、そこから書院番、次に作事奉行書記と、三十日ばかりのあいだに四回も役目を転々した。……もちろん彼が希望したわけでもなし、また城代重臣が好んで命じたわけでもない。ゆくさきざきで、たちまちその支配役が手を挙げるのである、躰操《たいそう》をするのではなく降参するという意味で。

「どうかあの男をほかへやって下さい」

こう悲鳴をあげて、その役所の奉行職とかまたは係りの重職に泣きつくのである。

「あの男は役所の中をめちゃくちゃにしてしまいます、襖も障子もめちゃめちゃ、畳は塵《ちり》だらけ、茶をこぼす湯沸しをひっくり返す、筆を踏み折る机を蹴とばす、事務もなにも出来たものではありません、お願いです、私を助けると思ってあの男をほかへやって下さい」

「どうぞ来て見て下さい御老職」こう訴えて来る者もあった、「――お手間はとらせません、いらしってひと眼で宜《よろ》しいから御覧下さい、私の役所がどんなありさまになっているか、……でなければ私を免職にして下さい」

畢竟《ひっきょう》するに泰三は山治家におけるが如《ごと》く、その進退動作を派手にやるわけであった。困ることには彼には藩主が付いている、山治家へ預けたのも長門守知宣の直命であるし、満信城代へも「特にめをかけよ」という内達があった。だからこそ城代は初めに泰三を呼び、そこになんらか特別任務があるのではないかと聞いたわけである。……どうもしようがない、眼をつぶって他の役目に就かせる、そしてまた他の役目へ。

「泰助さまの評判がとてもよくなったそうですよ、お父さまが仰《おっ》しゃってたけれど」

「その筈《はず》ですわ、だって本当にお立派ないい方なのですもの」

姉の千賀と母親とが、そんなふうに話すのを、津留はしばしば口惜しい思いで聞いた。

「ひと頃あんなに悪く云ってた人たちが、まるで手の平を返すように褒めるんですって、将来は典木家を再興して、元どおり江戸家老にお成りなさるだろうって、御重職のあいだにもそんな噂《うわさ》があるそうよ」

「人にそれだけの値打があれば、いつかはわからずにはいませんわ、あの方はそれだけの値打があるのですもの、それがようやく皆さまにわかってきただけですわ」

「どうしてだか云ってあげましょうか」

津留がいまいましくなって憎らしそうに顎《あご》をつき出しながら云った。

「どうして泰助殿の評判がよくなったか、石仏氏がなぜ急に褒められだしたか、そのわけを云ってあげましょうか、へん、お母さまもお姉上さまもなんにも知らないで、いい気なものでございますわア」

「仰しゃいよ」珍しく姉がそう応じた、「——わたくしたちの知らないわけがあるのなら、いいから云ってごらんなさいな」

「それはね、泰三さんのおかげなのよ」

「あら、泰三さまがどうなすったの」

「泰三さんが勤めだして、せっかちで粗忽《そこつ》なことばかりやるから、それでお兄さんのほうが引立ってきたのよ、泰三さんが引立て役になったから泰助さんが幾らかましにみえてきただけよ、それだけのことよッ」

「へんな理屈ですわねえ」姉は自信満々らしくにっこりと微笑したくらいである、「——それは泰三さまがせっかちで粗忽だということにはなっても、泰助さまの御人柄がそのために認められたという証拠にはならないじゃありませんか、ねえお母さま」

「どうせでまかせですよ津留さんの云うことは、勝手に云わせておおきなさい」

「あたしの云うことがでまかせですって」

津留は憤然と坐《すわ》りなおした。胸のまん中が火のようになり、頭脳《あたま》がぐらぐら煮え立つように感じた。彼女はもう分別を失い、理性を逃がし、克己心のつなを切っていた。

「ようございます、それでは申しましょう、飾らずにはっきり申しましょう」津留は眼を据えて云った、「――泰三さんのせっかちや粗忽はあれはみんなわざとしていることなんです、お兄さんを引立てるために、わざとあんな粗忽なまねをしているんですのよ」

母と姉とはあっけにとられて、二人とも大きな眼でまじまじとこちらを見た。津留は受難者のような顔をしていた、半ばつむった眼を上方へ向け、蒼澄《あおず》んだような頰をぴりぴりさせ、そして深い苦悩を訴えるかのように、「白い物を引立てるには黒い物がなければならない、泰三さまは自分から進んで黒い役をやっていらっしゃるんです、歯をくいしばって、お兄さまのために、わざと人に嘲笑され蔭口《かげぐち》をきかれるんです、……誰もそこに気がつかない、同じ家にいるお母さまでさえ気がついてはいらっしゃらない、そして泰助さまの評判がよくなったことだけを喜んでいらっしゃる、……その裏に泰三さまの悲しい犠牲があることを知ろうともなさらないで……」

津留の眼から涙がこぼれてきた。しめたものである。彼女は自分のその涙が、母と姉とに大きな感動を与えたのを慥《たし》かめ、なお沈痛な声音で次のように云った。

「お可哀《かわい》そうな泰三さま、お可哀そうな……そして、お仕合せな泰助さま」

母と姉はいつか眼を伏せていた。津留はうちひしがれたように溜息《ためいき》をつき、よわよわしく立って、廊下へ出るなりぺろっと舌を出した、そして自分の部屋へはいっていった。……舌を出した、などといえば判断がつくとおり、彼女の言葉はでたらめであった。口惜しまぎれに、母と姉の感傷癖を利用したまでのはなしである。口からでまかせに、それこそ舌の動くがままに弁じたてたのであるが……ところが、自分の部屋へ帰って、小机の前に坐ったとたん、津留はわれ知らずあっと声をあげた。

「――ああそうだ、……そうだわ」

こう呟《つぶや》いて、こんどは眼をつむり、両手を膝《ひざ》に置いて、かなり長いこと沈思黙考という態であったが、やがてその眼から、――こんどは嘘《うそ》いつわりなしの、――涙がぽろぽろと頰を伝わって落ちた。

「――それに違いないわ、慥かに、……自分では気がつかなかったけれど、心ではちゃんと感じていたのよ、だから自然と口に出たんだわ、自然と、……でなくって泰三さんがあんなにばかげたような粗忽をするわけがないじゃないの、……そうだったんだわ、今こそはっきりわかったわ」

津留は衝動的に両手で顔を掩《おお》い、お可哀そうな泰三さん、と心のなかで呼びかけながら声を忍ばせて啜《すす》り泣くのであった。

三の四

津留がこのように活眼でみぬいているにも拘《かかわ》らず、泰三は依然として自由闊達《かったつ》にとびまわっていた。彼は城の中でも外でも、殆《ほと》んど全藩中の人と知り合った。頻りとお台所へいって料理人と話しこむし、庭番と共同で菜園の堆肥《たいひ》つくりもやるし、足軽長屋の塀《へい》もなおすし、またどこかの子供にせがまれてどこかの邸の柿《かき》の木へ登って柿の実をしこたま採ってその邸の番人に追っかけられもした。

このなかで特に親しくなったのは、本多孫九郎の仲間と野村吉太郎の仲間である。もちろん別々にではあるが、どちらも泰三には特殊な親密さを感じているらしく、道や城中の廊下ですれちがうときでも、「やあ――」などと云《い》って、一種の表情でこちらを見る。そのときによって違うが、そしてことによると泰三のほうの状態に原因があるかしれないが、或るときはその表情は、

――どうですか、少しは融通しましょうか。

などという意味に思える、そこで泰三としては早速そっちへ寄っていって、「ひとつ頼むよ、小遣が無くなってね」

遠慮なしに徴発した。またときには、――どうです一杯やりませんか。という意味にみえるがもちろんこれもたいていいは辞退しない。

「帰りにやろう、盛大なところを頼むぜ」

だがこれは殆んど本多一党に限っていた。野村一派には「柳亭」で懲《こ》りている、かれらは無役であるか二男三男の輩《やから》で、うっかりするとこっちが徴発されそうだから、なるべく当り触りのないような態度をとった。かれらのほうでも決して誘惑的な表情などはしない、その代りというわけでもないだろうが、道でほかに人のいないとき会ったりすると、「旺《さか》んにやってますね、噂は聞いてますよ」

などと云って妙な眼まぜをした。

「粗忽でひっ搔《か》きまわすとは妙案です、いまにごそっと」こう云うときは両手でなにかを掬《すく》うような身振りをする、「——ごそっと根こそぎ網にひっかかるでしょう、いや知ってます、そしてわれわれは早くその日の来るのを待っていますよ」

泰三はいつもなにも云わずに、意味ありげに微笑したり、頷《うなず》いてみせたりした。こちらにはかれらの云うことがてんでわからない、そしてわからないという事実を説明しても、かれらはまるっきり承知しない、「隠してもだめです、私共はちゃんと知ってますよ」と云うのである。しようがないからそれに応じて、意を諒《りよう》したようなまねをしているのであった。

山治家においても城中にあっても、物をひっくり返したり蹴とばしたり、踏み毀《こわ》したり破いたりする点は連日連刻のことであった。いつか、——それは年来のことだったが、山治家で満信城代を茶に招待したことがある。それは右衛門がなんとかいう名物の茶器を手に入れたので、それを自慢したかったのらしい、ところが客が来て、さて茶席へ案内してみると、その自慢の名物がなくて、つまらないような通俗な器物が揃《そろ》えてあった。

「どうしました、あれは」右衛門は次客をつとめていた妻女にこうきいた、「――先日求めたあれはどうしました、道具調べをしたときにはあったのだが」

茶席であるから荒い言語はつかえない、すべて閑寂静雅でなければならないから、静かにこう質問したわけであるが、妻女がみやびやかに答えたところによると、泰三さまがお毀しになったということであった。そのとき右衛門がもしかして立っていたら、おそらくはまた右足で畳を叩《たた》いたであろう。老人は顔面を赭土色《あかつち》にし、歯をくいしめたまま鄭重《ていちょう》に云った。

「ははあ、そういうわけか」

「はい、そういうわけでございます」

右衛門は眼を剝《む》いて妻を睨《にら》み、口を信じられない程度までねじ曲げた。それからぐっと下腹部に力をいれ、自制心を総動員して、静かな声で云った。

「ではひとつ、あの釣瓶《つるべ》の茶碗《ちゃわん》で、……いやよろしい、私がいって来る、自分でな」

右衛門は客に会釈《えしやく》をして茶室を出た。茶室は渡り廊下で母屋《おもや》に続いているが、その廊下のところに泰三が立っていた。たぶん自分が過失をしたので、どんな騒動になるものか容子をうかがっていたものだろう、……右衛門はそんなことは知らないから、彼の姿を見るなり愕然《がくぜん》とし、いや慄然《りつぜん》のほうかもしれないがともかく非常に吃驚《びつくり》して、思わず知らず叫びそうになった。

「私が取って来ます、私が」

泰三はあいそ笑いをして云った。

「釣瓶の茶碗ですね、二階のあのため塗の文庫の中にあるんでしょう」

「まま、待て、待て泰三」

「すぐです、どうか坐っていて下さい」泰三は廊下を駆けだしながら、「――ちゃんと知ってるんですから、手間はかかりません、すぐ持って来ますから」

「待ってくれ泰三」右衛門もあとから走りだした、「――おれが取りにゆく、構わないでくれ、頼む、どうかおまえは、……ええ待て、待てといったら待てこの野郎」

とうとう喚《わめ》きだした。なにしろ大の男が二人どたばた駆けたり喚いたりするので、茶室からは妻女が出て来るし、家人たちもいかなる異変出来《しゆつたい》かと思い、おっ取り刀で、――女性たちは擂粉木《すりこぎ》とか鋏《はさみ》とか箒《ほうき》などを持って、――集まって来た。

右衛門はこれを見てさすがに駆けるのを中止した。「いや騒ぐな、なんでもない」息を喘《はず》ませながら、「——なんでもないんだ、騒ぐことは少しもないんだ、いいからさがっておれ」

騒いだのは自分であるにも拘《かかわ》らず、彼はこう云って、おもむろに二階へあがろうとした。むろん泰三はとっくに上へあがっていた、今じぶんは文庫の中をひっ掻きまわしていることだろう。……こう思うと気が気でなかったが、みんなの眼があるので体面上できる限り沈着な動作で、階段のほうへと近づいていった。が、近づいたとたん、彼は「あ」と云って両手を前方へ突き出し、「たた、た」と云いながら後方へとびさった。

たたたと云ったのは泰三に対する呼びかけであったか、それとも「大変」と叫ぶつもりであったか。ともかく右衛門がうしろへ退避するのと同時に、どしんだだだがらがらッというもの凄《すご》い音響が起こり、階段の上方から人間となにかの箱とがごっちゃになって、雪崩《なだれ》のように下方へと転げ落ちて来た。

この場面がどうなったかということは、これはもう紹介する必要はないだろう、それで四半刻《しはんとき》ばかり時間をとばすことにするが。……それから四半刻ほど経って、泰三は自分の部屋で裸になって、軀《からだ》の要所へ手当てをして貰《もら》っていた。手当てをしているのは津留である、彼女はぼっと嫣《なま》めかしく上気していた。それはその作業のために血行がよくなったのかもしれないが、或《ある》いはまた若い男性の裸の肉躰《にくたい》、——それは筋骨の秀《ひい》でた逞《たくま》しい、健康と精力に満ち溢《あふ》れたものであったが、——に手を触れ、創薬《きずぐすり》を擦り込んだり膏薬《こうやく》を貼《は》ったりするので、或《あ》る種の情緒的気分になったからであるかもわからない。

「わたくし知っていますわ」津留は彼の腰骨の上へ膏薬を貼りながら云った、「——あなたがどうしてこんな粗忽なまねをなさるか、わたくしだけはちゃんと知っていましてよ」

「——貴女《あなた》がですか、……貴女が」

「知っていますの、わたくしだけは」彼女の声は鼻が詰ったようになった、「——そして、いつも泰三さまのために、独りでそっと、そっと泣いていますのよ」

泰三は暫《しばら》く黙っていた。眼を半眼にし唇を屹《きっ》とむすんで、……それからやがて溜息をつき、低い声で述懐するもののように云った。

「——私のために泣いてくれる人がいる……それだけで充分です、それだけで、……ほかの者が笑おうと馬鹿《ばか》にしようと、そんなことは私には痛くも痒《かゆ》くもありません、一人でも自分を理解してくれる者があれば、それで私は満足です、……本当に満足で

「もう仰しゃらないで、泰三さま」津留はこう云って、衝動的に相手の腕へ縋《すが》り、「——津留がよく知っています、津留があなたの味方です、いいえ、津留は一生あなたのお側にいて、一生あなたをお守り致しますわ、一生、わたくし泰三さまの……」

あとは云えなかった。云えない代償に津留は彼の胸に泣きながら凭《もた》れかかった。泰三は憮然《ぶぜん》として、そして途方にくれていた。

四の一

その年の十二月の初旬に典木泰助と山治家の長女とが結婚した。式は極めて盛大豪華なものであったが、泰三はその式にはまったく関係しなかった。二人兄弟の兄の結婚式に、唯《ただ》一人の弟が列席しないというのは、愛情のうえからも義理のうえからも穏当でない。こう思うむきもあるかしれない、が、これは山治右衛門の計略であって、泰三には些《いささ》かも責任はなかったのである。泰三はそのときは勘定奉行所の検計係に勤めていた。初め同じ役所の仕切方へ勤めてから、それが七回めの転勤である。そしてこんどは当分はそこにおちつくだろうと思われるのは、「計理部」というのは彼のために新設された部署であって、その部には彼一人しかいないし、したがって——従来しばしば記した理由によって——彼のためにべっして迷惑をする者もなく、しぜん転勤を懇請する人間もないからである。また検計係なる役所はなにをするかというに、なにかしらむやみに古い帳簿の、すでに「済」という印の捺《お》してあるものを、もういちど計算し直すというのが役割であった。

——これはかなり重要な仕事であるからして、慎重丹念、時間をかけてゆっくりやって貰いたい。

勘定奉行はこう云ったので、泰三としては少なからず張切った。しかし二十三年も昔の「御領内料材払下仕切帳」などというものを独りぱちぱち算盤《そろばん》ではじいていたりすると、なんとなくばかにされているような気持になることもあった。そんなときは気分転換のため、どこか他の役所へでかけて、

——なにかいそぎの事務はないかね。

——いそがしかったら手伝おうかね。

などと云って時間つぶしをした。これをつづめていえば、「検計係」なるものは泰三を拘束するためであって、古帳簿の検算などは単にみせかけに過ぎない、ということがおわかりであろうと思う。……だが俗に人を呪《のろ》わば穴二つということも、この際ちょっと記憶にとどめておいて頂きたいのである。

さて泰助と千賀との結婚式の当日、泰三はかなり多数の帳簿を与えられたうえ、「今夜は城に泊って、出来るだけ多く、片づけられるだけ多く片づけて貰いたい」こう依嘱されたのである。これは山治右衛門の計略であり、それによって勘定奉行が動いたわけであるが、もちろん泰三は知らない。彼としては私情のために公務を怠るようなことはできないだろう。云われるとおり城中にこもって熱心にその事務に精励した。

かくて山治家の豪華な式は無事に済んだ。

泰三が列席したとしたらそうはゆくまい、賑《にぎ》わしさは増大したであろうが、各種の損失出費もそれに正比例した筈《はず》である。但《ただ》し、その式が徹頭徹尾「無事」だったとは断言はできない、なぜかなら、その式の進行ちゅうに、局面を新しく展開する二つの芽が発生し、二つとも相当な力と速度で成長し始めたからである。

「あんまりだわ、あんまりひどいわ」

その芽の一つはこういう泣き声で始まった。とりもなおさず山治家の津留の叫びである、彼女は泰三を城中に拘束したことで父を非難し、知っていてその計画に反対しなかったことで母と姉と泰助とを非難した。

「たった一人きりのお兄さまの結婚式なのに、ごまかしてまで除《の》け者にするなんて、お父さまもお父さまだけれど、お母さまだってお姉さまだってあんまり薄情だわ、泰助さんなんか石仏どころじゃない、涙も情愛もない唯の石ころだわ」

「お黙りなさい津留さん、言葉が過ぎますよ」

母親もついには怒り声をあげた。

「それもこれも泰三さん御自身の責任です、考えてもごらんなさい、祝言《しゅうげん》の式にいろいろと大事な飾り道具や高価な器物がたくさん並び、お客さまも三十幾人かいらっしゃるのですよ、もし泰三さんがいてごらんなさい、そのお道具や器物は毀されてしまうし、お客さまに対しては恥をかくし、なにもかもめちゃくちゃになってしまうじゃありませんか」

「そんなことはありませんわ」津留は涙をぽろぽろこぼしながら叫んだ、「泰三さんの粗忽《そこつ》はお兄さまをひきたてるための作り粗忽なんですもの、御祝言の席でそんなことをなさる筈は絶対にありませんわ、ええ絶対に」

「それは津留さんがそう思うだけですわ、津留さんお一人が」と姉は化粧した美しい顔を鏡に写して見ながら、おちつきはらって、やさしい声音でそう云った、「——作り粗忽だなんて、どこにも証拠はないじゃございませんの、わたくしどうしたって信じられませんわ」

「信じられませんわ、信じられませんわア」涙をこぼしながら津留は姉の口まねをした。

「信じられなければ信じなくともよくってよ、泰三さんの粗忽がもしか本物だったにしろ、二人っきりの御兄弟じゃありませんか、御祝言といえば一生に一度、なにもそんなにけちけちしないで毀せるったけ毀さしてあげたらいいじゃないの、まさか天地まで粉々にするわけでもないでしょ、えへん」

「お望みなら津留さんのときにさせておあげになればいいわ、ねえお母さま」

「ええそうするわ、もちろんよ」津留は昂然と宣言した、「――わたくしたちのお式のときには思う存分そうさせてさしあげるわ」

「そのときはどうぞわたくしたちを招かないで下さいましね」

「こっちで御免を蒙《こうむ》ります、わたくしたち二人っきりよ、二人っきりで誰に遠慮も気兼ねもなくやるわよ、どうぞ御心配なく」

「あら妙ですこと」姉はそのときは皮肉に切って返した、「二人っきりって、それでは、花婿《はなむこ》さまはどうなさるの、あの方と津留さんとお婿さまぬきでお式をなさるの」

「わたくしは良人《おっと》は一人しか持ちません、わたくしとお盃《さかずき》をする方がわたくしの良人ですわ」

「まあ津留さん」母が仰天して云った、「――なんですそんな乱暴な、ほかの事とは違いますよ、女にとって一生の大事を、そんな冗談ごとにするひとがありますか」

「わたくし冗談になんか申しません、本当にそうだからそうだと申すんですわ」

「なんですって、まあ、なんですって」

「わたくし泰三さまの妻になります」

彼女はこんどは決然と第二の宣言をした。

「泰三さまの苦しい悲しいお気持を知っているのはわたくしだけです、父さまも、母さまも、ほかの誰も理解しようとはなさらない、あの方をわかってあげ、あの方の味方になってあげられるのはわたくし一人です、あの方の妻になってあげられるのもわたくしだけですわ、ええ、わたくしはっきり申します、津留は泰三さまと結婚いたします」

そして気絶でもしたような母と姉をしり眼に、颯爽《さっそう》――と、だが涙で白粉《おしろい》のすっかり斑《まだら》になった顔のまま――その部屋から出ていった。

四の二

山治家で津留が大いに気を吐いていたとき、城中では泰三が興味津々《しんしん》たる叫びをあげていた。彼は周囲に古帳簿をちらかし、机の上になにやら細密に数字を書き列ねた長い巻紙をひろげ、それと帳簿と照合したり分類したりしながら、「ははは、いやどうも、や、これはこれは、ふーん、いやどうも、や、こいつはどうも」

独りでこんなことを叫び、なにやら書き込み、片方の帳簿と片方の帳簿をつきあわせ、朱で記号を入れ、それからまた「ははは」などと笑い、やがては手拭《てぬぐい》を出して鉢巻をして、殆《ほと》んど夢中で、さも面白くて堪《たま》らないというようすで、——夜の明けるまでその仕事に没頭した。そしてこれが、発生した「芽」の他の一つだったわけである。

泰三は三日のあいだ家へ帰らなかった。四日めの朝、まだ暗いうちに帰った彼は、裏の通用口から台所へとびこんで、「すぐなにか食わしてくれ」と、そこの板間へ坐《すわ》りこんだ、「いいんだよ冷飯で結構だ、湯をぶっかけて食うから味噌《みそ》と沢庵《たくあん》でも出してくれ」

どうしても動きそうもないし、女中たちも彼には親密な感情をもっていたので、云われるとおりに茶漬の支度をした。

この騒ぎに気がついたのは津留であった。彼女はいつも早起きで、家族のなかではいちばん先に起きる。そして風呂《ふろ》舎で冷水摩擦をするのが、もう四五年まえからの日課であった。彼女の説によると、それが健康と美を保つ唯一《ゆいいつ》の秘法だそうで、ひと頃は姉や母親なども強制的にやらされたが、冬季の寒さなどは辛抱するとして、手順が面倒くさいのと、相当以上に羞恥《しゅうち》的であるために、両者とも断乎《だんこ》として拒絶した。それというのが、津留のやりかたは一般に行われている方法のほかに両手首と両足首、そして身躰《しんたい》前面の微妙な部分に対する灌水《かんすい》と、骨盤部周辺の入念なる摩擦という技法が加わるのである。それにはかなり大胆な放恣《ほうし》な姿勢をとらなければならないし、或る姿勢などは、……ここでは描写することを避けるが、母親が驚きと羞恥のために眼をつむって全身を赤くして、

——やめてやめてやめて、いやいやいやいや。

と叫びだしたくらいであった。

もちろんこれは物語とは関係のないことで、つまりその朝も彼女は「健康と美のため」の日課をやったのだが、終って風呂舎を出たとき、台所がたいそう賑やかなのを聞きつけ、なにごとかと思って覗《のぞ》いて見たのであった。彼女がなにを発見したかは云《い》うまでもあるまい。ひと眼その光景を見るなり、さすがの津留が「まあ」と叫び声をあげた。

「やあお早う」泰三はこっちを見て、皿を一つはねとばしながら手を挙げた、「腹が減ったもんでね、やってるところです、貴女もよかったらどうです、朝の茶漬という

のも乙なものですよ」

台所にいた召使たちはみな立竦《たちすく》んで、息をのんだ。この令嬢は怒ると容赦がない、がんがんがんと、それこそ父の右衛門以上に荒れるのである。どうなることか、今にも雷が鳴りだすか、こう思っていると、津留はすばやくあたりへ眼を走らせ、「そうね、ではお相伴《しょうばん》いたしますわ、まつやわたくしのも支度して頂戴《ちょうだい》」

そして泰三の側へ坐った。それからのことは書かないほうがよかろう。彼女は喰べ終って台所を出るときさも満足そうに泰三を見て、「朝の茶漬ってほんとに乙ですわね」こう云って、それから低い声で、「――ねえ泰三さま、これから内証で毎朝頂きましょうよ」

「いやそれがだめなんです、また暫《しばら》くお城へ泊り込まなくちゃなりません」彼は自分の部屋のほうへ曲りながら云った、「今は疲れ休めに帰ったんですが、明日から当分は帰れなくなるんです、あ、あの祝言は無事に済みましたか」

「ええ済みましたわ、そのことでわたくしお話があるんですけれど」

「とんでもない、この眼を見て下さい」彼は充血した自分の眼を、津留に指さして見せた、「――このとおり、眠くって眠くって、ぶっ倒れそうなんですから」

「ではお支度を致しますわ」

津留はいっしょに泰三の部屋へいった。そうして夜具をのべ、着替えをさせながら、結婚の晩に母や姉とやり合った問答の始終を語った。だが泰三はまったくうわのそらで、うんうんとなま返辞をし、欠伸《あくび》をし寝衣《ねまき》になるとすぐさま夜具の中へもぐり込んでしまった。これでは埒《らち》があかない、津留は決心をして自分の意志を明白に通告した。

「そういうわけで、わたくしあなたと結婚することに致しましたの、ようございますわね、泰三さま」

「ああ結構、いいですとも」泰三は欠伸をしながら手を振った、「どうも有難う、おじさんには起きてから挨拶《あいさつ》にゆきますから、では」

そして掛け夜具を頭からひっかぶった。津留はほっと太息《といき》をつき、かなり得意そうでもあり相当に複雑な微笑をうかべ、静かに立ってその部屋を出た。と、ちょうど津留が廊下を曲ったと思えるとき泰三はがばと夜具を蹴ってとび起き、「えっ」と異様な声をあげた。

「な、なんですって、結婚……」

それから周囲を眺めまわし、首を捻《ひね》り、ちょっと考えてから、左のように呟《つぶや》いて、どたっとまた横になった。

「なんだ、夢か、びっくりさせやがる」

四の三

泰三の古帳簿検算は熱烈なるものとなった。彼は殆んど城に詰めっきりで、殆んど夜と昼の区別なしに恪勤精励《かっきんせいれい》した。それは熱烈というより狂熱的であり、煩瑣論的《はんさろん》にさえなった。なぜかというと、彼は絶えず帳簿の出し入れを間違える、検算済みだといって返したのを「あれは未済だったから」と取りに来る。また甲の役所のそれと乙の役所のそれを間違えて返し、それを四五日も経《た》ってから思いだして、慌《あわ》てて両者を返し替えたり、返し替えてみたら間違えたと思ったのが間違いでまた元のように返し替えたり、甲乙丙丁戊《ぼ》それぞれがどれをどこへ戻したかわからなくなって、とんでもない帳簿がとんでもない役所へ紛れ込んだりした。

「私にはもうなにがなんだかわからない、あの男の顔を見ると寒気がして眼がくらんで、なにか乱暴な事がしたいような気持になる」

各役所の帳簿係はついにこう音をあげた。

「もう御免だ、おれは任せた」或《あ》る帳簿係はそう白状した、「——これでは気がおかしくなってしまう、おれは関係しない、たかが古帳簿、出したければ出すがいいし返したければ返すがいい、おれはあの男にすっかり任せることにした」

「なるほど、ふむ、なるほど」他の帳簿係もこう頷《うなず》き合った、「――たかが古帳簿」

泰三の活躍はこうして漸次《ぜんじ》自由になっていった。

だが、これはいったいいかなるわけであるか、なんのために彼はそれほど熱狂するのであるか、そこは誰にも理解がつかなかった。例の不当利得者の一派も、かの野村吉太郎ら正義派の連中も、それぞれの立場から、泰三のする事をば満足して眺めていた。前者はうまく彼を閑職に追込んだと思い、後者は彼がいよいよ不正摘発にとりかかったものと信じた。

年が明けて一月、二月、三月には藩主が帰国した。

長門守知宣の帰国を誰よりも熱心に待っていたのは、城代の満信文左衛門と山治右衛門の二人であろう。帰国祝いの式が済むと、二人は、早速のところ人払いの謁見《えっけん》を願い出た。……知宣はそのとき三十八歳で、藩譜によると列代のうち第一の美男だったという、酒も強いし、もう一つの方面でもかなりな精力家らしく、伝記には華やかな逸話が幾例かある。が、ここではそれに触れる必要も余白もない、単直に三者会談を紹介するわけであるが、満信と山治との質問は、ひと口に云うと、「泰三を赴任させた真意はどこにあるか」ということであった。

「それをきかれると少し困るのだが」

知宣はちょっと迷惑なようであった。

「少なからず困るのだが、しかし云わぬわけにもまいるまい」こう云って、やや反省的な眼つきになられた、「——二人とも典木兄弟の父の出来事を知っているな、うん、斎宮が光泉院（故長門守知幸）様の侍女を殴り、御手許金《おてもときん》二千両を着服し、そして切腹したあの出来事だ」

古い話が出たので、こちらの両老職は眩《まぶ》しいような顔をした。知宣はさらに反省の調子を強め、「泰三をこちらへよこしたのは、実は、彼が斎宮と同じような立場になりそうだったからだ」そこで言葉はかなり沈痛になった、「——光泉院様のことを申すのは忍びないけれども、斎宮の着服した金二千両は、事実は寵愛《ちょうあい》の侍女の費消したものであり、またその侍女はいろいろの点で光泉院様を、……なんと申したらよいか、その、……俗にいうところの、つまり瞞著《まんちゃく》しておったというわけで、斎宮はかなり手を尽したらしいが、ついにあのような方法で事態を収拾したという」

満信も山治も「それは意外な」という表情をしたが、ごく形式的であったところをみると、その事情はおよそ知っていたものであろう。知宣はそんな邪推はしない、幾らか告白の快感をさえ味わうかのように、「これは自分が光泉院様のお口から聞いたことで、典木の家名は必ず立ててやるようにという御遺言もあった、しかるところ、……計らずもというべきか、……またまたここに、泰三が斎宮と同じような事をやりそうな情勢が生じたわけであって、そこのところは推察に任せたいと思うが」

「と仰《おお》せられまするると、要するに殿が、光泉院様の如《ごと》く、その」

「推察せよと申すのに慥《たし》かめることはない、但《ただ》し自分は瞞著はされなかった」知宣はそう念を押した、「――その他の面ではかなり似ておったが、瞞著だけはされなかった、自分はそこまでお人好《よ》しではない」

「そう致しますと」城代が反問した、「――彼を当地へお遣わしなされました理由は、それだけなのでございますか」

「それだけだ、ほかに仔細《しさい》はない」

こう云いかけて、知宣はふと思いだしたように、両人の顔色に注意しながら云った。

「だがこの二月の初めであったか、殿は非常な金満家である、これからはどんなに散財しても差支えない、という手紙をよこしたが、……ああいかん、これは泰三が発表するまで内密であった、しまった」殿は自分に対して舌打ちをなされた、「――そういえば帰国以来まだ彼の顔を見ないようだが、彼は今どうしておるのか」

「そのことでございますが、実は泰三めの粗忽《そこつ》にはみな非常に迷惑致しまして」右衛門がこう答弁した、「――去る年末よりごく害のない仕事を宛《あて》がいましたところ、どこに興味をもちましたものか、今日に到《いた》るまで存外の熱中ぶりにて、日夜強行、いまだその無害なるところの仕事に没頭しておるありさまでございます」

「ふむ、無害な仕事、……無害な」

殿はこう呟いて首を捻《ひね》られた。こちらでは満信城代と右衛門が眼を見交わし、けげんな顔つきでこう囁《ささや》いていた。

「殿が金満家であられると、金満家で」

「わけがわからん、金満家とはなんであろうか」

三者会談はこのようにして終った。

それからつい数日して、殆んど半月も城に詰めっきりの泰三が、いきなり知宣に面謁を求めた。そのとき知宣は菩提《ぼだい》山という処《ところ》まで遠乗りをして、ちょうど帰ってこられたところであった。菩提山は桜の名所で、また葛《くず》の根で拵《こしら》えた、「万力餅《もち》」という菓子も名物として知られているが、ここには関係がないだろう、……殿はもちろんすぐに泰三とお会いなされた。泰三は無精髭《ぶしょうひげ》を生やし、むくんだような顔で、赤く充血した眼をしていたが、しかし元気は満々たるものらしい、挨拶が済むのを待ちきれぬように、まず知宣から問いかけた。大名となっても金に関する限りは、そこは凡夫と大差がないものとみえる。

「そうですとも、殿は金満家です」泰三は印判を捺《お》すように答えた、「——それについては明後日、御前会議を開いて申上げますから、これに書いてある者、……全部で四十三人になりますが、これらの者をお召しになって下さい、そのとき詳しく御説明を致します」

四の四

余白の関係上、ここですぐさま御前会議に移ることにするが、その召集人員は殆んど全重職と現役退役を通じて、各奉行所の事務主任と主事などに及ぶもので、例の金吾六平太一派や、その弾劾者《だんがいしゃ》である野村吉太郎一派も加わっていた。このなかで、野村一派は生色に溢《あふ》れてみえた。かれらは肩肱《かたひじ》を張り、眼を光らせて不当利得派をねめまわし、それから互いに頷き、こう囁き合っていた。「いよいよ時節到来だぞ」「さよう典木はやはり正義の士だった」「大集会の席で摘発とはさすがではないか」「金吾一派を見ろ、もうすぐ青菜に塩だぞ」「これは一世一代のみものになる、面白し面白し」

このあいだに泰三の準備が出来た。彼は御前の中央に坐り、左右に帳簿の山を置き、なにか書いた大きな紙、——生紙《きがみ》を六尺四方に貼りつないだらしい、——を披《ひら》いて、まず藩主に低頭、それから老職席に会釈《えしゃく》をして、殿の許可を得てこれより藩財政の忠誠なる業績を披露すると口を切った。

「これは殿が御日常の経費について、ずいぶん御不自由であられるらしきこと、その証拠として常に、余は貧乏だ貧乏だと嘆いておられること」（ここで殿にはえへんと咳《せき》をなされた）「そのためときに御領主としてふさわしからぬ御行跡のあること、以上の理由よりして財政の実情と、重職ならびにその担任者の苦衷、これらを記録にしたがって披露するしだいであります」

「殿は現在のところ、現銀にして約二十一万七千六百三十五両余を、お持ちになっておる勘定でございます」泰三はこう続けた、「――これは七年前までの数字でありまして、その後さらに増加しておることは申すまでもございません、さてその内容でありますが」

「典木は発狂でも致したか」

満信城代が仰天してこう叫んだ。

「さような巨額な金はいま当藩を逆さに振っても出はせぬ、仮にも御前で根もないことを申上げ」

「いや待って下さい」泰三はにこにこと城代の言葉を遮《さえぎ》った、「――御城代の誠忠はわかります、金の有ることが知れると、人間はとかくばかなまねをするものです、だから今日まで巧みに隠しておられたのでしょうが」

「ば、ばかな、ばかなことを申すな」

「いや証拠があるんです」彼は自若として答えた、「——御存じのように私は古帳簿の検算を命ぜられました、それでわかったのですが、実にその記帳の巧妙さというものは……例えばこれをごらん下さい」

泰三は例の六尺四方ほどの、系図書きのようなものを示した。

「これは今から二十年まえの九月の仕切ですが、この全収納額の内、二千八百三十二両余というものが繰越になっている、いいですか、それがですね、年度仕切の三月になると、きれいに帳簿から消えているんです、むろんその内訳はちゃんと出来ています。何某奉行所の緊急予算として何百何十両、何某奉行所へ臨時予算として何百何十両、何某奉行所へはこれこれ、……そしてその各役所の帳簿をみるとですね、その緊急予算や臨時予算の金は、その役所では決して使われないのです、こちらの金はあちらへ、あちらの金はそちらへというぐあいに、むやみとぐるぐる廻し合って次年度の九月の仕切になるとまったく収支面から消えてしまうのです、これは一見不正と思えるでしょう、私も初めは不正であると思いました、ところがです」

泰三は舌に湿りをくれ、傍《かたわ》らの古帳簿を取って披きそれを前方へ押し出しながら云った。

「ところがさに非《あら》ず、これがみな納戸《なんど》奉行の別会計にはいって、特別御用金に宛《あ》てられているのです、その中から公用として、使途の明白でない金も相当に出ています。が、そんなものはどうでもよろしい、この特別御用金の計上額を合算すると、さきに申上げた二十一万七千六百幾らという数になるので、……その責任者は代々の納戸奉行と、各奉行役所の主任主事ということになっているのです、つまり、殿のお手許へ呈出しました名簿、今日この席へ出ました四十三名が、それだけの金額に対する責任者であります、中には死去した者もおりますが、それはその子が責任を継承するわけでしょう、例えば十四年前の納戸奉行は野村吉兵衛で、これはそこにいる吉太郎が引受ける、また橋本三左衛門はその子の三郎兵衛が……」

列席する人々のうち曽《かつ》てその職に在った者、または心に覚えのある者は、――現在の不当利得者はもちろん、――野村吉太郎一派の清直廉潔《れんけつ》派までが、いちように色を喪《うしな》い声をのんだ。泰三は記録と帳簿の事実によって、老臣たちが藩主の財産をひそかに蓄積した苦心、その巧みにして緻密《ちみつ》な努力を率直に褒めたたえ、

「なお私の検算したもの以後、今日までの金額を合計すればいかなる数字が表われますことか、しかも責任者はみな揃《そろ》っているのですから、殿には御入用に関する限り今

後は絶対に御不自由はこれなしと申上げることができます。但し、かかる家臣の努力と苦心についてはお忘れなきよう、僭越《せんえつ》ながら念のため言上つかまつります」

そして、不審の点があったら、詳しく帳簿を当ってみて貰《もら》いたいと云《い》い、静かに座を下って平伏した。

四の五

泰三の投じた一石によって、どんな騒ぎが起こったかは読者の御想像に任せるとしよう。ただ表面に現われた変化は、納戸奉行の金吾六平太とその一派が退職し、それらに代ってまったく新たな系統の人物が抜擢《ばってき》されたこと。満信城代が「老年任に耐えず」と云って引責辞職し、典木泰助が城代に就任したこと、以上の事は記して置きたいと思う。

「あいつを甘い粗忽者だと思ったのはたいへんな間違いだった」金吾一派はこう云っていた、「――まんまと裏を掻《か》かれた」

「藪《やぶ》を突ついて蛇を出した」野村とその同志たちはこう云った、「――われわれの味方だと思ったのに、とんでもない逆手を食った」

泰三の検算による「特別御用金」の処理については、藩譜にも、はっきりした記述がない。おそらく長い年月のあいだに、そこは宜《よろ》しく片づいたものであろうし、べっしてわれわれが心配すべき筋合でもないだろう。……この騒ぎがいちおう鎮静したのは五月のことであるが、その中旬の或る日、右衛門は泰三を呼んで、

「実は相談があるのだが」と、ひどくまじめに云いかけた、「――ざっくばらんに云ってしまうが、典木の家は立派に再興したことでもあるし、ひとつこの辺で、おまえにこの山治の家を継いで貰いたいのだが、どうだろう」

「私にですか、私にこの山治家を」

「つまり婿《むこ》養子になって貰いたいわけだ」右衛門はここで渋いような顔をした、「――これはわしの意見というより、娘がそう望むので、どうしてもそうしたいとせがむので、まあ、やむを得ず相談するわけなんだが」

「それは困ります、それは困るんです」

泰三もまじめに首を振った。

「なぜかというと、ばあいがばあいですから申上げますが、私には約束した者がありまして、どうもそれを反故《ほご》にするというわけにはまいらないのです」

彼がそう云いかけたとき、襖《ふすま》の向うでわっと女の泣く声が起こり、ばたばたと走り去る足音が聞えた。不躾《ぶしつけ》にも立聞きをしていたらしい、右衛門の渋い顔は、そこでな

ごやかになり、温厚なおちついた微笑がうかんだ。

「いや結構、男らしくはっきりとよく云ってくれた、これで娘も納得したであろうし、わしもわしの妻もひと安心というものだ、いや忝《かたじけ》なかった」

右衛門としては「しめた、厄のがれだ」と叫びたかったろう、だがそれは胸にたたんで、きげんよくその縁談をうち切った。

正確にいうとそれから三日めの早朝、まだほの暗い時刻であったが、泰三はまた台所へとび込んで来た。右衛門の話を聞いてからずっと、彼は夜になると考え事に耽《ふけ》った。昨夜などは殆《ほと》んど一睡もしない。

——はてどうしたわけだろう、ここまで出ているんだが、……ふしぎだ、どうしても思いだせないというのはどうしたわけだろう。

こんな独り言を云いながら、輾転《てんてん》反側、そのうち猛烈に腹が減ってきて、どうにも忍耐ができなくなり、ふと台所で物音がするのを聞くと、矢も盾も堪《たま》らずとび込んでいったのである。

「おいなにか食わしてくれ」

彼はいきなりそうどなったが、ふと見ると、そこにはすでに津留が坐《すわ》って、なんと茶漬を喰べているではないか。彼は「やあ」と声をあげ、彼女の前に坐って、さも愉快そうに手を擦《こす》り、さも秘密そうに、眼くばせをした。

「やってますね、はは、どうです、朝の茶漬は乙なもんでしょう、この味を知らない人間は哀れなもんですよ、おい、おれにも早くしてくれ、腹が減って眼がくらみそうなんだ」

津留は喰べかけた茶碗《ちゃわん》と箸《はし》を持ったまま、じっと俯向《うつむ》いて黙っていた。

「どうしたんです、今朝はひどく温和《おとな》しいがどこかぐあいでも悪いんですか」

「構わないで下さい」

津留はこう叫んで眼をあげた。とたんにその眼から涙がこぼれ落ち、その顔がくしゃくしゃになった。

「あなたはわたくしなんぞ、わたくしなんぞ、あなたは」

こう云いかけて、喉《のど》が詰ったものか、いきなり立って、ばたばたと台所から逃げだしていった。泰三はあっけにとられ、――正しく口をあけたまま、――茫然《ぼうぜん》とそのうしろ姿を見送った。そして、なにか口の中でぶつぶつ呟いたが、やがて自分の前に膳《ぜん》が据えられ、箸と茶碗を持って、ざくざくと二た口ばかり掻込んだとたん、突如、ぷっと口の中の茶漬け飯を吹き出し、「あっ」と喚き、茶碗と箸を放り出し、自分の膳と津留の膳に蹴《け》つまずき、がちゃんどたんぴしりだだだと、近来にない派手な物音を立てながら、「待って下さい、津留さん、待って下さい、云うことがあるんです、待って下さい」

声いっぱいに喚《わめ》き喚き、津留の部屋へとあとを追っていった。さて、……作者はここで、津留の部屋における、二人の会話を紹介して、この物語を終ろうと思う。

「私はねえ、貴女《あなた》にぜひ私の妻になって貰いたかったんですよ」泰三はこう云っている、「ところがです、この家のおやじがですね、私にこの家の婿養子になれって云うんです、実にどうも利己的と云っていいかわる賢いと云っていいか、そこは貴女にもわかって貰えると思うんですが」

「どうして利己的なんですの、どうしてわる賢いんですの」津留は泣き泣きこう云っていた、「——わたくし朝の茶漬なんて、少しも乙だなんて思やしませんわ、でも、いつかの朝のことが忘れられず、あのときの思い出のために、あれから毎朝、独りで茶漬を喰べながら……そっと泣いていたんですわ」

恋人の俤《おもかげ》を偲《しの》んで、お茶漬を喰べながら泣いていたという。これは愛の告白として実に哀切なるものではないか。しぜん泰三の言葉も熱を帯びてきたようだ。

「有難いです、いや嬉《うれ》しいくらいです、貴女もそこまで私を思っていて下さる、とすれば、私が婿養子の話を断わった気持もわかって下さるでしょう」

「いいえわかりません、わかる道理がありませんわ」津留はなお泣きながら、「――いま仰しゃることが本当なら、婿養子をお断わりになるわけがないじゃございませんの」

「これは驚いた、これはどうも、いや待って下さい、いいですか、私は貴女と結婚したいんですよ貴女と、そのほかの誰とも絶対に御免です、絶対に、それを貴女はこの家の婿養子になれと云う」

「だって泰三さまが、もし、わたくしをお好きなら、そうして下さる筈《はず》ですわ」

「では貴女は私に二重結婚をしろというわけですか」

「わかってますわ」津留はますます甘く、そして悲しげに泣く、「――あなたは津留を嫌ってらっしゃるんです、泰三さまはわたくしがお嫌いなんです」

「待って下さい、泣かないで下さい、もういちど云いますがね、私は貴女とだけ結婚したいんです、いいですか、貴女のほかには絶対に、わかりますか、絶対に貴女のほかには……」

　廊下では右衛門が。――さっきの騒ぎで駆けつけたものだろう、――問答をそこまで聞いて首を振り、眉《まゆ》をしかめ、ふきげんな、おそろしく渋いような顔をして、絶望的に深い溜息《ためいき》をついて、そうして悄然《しょうぜん》と向うへ去っていった。


（「労働文化」昭和二十五年九～十一月号）

七日七夜

一

本田昌平は、ものごとをがまんすることにかけては、自信があった。生れついた性分もあるかもしれないが、二十六年の大半を、そのためにも修業して来た、といっても不当ではない。三千石ばかりの旗本の四男坊というだけで、わかる人にはわかると思う。そのころ世間一般に、

——二男三男は冷飯《ひやめし》くらい、四男五男は拾い手もない古草鞋《ふるわらじ》。

などという失礼な通言があった。士農工商ひっくるめた相場で、なかでも侍はつぶしが利《き》かないのと、体面という不用なものがあるだけ、実情はいちばん深刻だったと思う。


その朝も昌平はがまんした。

「飯のことで怒るなんてあさましい、男が怒るならすべからく第一義の問題で怒らなくちゃいけない、たかが腹の減ったくらい」

そんな独り言を云《い》って下腹へ力をいれてみたり、深呼吸をして、机に向ってみたりした。机の上にはやりかけの写本がある、擬古体のごく嬌《なま》めかしい戯作《げさく》で、室町時代

の豪奢《ごうしゃ》な貴族生活、特に銀閣寺将軍の情事に耽溺《たんでき》するありさまが主題になっていた。彼は数年来この種の書物を筆写し、不足な小遣を補ってきた。内職などは厳重に禁じられているし、ものがものだけに極秘でやらなければならないが、手間賃の割がいいのと、自分も艶冶《えんや》な気分が味わえる点とで、ちょっと一挙両得的な仕事だったのである。

「二日や三日食わなくったって、人間なにも死ぬわけじゃあない」

昌平は筆写にかかった。

「知らせて来るまでひと稼《かせ》ぎやるさ」

だがいけなかった。手が震えて字がうまく書けない。火桶《ひおけ》には蛍《ほたる》ほどの残り火があるばかりだし、腹は頻《しき》りにぐうぐう鳴りだす。おまけに写している文章は、銀閣寺将軍が酒池肉林の大饗宴《だいきょうえん》をやっているところで、忍耐を持続するには極めて条件が悪かった。

「ちぇっ、いったいあいつら、なにをしてるんだ」

彼は筆を措《お》いた。この頃は朝食を知らせに来るのがおそい、だんだんおそくなる傾向であるが、その朝はことにおそかった。

「べらぼうめ、なにが第一義だ」

障子へ日のさしてきたのを見て、昌平はついにがまんを切らした。

「腹が減れば空腹になるのは人間の自然じゃあねえか、おれだって人間だ」

ばかにするなと思いながら、少しは憤然として外へ出た。

彼は侍長屋に住んでいる。横庭の霜を踏んで、台所へはいってゆくと、温かい飯と味《み》噌《そ》汁《しる》の匂《にお》いが、むっと鼻におそいかかり、腹がぐうるぐうると派手に鳴って、口の中へ生唾《なまつば》が溢《あふ》れてきた。連子《れんじ》窓《まど》からさし込む朝日の光の下で、下女たちが食事をしている。昌平はぐっと唾をのみながら云った。

「私の飯はどうしたんだ、まだなのか」

下女たちは一斉に箸《はし》を止め、黙って顔を見合せた。

——忘れたんだな。

昌平はそう云おうとした。そのとき下女の一人が、「奥さまに伺って来ます」と云いさまばたばたと廊下へ駈《か》けだしていった。

「支度が出来たら知らせてくれ」

どなりたいのを抑えて、昌平は自分の住居へ戻った。

「奥さまに聞いて来る、か、……するとおれは、奥さまのお許しがなければ、飯を食うこともできないわけか」

昌平は泣きたいような心持になった。

旗本で三千石といえば、それほどむやみに貧しくはない、長兄の安左衛門は勘定奉行の勝手係を勤めているので、役料のほかに別途収入もかなりある。にも拘《かかわ》らず吝嗇《りんしょく》漢《かん》というか、次弟を町奉行所の書記に出し、三弟は家扶の代役に使い、四番めの昌平などは、

――本田の家には類のない能なし。

と云って、殆《ほと》んど下男同様に扱われた。尤《もっと》も下男は給銀を取るが、昌平はときたま蚤《のみ》の眼脂《めやに》ほどの小遣を貰《もら》うだけだから、実質的には下男に及ばなかったかもしれない。

――外へ出るな、みっともない。

――客が来るんだ、すっこんでいろ。

――のそのそ歩きまわるな、眼障《めざわ》りだ。

兄たちは昌平を見るたびにこうどなる。着る物は順送りのおさがりで、満足な品は一つもないから、みっともないのは当然である。

――誰がみっともなくさせて置くんだ。

たまにはそのくらいのことを云ってやりたくなるが、云った結果を想像すると、やっぱり黙って聞いているより仕方がなかった。それだけではない、あによめがまたひ

どく無情なのである。三百両とか持参金附きで来たというが、躯《からだ》も固肥《かたぶと》りでずんぐりしているし、顔も円くて平べったいのに、どういうかげんか全体が狐《きつね》のようにとげとげしてみえる。

——実家《さと》の安倍《あべ》では男の躾《しつけ》がそれはやかましゅうございましてね。昌平の顔さえ見ればこう云った。

彼女の生家は四千石ばかりの旗本であるが、たいそう質実剛健で、食事は麦の他《ほか》に稗《ひえ》も入れる。男の子は早くから拭《ふ》き掃除、洗濯などをやらせるし、十歳になるとお針を教えられ、自分の物の縫いつくろいなどは、みな自分でやるのだそうである。

——いざ合戦というときのためでございますって、戦場には女を伴《つ》れてはまいれませんですからね。

そして皮肉なそら笑いをする。つまり、縫い繕いや洗濯などは自分でしろ、というわけなのである。……兄たち然《しか》り、あによめ然りだから、召使たちもしぜん彼には冷淡で、こちらの僻《ひが》みもあるかもしれないが、「へっ古草鞋が」といったふうな眼で見たり、軽蔑《けいべつ》したような態度を示した。

「あのう、御膳《ごぜん》のお支度が出来ました」

ようやく下女の一人が知らせに来た。

「あ、有難う、すぐゆく」

昌平はつい知らず機嫌のいい返辞をして、いそいそと立ってから、そんな自分のだらしなさに肚《はら》が立って「ちぇっ」と舌打ちをした。

二

台所の隣りの薄暗い長四畳。そこが彼の食堂であった。二方が壁、一方が納戸《なんど》で、廊下のほうだけは障子であるが、廊下の向うが戸袋と壁なので、真昼でも部屋の中は黄昏《たそがれ》のように暗いし、年中かび臭く、じめじめと陰気だった。

昌平は膳の前に坐《すわ》った。

もちろん給仕はしてくれない、独りで汁をつけ飯を盛ったが、そこでふと妙な顔をした。

「——なんだこれは」

彼はそっと汁と飯に口をつけてみた。どちらもすっかり冷えていた。昌平は逆上した。さっき下女たちは湯気の立つ飯を食べていたではないか、むっと胃を唆《そそ》るような、熱い味噌汁の匂いをさせていたではないか。

「それなのにこれはなんだ、ゆうべの残りの冷飯じゃないか、おれはこんなものを」

彼は逆上のあまり膳をはね返した。

二十六年の大半を費やして練りあげた自制力が、そのとたんに切れた。まるで糸かなんぞが切れるように、ぷつんとみごとに切れたのである。昌平はその部屋をとびだし、住居へ戻って、大至急で着替えをし、刀を差し、再び外へ出ると、中庭を横切って、母屋《おもや》の縁側からあによめの居間へ踏み込んだ。

あによめは古足袋を繕っていた。

「持参金を此処《ここ》へ出せ」

昌平はこう云って、刀を抜いた。あによめはあっけにとられ、平べったい狐のような顔をぽかんとさせ、だらしなく口をあけてこちらを見た。昌平はその鼻先へ刀をつき出しながら云った。

「人をなんだと思うんだ、金を出せ」

義弟が本気だということ、眼が血ばしって、刀の尖《さき》がこまかく震えていることに気づくと、あによめは突如まっ蒼《さお》になって、「イ」というような声をあげた。

「声をたてるな、じたばたすると斬《き》ってしまうぞ」

「しょ、しょ、しょ」

「金を出すんだ、有るったけ、静かにしろ、早く、ものを云うな」

ぐいと刀をつきつけた。あによめは操り仕掛の木偶《でく》のように、ひょいと跳び上がった。昂奮《こうふん》はしているが、覚悟も相当以上きまっていた。ふだん「能なし」とみくびっていただけに、それがあによめには反比例して強く感じられたらしい。がたがた震えながら、仏壇の蔭《かげ》のほうへ手を入れかけ、ふとやめて、用箪笥《ようだんす》の小抽出《こひきだし》をあけた。今にも倒れそうに、足ががくがくしているが、取出したのは古ぼけた財布である。

「馬鹿《ばか》にするな、そんな小銭じゃあない」

昌平は刀であによめの帯を突いた。

「その仏壇の蔭にあるのを出せ、この際ごまかそうなどとはふといやつだ、斬るぞ」

「で、でも、こ、こ」

刀で帯を突かれ、あによめはこんどは「ヒ」と声をあげながら、そこからかなり大きな袱紗《ふくさ》包みを取出した。

「自分であけろ、まごまごするな」

袱紗をあけさせると、中に小判の包が八つばかりあった。昌平はそれを六つ取って左右の袂《たもと》へ入れ、ちょっと考えて一つ返した。

「兄貴が帰ったらそう云え、これまでの貸を貰ってゆく、唯《ただ》取ったんじゃあないと、わかったか、……この、この、強慾《ごうよく》非道な、女め」

廊下へ出たが、なにかすばらしく辛辣《しんらつ》なあくたいをついてやりたいと思い、振返って、ふんと鼻で笑って云った。

「おれの残りの冷飯でも食え」

それ以上のあくたいは考えつかなかったのである。

彼は通用口から外へ出ると、二丁ばかり走って辻駕《つじかご》に乗った。麴町《こうじまち》表四番町から九段坂を下り、そこでべつの辻駕に乗り替えて「浅草橋まで」と命じた。駕などに乗ったのは初めてである、いい心持であった。後悔は少しもない、不徳行為をしたとも思わなかった。あによめの怯《おび》えあがったぶざまな姿や「イ」というような悲鳴をあげたことや、だらしなく口をあけた、平べったい狐みたような顔を思いだすと、寧《むし》ろ自分のやりかたがなまぬるく、穏便すぎたとさえ思えるくらいだった。

「もっとこたえるような事を云ってやればよかった」

昌平はどこかしらむず痒《がゆ》いような顔をした。

「この狐おんな、おっぺしゃんこ、卑劣漢、ふ、幾らでもあったのに、それからもっと気を喪《うしな》うほど脅かしてやればよかった」

彼はあによめの頬ぺたを刀のひらで叩《たた》いてみる空想をした。これまでの辛抱を思い知らせるとしたら、髪の毛ぐらい切ってやってもよかったかもしれない。

「兄貴のやつ帰って吃驚《びっくり》するだろうな、どんな顔をするか、腰でもぬかしやしないかどうか、……なにしろいちばん無能の意気地なしがこんな事をやったんだからな、ふ、顔を見てやりたいくらいのものだ」

三

昌平はその夜、新吉原の遊女屋へあがった。

自分ではそれほどの謀反気《むほんぎ》はなかったが、両国橋の近くで、飲んでいるうちに、えいっということになったらしい。駕でゆくか舟にするか、誰かとそんな問答もしたようである。どっちで来たかは覚えがない、気がついたら広い座敷で、大勢の女や男の芸者たちに取巻かれていた。百匁蠟燭《ひゃくめろうそく》がずらっと並んで、そこらじゅう酒徳利やむやみに御馳走《ごちそう》を盛った皿や鉢だらけであった。

彼は一瞬どきりとした。

――これはたいへんな事になったぞ。

だがすぐに肚を据えた。

こんな事ぐらい誰だってやるじゃないか、おれだって人間だ、三千石の旗本に生れて、このくらいの遊びをしてなにが悪い。二十六という年まで芸妓遊びはおろか、満足に酒を飲んだこともないじゃないか。おれだって人間だ、男だ。ろくな小遣もくれないで、冷飯なんぞ食わせやがって、なにがなんだ。

「さあ、賑《にぎ》やかにわっと騒いでくれ」

昌平は勇気りんりんと叫んだ。

「金はあるぞ、おれはけちなことは嫌いだ」

それからまたなにがなんだかわからなくなった。

女や男が唄《うた》ったり踊ったりした。彼の側にいる女は「りんせん」とか「なまし」とかいう、妙な助動詞のついた言葉で、彼に凭《もた》れかかったり手を握ったり、それとなく膝《ひざ》を抓《つね》ったりしながら、頻りになにか話しかけた。要約すると、貴方《あなた》のような好いたらしい男に逢《あ》えて非常に嬉《うれ》しい、自分はどうやら迷わされるらしい、貴方に逢わないほうがよかったと思うようになる心配がある、今夜のような気持になったことは初めてで、ことによるとこむらがえりを起こすかもしれない。だいたいそんなような意味であった。

最後のところで昌平は吃驚した。

「こむらがえりが起こるって、その、そんなに気分でも悪いのか」

「まあ大きな声で、気障《きざ》ざますよう」

女はこう云《い》ってまた膝を抓った。そして、自分は本当に好きな人とそうすると、しまいにこむらがえりを起こす癖があるのだと説明した。よくはわからないが、それはたいそう濃情だということでもあるらしかった。

昌平は感動させられた。女性の身としてそこまでうちあけて語るということは、なみたいていな情緒ではない。けいせいのまこと、などというくらいのものではないと思った。

騒ぎは盛大なものだった。誰も彼もが愉快そうに飲んだり食ったりし、代る代る唄ったり踊ったり、そしてまた飲んだり食ったりした。かれらは昌平をいろいろとおだてるような名で呼び、気持が浮いてくるようなうまい世辞を並べ、交代で彼の前へ来てはあいそ笑いをしたり、ぺこぺこむやみにおじぎをした。

「わかった、私は嬉しい、みんなの気持はよくわかった、本当に嬉しい」彼は涙ぐみながら心から云った、「——私は今夜は生れて初めて、人の好意の有難さというものを知った、こんな嬉しいことは初めてだ、さあ飲んでくれ、みんな好きなだけ飲んで喰べてくれ」

だがそんな事を云うだけではいけないのだそうであった。言葉などはかれらは喜ばない、はなを遣《や》らなくてはいけないのだと、側にいる彼女（つまり彼のあいかたで名は花山という）が教えてくれた。なおそれには小菊の紙を遣って、あとで引換えるというのが便法でもあり「通」でもあるそうで、わちきに任せておきなましいと云うから、すべて彼女に一任した。

「済まない、いろいろ世話をかけて、まことに済まない」昌平はしんみりした気持になって頭を下げた、「――私は実に嬉しい、なんだか他人とは思えなくなった、あとですっかり身の上を話したいが、聞いてくれるか」

彼女はあでやかに笑って、「一夜添っても妻は妻」であるからには、もちろん二人は他人ではないこと。身の上も聞こうし、「今夜は眠らずに愛し合う」だろうこと。これからも末ながく契《ちぎ》るであろうことなど、溶けるように嬌《なま》めかしく囁《ささや》くのであった。すべてが楽しく豪華で、豊かに満ち溢《あふ》れていた。しかもそのあとには、生れて初めて異性と歓《よろこ》びを倶《とも》にするという、夢のようなすばらしい時間がある。彼は酔った、どうして酔わずにいることができるだろう。彼は酔って、ぶっ倒れて、そうして大声でどなった。

「銀閣寺将軍がなんだ、もう内職なんぞはしないぞ、冷飯も食わない、人を馬鹿にするな、ざまあみやがれ」

それからの経過は判然としない。

眼をさますと独りで寝ていた。そこで枕元《まくらもと》の水を飲んで、眠り、また眼をさまして、水を飲んだ。三度か四度そんなことを繰り返して、やがて、こんどは本当に眼がさめてしまった。見るとまわりに屛風《びょうぶ》をまわして、むやみにぜいたくな夜具の中に寝ている。女の下着らしい物を掛けた絹行燈《きぬあんどん》が、ぼんやりと部屋の中を照し、仄《ほの》かに香の匂《にお》いがしていた。

「これは、どういうことなんだ」

昌平は起きあがった。

あれだけの騒ぎは嘘《うそ》であったかのように、あたりはひっそりと寝しずまっている。どこかで廊下を歩く草履の音がし、もっと遠くで犬の吠《ほ》えるのが聞える。近くの部屋で客と女の話し声もするが、それは寝しずまった静かさをいっそう際立《きわだ》てるように思えた。

喉《のど》が焼けるようだったが、水はもう無かった。それにひどい空腹である、考えてみると、朝から一度も食事をしていない、酒の肴《さかな》くらいは摘《つま》んだが、腹に溜《たま》るような物は喰べていなかった。

「ともかく、こうしていても……」

彼は立って廊下へ出た。まだ酔ってはいるがひどい寒さである。手洗い場を捜すのにかなりうろうろし、すっかり冷えこんだのだろう、戻りには頻《しき》りにくしゃみが出た。ところで弱ったことにこんどは部屋がわからない、廊下を曲るところは慥《たし》かなのだが、並んでいる部屋のみつきはみな一律で、これが自分のだという見当がつかなくなった。寒さは寒し、腹は減るし、喉は渇くし、そんな寝衣《ねまき》ひとつで、震えながら廊下に立っている自分に気づくと、昌平は情けないほど悲しくやるせない気持になった。

ほどなく向うから五十ばかりの婆《ばあ》さんが来たので、呼び止めて事情を話した。

「まあいやだ、おいらんはどなた」

婆さんは冷淡にじろじろ見た。どうも座敷で見覚えのある顔だが、紙ばなを遣ったような記憶もあるのだが、相手はぜんぜん知らないふうで、応対もいやにつっけんどんだった。

「さあ、なんといったか、その、か、……かせん……かせんとかいう」

「うちにはそんなおいらんはいませんよ、お部屋はどの辺だったんです」

「この辺だと思うんだが、廊下をこう来て、たぶんその」

「へんな客があったもんだ」

婆さんは口の中で、もちろん聞えるように呟《つぶ》やた。おいらんの名も知らないなんて、などと云い、「もしや花山さんではないか」と聞き糺《ただ》して、それならその部屋だと、怒ってでもいるように指さし、怒ってでもいるように去っていった。

四

それから朝までの事は書きたくない。

昌平は独りで、空腹と渇きと、酔のさめてくる寒さとに震えていた。くしゃみばかりは景気よく出るが、水を貰《もら》おうにも喰べ物を取ろうにも、てんで相手になってくれる者がなかったのである。

それはまあいい。そういう忍耐は割とすれば馴れている。また花山さんのおいらんが「今夜は眠らずに愛し合う」とか、身の上話をよろこんで聞くとか、「こむらがえりが起こるかしれない」などとまで囁きながら、こんなにも徹底的に、ぜんぜんすっぽかしをくわせたことも、そこは遊女であってみれば、一方的に怒る気はなかった。

「これがふられたというやつだろうが、われながら相当なふられだと思うが」

まあこれも遊びとしては粋《いき》なものだと、諦《あきら》めをつけることはできた。

だがそのあとがいけなかった。

夜明け前についとろとろしたと思うと、やかましい声で起こされ、もう定刻であるから、居続けにするか勘定を払って帰るか、どっちかにきめてくれと云われた。見ると廊下で部屋を教えた婆さんで、そのうしろに強そうな男が控えていた。

「もちろん帰るが、女はどうした」

昌平は少しはむっとして云った。

「おいらんは癪《しゃく》が起こって寝てますよ」

婆さんはせせら笑うように答え、ではこれがお勘定ですと云って、べらぼうに長い書附をそこへ出した。ごたごたとなにか書き並べてあるが、とうてい読めた代物《しろもの》ではない。見たばかりで眼がちらくらしてくる、で、要するに合計であるが「百七両三分一朱」となっているのをみて、昌平はわれ知らず唸《うな》り、それから一種の公憤に駆られて云った。

「冗談じゃない、いくら見ず知らずの人間だからって、あんまり人を馬鹿にしては困る」

「おや妙なことを仰《おっ》しゃいますね、このお勘定になにかうろんでもあるっていうんですか」

もしも昌平にして、この世界の事情を多少でも知っていたら、そんなむだな口はきかなかったであろうし、少なくともその辺で甲《かぶと》をぬいだに違いない。しかし彼はひらきなおった、そしてとんでもない意見を述べだした。

「うろんがあるかないか知らない、だが、侍のなかには一年に三両扶持《ぶち》で暮す者もずいぶんいる、一年に三両とちょっと、それで侍として家族を養っているんだ、私は、それは遊んだには相違ない、かなり派手にやったとも思うけれども、いかにどうしたからといって一夜に百何両などとは」

「それみねえお倉さん」

控えていた強そうな男が婆さんに云った。

「おらあゆうべっからどうも臭えと睨《にら》んでたんだ。いまどきまともな人間で、あんな金の遣い方ができるわけあねえんだから」

「なにを云うか、聞きずてならんぞ」

思わず昌平はそう叫んだ。

これまでさんざん馬鹿にされたうえ、こんな男に面と向って、そこまで云われては忍耐はできなかった。が、相手はもちろん承知の上である、寧《むし》ろそれを予期していたのかもしれない。

「大きな声を出しなさんな、おらあ聾《つんぼ》じゃあねえ耳は聞えるんだ」

男はへへんと笑い、いやな眼でじろっと見た。

「勘定に文句があるんなら、その書附をよく見てここがこうと云ったらいいだろう、一夜に百七両幾らという大尽遊び」男はこちらの身装《みなり》を眺めた、「――此処《ここ》じゃあちっとも珍しかあねえが、その御風態にゃあ似合わねえ、うろんに思うのはこっちのほうなんだ、文句があるならちょうどいい、この土地にゃあ番所てえものがある。そこへいって黒白をつけやしょう、そうすれば勘定もはっきりする、おまえさんの御身分もはっきりする。両方さっぱりあとくされなしだ、ひとつ御一緒にまいろうじゃあござんせんか」

刀があったらどうなったかわからない。しかし、刀は初めに預けてある、それが廓《くるわ》の規定だそうだ、昌平はつまるところ眼をつぶるよりしかたがなかった。

「おれが悪かった。勘定をしよう」

彼は腸が捻転《ねんてん》するような思いで云った。男はまたへへんと笑った。

「どうせ払うんなら文句なんぞ云わねえがいい、金を出して恥をかく馬鹿《ばか》もねえものさ」そして彼は立ちながら云った、「朝っぱらから縁起でもねえ、お倉さん、あとで塩華を撒《ま》いといてくんな」

ひと言《いや》ひと言が辛辣《しんらつ》な悪意と毒をもっていた。おもんみるに、かれらは日常おのれ自身を卑しくしているため、機会さえあればその返報をするらしい。また感性が単純で直截《ちょくせつ》だから、その表現も単直であり、且《か》つ効果的に磨きが掛っている。昌平は物心両面にわたってうちのめされ、ふみにじられ、なにもかもぼろぼろになったような気持で、その家を出た。

そして大門をぬけるなり、救いを求めるように、いきなり道傍《みちばた》の飲屋へとびこんだ。

五

昌平はそれから三日三夜、酒びたりになって遍歴した。

どこをどうまわったか記憶はない、根津という処《ところ》は覚えているが、ともかく岡場所というのだろう。不浄な匂いのする、うす汚ない、小さな狭っ苦しい家で、どこにも新吉原よりはもっと劣等な、口の悪い女や婆さんばかりいた。彼女たちは「なまし」とも「ありんせん」とも云わなかった。

「けちけちすんなてばせえ」

「さっさとしろってばな、いけ好かねえひょうたくれだよ」

「そんなとけえのたばるでねえッつ」

などと云うふうであった。そして、おそらく親愛の情を示すのだろうが、むやみに背中だの肩だのを殴りつけ、またふいに突き倒したり、馬乗りになって嚙《か》みつく者もあった。

「これが世の中だ、ざまあみやがれ」

昌平は絶えずそんな独り言を云った。

「これがみんなお互いに人間同志なんだ、お互いに仇《あだ》でもかたきでもないんだ、どうだ昌平、文句があるか、へ、ざまあみやがれ」

二十五両の包が五つ。新吉原でまず百十両ちかく取られてから、こう乱脈なことを続けたのでは、底をつくのは眼に見えたはなしである。

四日めの朝、まだうす暗いような時刻に、彼はその妙な娼家《しょうか》の一軒から追い出された。雪にでもなりそうな、曇った寒い朝である。酔ってはいるが相当に空腹で、しかしもう飯を喰べにはいる勇気はなかった。

「――ひでえもんだ、ひでえやつらだ」

昌平は徹底的に剝《む》かれた。懐中にはなさけないほどの小銭しか無いことがわかっている、新吉原ほど辛辣ではなかったが、かれらも昌平を容赦なく搾《しぼ》った。ぶっつけに、あけすけに、悪罵《あくば》と暴力で搾りあげた。

「――はは、このひょうたくれか、まったくだ、いいざまさ」

彼は寒い街をあてどもなく歩いた。

新吉原の遊女の、嬌めかしくあまい、胸のどきどきするような囁き、柔らかく凭《もた》れかかった肩、情をこめた抓《つね》りかた。それがすべてみせかけであり、ごまかしであり、そのうえ些《いささ》かも恥ずるけしきなしに、堂々と、自からその正体をあらわした。

　岡場所でも同様であった。金を奪取するまでは好意的である。哀願的でさえある。殴りつけたり突き倒したりするのは、彼女たちの礼儀らしいが、ともかくいちおう嬉《うれ》しいような気持にさせる。だがひとたび金の授受が済むが否《いな》や、たちまち仮面をぬぎ、酷薄無情の正体をあらわす。女はもちろん、いまこころづけを貰った男や婆さんまでが、くるりと鬼のように変貌《へんぼう》するのであった。

「要するにふんだくりゃあいいんだ、人情なんてものは弱い人間の泣き言だ、この世にそんなものはありゃあしねえんだ」

　なんというか知らないが長い橋を渡った。橋の袂《たもと》に番小屋があり、そこで「橋銭」なるものを取られた。その小銭を出しているときに雨が降り出した。

「悪くすると雪になりますね」

　番小屋の爺さんが云《い》った。昌平はつまらない皮肉でそれに酬《むく》いた。

「道の銭は取らないのか」

　橋を渡ってからも、まったく無目的に歩き続けた。雨がやまないので頭から手拭《てぬぐい》をかぶったが、両刀を差した侍にしては、稀有《けう》な恰好《かっこう》だろう。ゆき違う者がふしぎそうに見たり、慌《あわ》てて除《よ》けて通ったりした。

「はてな、あの仏壇は、どこだったろう」

小さな社があったので、昌平はそこへはいってゆき、道から見えない裏へまわって、木の朽ちたような高廊下へあがった。そこなら雨は除けられる、彼は刀をとって腰をおろして、大きな溜息《ためいき》をついた。

「そうだ、麹町の家の仏壇だ」

昌平は苦痛を感じたように眉《まゆ》をしかめた。

彼は初めあによめに向って、持参金を出せと云った。そんなつもりはなかったのだが、日頃からそれが頭にひっかかっていたのだろう。持参金附きの嫁を貰う兄も兄だが、それを鼻にかけて、平べったい狐《きつね》のくせをして、えらそうな顔をするあによめもあによめである。

「しかも金を隠していたじゃないか」

小銭の財布を出そうとして、刀を突きつけられて、仏壇のうしろから金を出した。それが持参金の内であるかどうかわからない、いわゆる臍繰《へそく》りというものかもしれないが、ともかくごまかした金には違いないだろう。いくら兄が吝嗇《りんしょく》でも、侍であってみればあんな場所へ金を隠す筈《はず》はない。

「夫婦の仲でごまかしあいか」

昌平はごろっと横になった。寒いし、空腹はますます募るが、それ以上に疲れて、ひどく眠かった。

「こっちはその金を六つ取って、一つ返すような馬鹿ときている」横になって彼は自《じ》嘲《ちょう》するよう呟いた、「どういうつもりであんなことをしたか、やっぱり古草鞋《ふるわらじ》のいじけた根性のためだろうが、……つまるところ騙《だま》されたり馬鹿にされたりするようにできてるんだ、しょせん葱《ねぎ》を背負った鴨《かも》じゃねえか、ざまあみやがれ」

彼はいつか眠った。どのくらい眠ったものか、強烈な寒さで眼がさめると、続けさまにくしゃみが出た。

そうしていてもしようがない、彼は社を出てまた歩きだした。骨のふしぶしが痛い、しきりにくしゃみが出た。水洟《みずばな》が出た。頭がびんびんし、足に力がなかった。空腹はなおったが、酔がさめたとみえて酒が欲しい。軀《からだ》がばかに震え、がちがちと歯が鳴った。

「いいきびだ、ざまあみやがれ」

そのほかにもう言葉はなかった。

——朝までお寝かし申しいせんよ。

——そんなとけえのたばるでねえ。

——こむらがえりがしんす。

——このひょうたくれア。

絶えずそんな幻聴が聞えた。

——ひと晩に百何両、うろんなのはこっちだ。

——金を出しな、金、金、勘定、勘定。

——番所へいって話をつけやしょう。

これらの幻聴の伴奏のように、濡《ぬ》れて重くなった草履の、ぴしゃぴしゃという音が聞えた。気のめいるような、うらさびれたさむざむしい音が。

六

日は昏《く》れかかり、雨は降り続いていた。

稼ぎ帰りの合羽《かっぱ》や蓑《みの》を着た人がゆき交い、濡れた犬が尾を垂れて通ったりした。軒の低い、ちぢかんだような家並、いかにも貧しく、侘《わび》しげな街であった。しかし勝手口ではどの家でも、ことことと庖丁《ほうちょう》の音が聞え、物を煮たり焼いたりする匂《にお》いが、まるで幸福をひけらかすように漂って来た。

昌平は雨の中をただ茫然《ぼうぜん》と歩いていた。

魚を焼き、汁を煮る匂い。気ぜわしい庖丁の音。それは生活の跫音《あしおと》であった。休む暇もなく動いている生活。……昌平は絶望的な悲しさで胸がいっぱいになった。働きづめに働いて、喰べて寝て、また働く生活も悲しい。そういう生活からはみ出して、今宵《こよい》一夜を頼むあてもなく、途方にくれている自分も悲しかった。

「――いっそ辻斬《つじぎ》りでもやっつけるか」

雨は肌着までとおっていた。

「――世間が世間ならこっちもこっちだ、どうせ堕《お》ちるなら……」

暗くなった黄昏《たそがれ》の街のひとところ、つい右側に「仲屋」と軒行燈《のきあんどん》を出した縄のれんがあった。昌平はふてたように、その店の中へはいり、長い台所に向って腰を掛けた。

――いざとなれあ刀を売ればいい。

辻斬りをやっつけようなどと、いま呟いたばかりで、早くも刀を売るというのは矛盾である。むろん自分では気がつかない、腰掛けると十二三の女の子が来たので、

「酒をくれ」

些かならず気負っていた。

ちょうど時刻なのだろう、店は殆《ほと》んどいっぱいの客だった。彼には判別はできないが、日稼ぎの人足、土方、職人などという者だろう、若いのや中年者や、びっくりするような老人もいたし、なかには女（子供を伴《つ》れて稼ぐらしい）もいた。食物の湯気と匂いと人いきれで、八間の燈がついているのに、店の中はごちゃごちゃとよく見通しがきかない。

「お待ちどおさま」

さっきの小女がすぐに註文《ちゆうもん》の品を持って来た。寒さで震えていた昌平は、われ知らず喉《のど》が鳴ったが、燗徳利《かんどくり》のほかに、なにか肴《さかな》を盛った小皿を二つ並べられたので、「またか」と思った。これまでの遍歴中、ゆく先ざきでこの手をくった。命じもしない物を勝手に並べて、べらぼうな金を強奪するのだ。

――もうそうはいかないぞ。

昌平は小女を呼び止めた。

「私はこんな物は註文しない、この店では客に押売りをするのか」

小女はけげんそうな顔をした。

「それはつきだしです」

「私は註文しないと云ってるんだ」

「でもつきだしですから」

「なんであろうと」昌平の声は高くなった、「――註文しない物は私は金を払わないぞ」

すぐ右側にいた三十ばかりの男が、問答の意味を察したのだろう、好意のある笑い顔をこっちへ向けて云った。

「いいんですよお侍さん、そいつは店のおあいそでね、酒に附いてるんで、代は取らねえもんなんですから」

「代を取らない、では只《ただ》というのか」

「もう一本召上るともう一と皿附きますが、ほかの店と違って此処《ここ》は酒も吟味するし、喰べ物も安いんで繁昌《はんじょう》するわけです」

「このどかばも千《ち》い坊になってからたれがぐっとよくなったぜ」向う側にいる男がむっとしたような顔で云った、「――もう少しすると出て来ますがね、お侍さん、このうちの娘なんだが、孝行者で縹緻《きりょう》よしで、これだけ繁昌するのもひとつはその娘のはたらきですよ」

昌平は安心し、また感動した。幾らの物でもないかもしれないが、ともかく酒の肴を只で提供する、代金を取らないというのは嬉しかった。

「おやおや、旦那《だんな》はずぶ濡れじゃありませんか」

右側の男が吃驚《びっくり》したように云った。

「そいつあいけねえ、そのまんまじゃ風邪をひいちめえますぜ、おうねえやねえや」

男は小女を呼んだ、「ちょいと来てくれ、こちらの旦那がすっかり濡れてるんだ、奥へお伴れ申して千い坊にな、ちょいと早いとこ乾かしてあげるように」

「いや有難いが、それは、なにしろ下までだから」

「そんならなおさらでさあ、向うにゃあ火が幾らでも有るからすぐ乾きますよ」

それがいい。そうなさいまし。というふうに人々の声が集まった。それで辞退するのに困ってやむなく昌平は立っていった。

彼はすっかり戸惑いをしてしまった。いま聞いた「千い坊」というのだろう、色の白い十八くらいの娘が調理場からあがって来て、いきなり「まあどうなすったんです、こんなに濡れて」と怒ったように云い、父親の物だろう、袷《あわせ》を二枚重ねたのと、帯、羽織、足袋まで出して、まるで弟をでも扱うように、側からせきたてて着替えさせた。

「済むも済まないもありませんよ」彼女は小言を云い続けた、「――こんなぐしょ濡れの物を着て、軀《からだ》でも悪くしたらどうなさるの、ほんとに男の人ったら幾つになっても眼が放せないんだから、いいえそんな物はようござんすよ、早くあっちへいらっしゃい、熱いのをあがってるうちに乾かしますから」

うしろから衿《えり》を直し、羽織や着物の裾《すそ》をとんとんと引いて、店のほうへと押し出すようにした。昌平はなんとも云いようのない気持になった、はっきり云えるのは鼻の奥がつうんとなったことで、心持としては嬉しいとも悲しいとも、せつないとも判断がつかなかった。

「やあこれは、立派な若旦那ができましたな」

さっきの男が笑いながら迎えた。

「やっぱりそうですね、あっし共がお侍の真似《まね》をすると猿芝居だが、お侍の町人拵《ごしら》えてえのは品がようござんすな、まあ一つ、こんな人間の酒で失礼だが、旦那のはいま燗直しをしていますから」

「そんならこっちのがいいぜ」向うの男が徳利を差出した、「――これあいま来たばかりで、おらあ煮燗てえくちだから、これを先にあげてくんねえ」

「それあいい、じゃあ旦那これを一つ」

右側の男がそれを取次いでくれた。

七

「ふざけたことうぬかすな、やいさんぴん、表へ出ろ」

こうどなる声を聞くまで、昌平は泣きたいような気持で飲み、ひたすら哀《かな》しく酔っていた。彼はただ嬉しかった、全身に温かい、豊かな、愉《たの》しいものが溢《あふ》れるような気持だった。いってみれば長い旅路のあとで、ついに目的地へ到着したような、甘やかな疲れと安息の思いに包まれていた。

――ざまあみろ、有るじゃないか。

彼はこう叫びたかった。

――こんなに温かい世間が、こんなに善《よ》い人たちが、ちゃんと此処にあるじゃないか、ざまあみろ。

彼は三人の兄やあによめに、そう云ってやりたかった。麹町の屋敷ぜんたい、否、侍というものぜんぶに。そして新吉原から始まった、あの狡猾《こうかつ》で卑しい女や男たちに向って。かれらは昌平を軽侮し、騙《だま》し、裸に剝き、そして罵《のの》り辱《はずか》しめた。

――本田の家には類のない能無し。

――うろうろするな、すっこんどれ。

兄たちの声がなまなましく聞える。そして家人の眼を忍んで、艶冶《えんや》な書物を筆写する自分の姿。二十六という年になるまでの、澱《よど》んだ饐《す》えたような日々。……今こそ彼は、その過去に向って舌をだしてやりたかった。

——ざまあみやがれ。

昌平の頭は空転した。彼はこの「仲屋」へ迷子犬のように入って来た。兄たちの順送りのお下りを着て、鞘《さや》の剝《は》げた刀を差し、頭からずっくり濡れ、古草履をびしゃびしゃさせて。……おまけにつきだしに文句を云ったりした。公平に客観すれば、しょせん鼻っ摘みの、しかもまったく無縁な人間にすぎない。それをかれらはこんなにも劬《いたわ》ってくれた。こんなにも無条件で心配し、厚意を寄せてくれた。

——これをあいつらに見せてやりたい、世の中にはこういう処《ところ》もあるんだということを、まだこんなに善い人たちもいるということを。

昌平は酔った。いろいろと自分の感動も語ったらしい、右側にいた男と、向う側にいた男とは、かなり長いこと一緒に飲んだり話したりした記憶がある。右側の男はこの店の上客らしいようすで、「あっしは佐兵衛てえ者です」と名を云ったりした。向うの男は絶えずむっとしたような顔つきだったが、これは顔だけのことで、格別に気むずかしいというのでもなく、自分はつまらない錺職《かざりしょく》で不動様の裏に住んでいる、徳治と聞けばすぐわかる。などとまじめに名乗ったのを覚えている。

だがどのくらい経《た》ってからか、ひょいと見ると、二人の席には違う客がいた。次いで他の客と入れ替り、それがまたべつの顔に変った。

――佐兵衛と徳治がいなくなった。

彼は非常な孤独と寂しさにおそわれた。二人に戻って貰《もら》いたかった、二人にいて貰わなければ、なにかとんでもない事が起こりそうな気がした。それで昌平は頼んだ。

――あの二人を呼んで来てくれ。

自分ではそのつもりであるが、実際はそうではなかった。彼の酔は程度を越し、そのために頭はまた空転し始めていた。

――ざまあみろ、この卑《いや》しい虫けら共。

彼はそう喚《わめ》きだしたのである。(もっと多くの殆《ほと》んど罵詈《ばり》雑言)それが誰に対する叫びだったかは云うまでもない。しかしそこにいる人たちは事情を知らなかった。もっと悪いことには晩飯どきは疾《と》うに終り、客は殆んど飲む一方の常連になっていた。

「ふざけたことうぬかすな、やいさんぴん、喧嘩《けんか》なら相手になってやる、表へ出ろ」

「さんぴんとはなんだ」昌平はどなり返した、「――きさまたちはまだ人を馬鹿《ばか》にするか、まだ馬鹿にし足りないのか」

彼は立った。相手はすぐ眼の前にいた、まだ若い半纏着《はんてんぎ》の男で、頭の上にちょんと(人を嘲弄《ちょうろう》するような恰好《かっこう》で)向う鉢巻をし、紅鮭《べにざけ》色の顔色で、こっちをまともに睨《にら》んでいた。昌平にはそれが新吉原のあの男のようにみえた、あの悪辣《あくらつ》な婆《ばあ》さんのうしろに控えていた強そうな男に、……昌平はかっと逆上した。

「おれはもうがまんがならないぞ、刀を返せ、こいつを斬ってしまう」

「笑あせるな、出ろったら出ろ」

若い男は右手で燗徳利を摑《つか》み、立ちあがって台板越しに殴りかかった。

白い短い棒のような物が、顔の上へまっすぐに落ちて来た。「やめて」と女の悲鳴が聞え、顔の上でがしゃんとなにかが毀《こわ》れた。大勢の顔と眼がこっちを見ていた。昌平は刀を取ろうとした。それはいつも座の右に置いてある筈だった。

——みんなぶった斬ってやる。

彼は右側へ手を伸ばした。が、刀は無くって、空を摑んで、彼はその姿勢のまま横倒しになった。

「ふざけた野郎だ、外へ放り出せ」

「待って、その人思い違いよ」

「吉公、くせになるぞ、のしちまえ」

れなかった。誰かが足を掴み、非常な力でずるずると引き出された。

——おれは捉《つか》まった、兄だ。

昌平は暴れた。吝嗇《りんしょく》な長兄の恐ろしく怒った顔がみえ、あによめの無情な、平べったいせせら笑いの顔がみえた。彼女は片手に金の包を八つ持って、片手でこっちを指さし、そしてかなきり声で喚きたてた。

「この男がやったんだよ、この男が、刀を取上げちまいな、そいつは泥棒なんだ」

昌平は暴れた。すると誰かが頭を殴った。軀がぐるぐる廻転し、地面が斜に揺れた。どこかへ落ち、殴られ、首を絞められた。

——みな殺しだ、みんな斬ってやる。

彼は刀を取りたかった。しかし伸ばした手は濡《ぬ》れた冷たい泥を掴んだ。また首を絞められ、はね起きようとすると殴られた。

「お母さま」昌平は思わず叫んだ、「——堪忍《かんにん》して下さい、もうしません」

八

「待って頂戴《ちょうだい》、乱暴しないで」

男たちの呶号《どごう》や女の叫びが聞えた。昌平は腰掛と台板の狭い処でもがいた、起きら昌平がわれに返ったのは朝のことである。だが彼は医者から口をきくことを禁じられ、まる三日のあいだ、黙って寝ていなければならなかった。

彼はひどい病気なのであった。

あとでわかったのだが、あのばかげた遍歴と雨に濡れたのが原因らしい。高熱が続いて、始めは嘔《は》きけにも悩まされた。けれども意識は割とすれば明瞭《めいりよう》であった、自分が「仲屋」の奥に寝かされていることも、人の出入りもよくわかった。

佐兵衛という男や、錺職の徳治や、それから喧嘩相手の若者と、その親方というのが伴れ立って、謝罪に来た。親方は左官屋で小助、相手の若者は「吉公」というそうで、二十一か二くらいの向うっ気の強そうな、そのくせはにかみやらしい、なかなかな男ぶりであった。

「この野郎がとんでもねえ御無礼を致したそうで、どうかまあ、そこんところをひとつ」

小助親方は幾たびも頭を下げた。吉公も口のなかでぶつぶつ詫《わ》びを云《い》って、親方より一つくらい余計におじぎをした。錺職の徳治が二度めに、来たとき、むっとした口ぶりで、

「あっし共がいれあよかったんだが」と済まなそうに云った、「――旦那の話を聞い

てねえし、なにしろ気の早え野郎で、まあ勘弁してやっておくんなさい」

かれらは一と言も昌平を責めなかった。すべて自分たちが悪いといって謝った。

昌平は黙ってべそをかいていた。

謝りたいのはこっちであった。みんな己れの責任である、相手のみさかいもなくなるほど泥酔《でいすい》して、勝手なことを喚きちらしたり乱暴をやったりした。

――もしこれが麹町の屋敷だったとしたら。

こう想像すると膚《はだ》がちり毛立った。

仲屋の父娘《おやこ》の親切には、彼としてはもう言葉がなかった。父親の弥平は五十四五だろう、痩《や》せた背の低い軀で、一日じゅう調理場で黙ってなにかしながら、

「おい千代、薬をあげるんじゃねえのか」

などと声をかける、絶えず昌平のことが気になるふうであった。

娘の千代は十八だという。一人娘で、母親に去年死なれたあと、父の身のまわりの世話から店の事まで(佐兵衛たちに云わせると)母親以上に手際《てぎわ》よくきりまわしているそうであった。……彼女は始めの二日は殆んど附きっきりで看護してくれた。熱が高いので絶えず冷やさなければならないし、嘔《は》く物の始末や薬の世話など、夜中でも自分でてきぱきやってくれた。

「あの晩の騒ぎで町廻りが来たんですよ」五日の朝、千代はそう云った、「――お父っつぁんが出て、貴方《あなた》のこと親類の者だっていったんですけれど悪かったでしょうか」

「悪いなんて、そんな、……有難いよ」

「お父っつぁんとても心配してるんです。貴方の話を伺って」

千代は薬を煎《せん》じていたが、俯向《うつむ》いた眼がうるみ、声が柔らかくしめっていた。

「たとえ話半分としても、とてもそんなお屋敷へはお気の毒で帰せないって、……佐兵衛さんや徳さんもそう云ってましたわ」

「――私にはまだ信じられない、どうしてみんなこんなに親切にしてくれるのか」

昌平は眼をつむって静かに云った。

「――眼がさめると、なにもかも夢になってしまうんじゃないか、そんな気がするくらいです、本当にそんな気がするんです」

「夢じゃないわ、もしか夢だったとしても、貴方がその気になれば」千代はちょっと躊《ため》った、「――そしてもしもお気に召すなら、いつまでもさめずにいられるわ」

「そんなことが、まさかそこまで迷惑をかけるなんて」

「だって佐兵衛さんはそのつもりでいるんですよ」千代はいきごんで云った、「――

ますわ」

貴方が此処《ここ》で一生暮すって仰《おっ》しゃったのを本気にして、もう住む家の心配までしてい

昌平はまた鼻の奥のほうがつんとなった。それから自分に舌打ちをして呟《つぶや》いた。

「なんというだらしのない、……私は、いったいどんなことを話したんだろう」

「お屋敷のこと、お兄さまたちのこと、二十六年のお暮しぶりや、お金のことや、それからほうぼう遊びまわって、ひどいめにおあいになったこと、……でも、そんなこまかい話より、喧嘩のとき貴方が仰しゃった一と言、あの一と言でみんなあっと思ったんです」


千代は顔をそむけた。そして指の先で眼がしらを撫《な》でながら、続けた。

「馬乗りになっていた吉さんも、駈《か》けつけて来た佐兵衛さんもあの一と言で息が止ったような顔をしました。……お母さま、堪忍して下さい、もうしませんって……」


抑えきれなくなったらしい、千代は泣きだした。自分も母に死なれて、そこはいっそう共鳴したわけかしれないが、両手で顔を掩《おお》って、泣きながら、とぎれとぎれに云った。

「あたし一生忘れませんわ、あの声、お母さま堪忍して下さい、もうしません、……貴方の話がぜんぶ嘘《うそ》でないってこと、あたし初めてわかりました、……貴方は、いじ

められッ子だったんだって」

　昌平のつむった眼尻《めじり》からも、涙がふっと溢《あふ》れだして、小窓のあかりを映しながら、頬を伝って枕紙《まくらがみ》へ落ちた。くくと噎《むせ》びあげる千代の声に和して、煎薬の煮える音が呟きのように聞えた。


深川仲門前に「仲屋」というたいそう繁昌《はんじょう》する居酒屋があった。安永年代の好事家《こうずか》の記録にも載っているが、千代という娘に武家出の養子を取って、ひと頃は「侍酒屋」などともいわれたらしい。土鰌《どじょう》を丸のまま串焼《くしや》きにし、味噌《みそ》たれを附けて「どかば」という、つまり土鰌蒲焼《かばやき》の意味だろうが、それを一年中つきだしに使うのが、特徴でもあり評判だったようである。

　ずいぶん繁昌して、相当以上に金も出来たらしいが、仲屋はいつまでも居酒屋をやっていた。店を拡張するとか、料理茶屋でも始めたらどうかという客もあったが、その武家出の養子はまるで相手にしなかった。

「そいつはまあ、生れ更《かわ》って来てからのことにしましょう、生きているうちは、この土地を一寸も動くのはいやですね」

　すると側から女房が、横眼に色っぽく亭主を見て、それ以上に色っぽく微笑しながら、客にはわからない助言をするのだそうである。

「そうね、夢がさめないッて限りもないんですものね、……はいお待ちどおさま、あい、かだしお二人さんあがり」

（「講談倶楽部《クラブ》」昭和二十六年五月号）

凌《のう》霄《ぜん》花《かずら》

一

高之介が初めてひさ江と外で逢《あ》ったのは、十七歳の年の春のことであった。従妹《いとこ》に当る五十嵐《いがらし》の登美が来て、ひさ江のことづけを述べ、天神山の女坂の登りぐちで待つことになった。

「どうしてそんな困ったようなお顔をなさいますの」とそのとき登美は云った、「あなたはもうお十七で、元服もお済ましになったし、ちゃ江は幼な馴染《なじみ》でよく御存じだし、べつにへんな意味があるわけじゃなく、ただ久しくおめにかからないからいちどお逢いしたいっていうだけですもの、――それともお母さまに叱《しか》られるのが怖いんですか」

高之介は逢いにゆくことを承諾した。

登美の父（高之介の母の弟）は五十嵐内記という五百石の番頭で、登美はその三女であった。年はそのとき十五歳、背丈は五尺そこそこ、色が黒く、ちぢれっ毛で、標緻《きりよう》はあまりよくないが、明るいおきゃんな性質なので、周囲の者みんなに好かれていた。

——あたし大きくなったら高さまのお嫁さんになるのよ。

ごく小さいころよくそう云《い》った。珍しいことではない、女の子によくある例だが、そのうちに自分ではなく、友達をそれに選ぶようになった。

——誰それさん大きくなったら高さまのお嫁さんになんなさい。

また気にいった友達がいあわせたときには、誰それは誰それの次に高さまのお嫁さんになるのだ、などと順番をきめたりした。年がいくにしたがってそんなことは云わなくなったが、ひさ江に頼まれて二人を逢わせる役を買って出たところなど、そのじぶんの癖が出たのかもしれなかった。高之介は定めの場所へいって待った。ひさ江は約束の時刻よりおくれて、下女も伴《つ》れずに独りで来た。

明るい色の花模様の着物で、白地に墨絵の帯をしめ、古代切で作った扇袋と、たたんだ日傘を抱えていた。ひさ江は高之介と同じくらい背丈がある、腰が高くすらっとして、仕舞の師匠の観世太夫《だゆう》が秘蔵弟子にしているという噂《うわさ》を証明するかのように、いかにもかたちよく涼しげにみえる。顔は少し角ばったおもながで、ぼうとかすむような眉毛《まゆげ》や、細くて小さな眼や、やや大きな両端の切れあがった唇などに、かなり特殊な魅力があった。澄ましていると、ぜんたいがきつい感じで、ときによるとまったく冷淡にさえみえる。

――あたしはおとこ顔なのよ。

幼いころ自分でよくそう云っていたが、澄ましているとたしかに男顔であった。それがなにか気を好《よ》くするとか、嬉《うれ》しいことでもあって微笑すると、人間が違ったかと思うほどやさしく愛らしい顔になる。

――あのこの笑い顔はふるいつきたいように可愛《かわい》いね。

高之介の母のその女もそう云うくらいであった、細い小さな眼が糸のようになり、やや大きな唇の両端がいっそう切れあがって、溶けるような甘い表情になるのであった。――今、ひさ江は澄ました顔で裾《すそ》さばき軽やかに近づいて来た。高之介は眩《まぶ》しいような気持になって、眼のやり場に困った。

「しばらくでございました」とひさ江は軽く目礼しながら云った。風邪をひいて喉《のど》をいためてでもいるような、かなりしゃがれた声である。それは生れつきのもので、高之介はむかしからその声が好きであった。

「どうしていらっしゃいまして」

ひさ江が云った。小さい眼が、言葉以上のものを問いかけるようであった。

「いや、べつに、――」高之介は唇で笑った。

――なんというまのぬけた返辞だ。

そう思ったが、ほかにどう云うすべも知らず、やはり眼のやり場に困った。ひさ江はそれをおとなびた眼つきで見ていた、年は登美と同じであるが、身ごなしも言葉つきもおっとりとおちついていて、登美よりはるかにおとなびてみえた。高之介はなにか云わなければならないと思い、眼をあげると、自分を眺めているひさ江の眼にぶっつかった。

「今日は暑いね」と高之介は云った、「少し暑いように思うけれど、暑いというほどでもないかしらんね」

ひさ江はそれを聞きながして、ひどく切り口上に云った。

「あたしこんなふうにしておめにかかるの、いやですわ」

高之介はびっくりした。自分の問いかけを無視したうえに、そっちから呼びだしておいて、いきなり非難するというのは、心外であった。

「それはどういう意味なんだ」

「べつにどんな意味でもありませんわ、ただこんなところでこんなふうにお逢いするのがいやなんです、高さまだって御城代家老の若さまの御身分にかかわるでしょう」

「だって、――」と高之介は吃《ども》った、「だって此処《ここ》で逢おうといったのは貴女《あなた》のほうじゃないのか、貴女が登美にそうことづけてよこしたんだと思うがね」

「ああわかりました、高さまはそういうことを仰《おっ》しゃりたいんですのね」

ひさ江はくいと脇《わき》へ向いた。

「違ったらあやまるよ」と高之介はいそいで云った、「私は登美がそう云ったものだからそのとおりだと思ったんだ、あれがまさか嘘《うそ》を云うとは思わなかったものだからね」

「登美さんに罪はありませんわ、あのかた嘘なんか云うかたじゃございません」

まるで平手打ちでもくれるような調子だった。高之介は唾《つば》をのみながらひさ江を見た。

「すると、——」と彼はまた吃った、「すると、登美の云ったことがもし本当だとすると、どうして私が悪いのか、私には判断がつかないがね」

「ええいいんです、悪いのはあたしですわ」

そう云って、もっと脇へ向きながら、ひさ江は指で眼を押えた。高之介はまごついた、ひさ江は泣くようである。まさかと思ったが、殆《ほと》んどうしろ向きになり、指で眼を押えながら、やわらかに首を振るようすが、いまにも泣きだすようにみえた。

「あやまるよ」と高之介は云った、「きっとなにかのゆき違いだったんだね、私が気がきかなかったんだ、堪忍《かんにん》しておくれ、もう決してこんなことはしないよ」

「そしてもう、逢っても下さいませんのね」

高之介は口をつぐんだ。なにか云うたびにぴたりと口が塞《ふさ》がれるようなかたちで、さすがに彼はむっとした。

二

彼がむっとしたのに気づいたかどうか、ひさ江はうしろ向きのまま続けて云った。

「どうして此処へ来ていただいたか、そのわけも御存じないでしょ」

「――――」

「あなたはそれを考えて下さろうともなさらない、そして天気のことなんか仰しゃるんですもの、ひどいと思いますわ」彼女は両手で顔を掩《おお》った、それで抱えていた扇袋と日傘とが落ちた、「むかしは高さまはもっとおやさしかったのに、もうひさ江のことなんかお嫌いにおなりなのでしょ、わかりました、もう逢って下さいなんて申上げませんわ」

そして、身をひるがえすといったふうに、すばやい動作で小走りに去っていった。高之介は扇袋と日傘を拾い、あとを追おうとしたが、道の向うに通行人の影が見えたので、思いとまって、走り去ってゆくひさ江のうしろ姿を茫然《ぼうぜん》と見送った。――扇袋と日傘には困った、よほどそこへ置いてゆこうかと思ったが、そうする決心もつかず、ずいぶん恥ずかしいおもいをしながら、家へ持って帰った。

高之介は肚《はら》を立てた。

「いったいなんのために呼びだしたんだ」と彼は自分の居間で呟《つぶや》いた、「どうしてあんな意地の悪いことや憎らしいことばかり云うんだろう、私はなにもしやあしないのに」それから舌打ちをした、「もちろんさ、誰が二度と逢ってやるものか」

彼がひさ江に初めて会ったのは七歳のときであった。

高之介の家は代々千八百石の城代家老であるが、昔から「勤倹な滝口殿」という仇《あだ》名《な》があるように、たいそうつましい家風で、父の新右衛門はまた典型的な滝口家の血筋とみえた。母は五百石の番頭の家に育ったのに、どちらかというと暢気《のんき》でおうようで、家常茶飯のこまごました点など、むしろ投げやりなようにみえることが多かった。新右衛門は温厚な性質だから、たいてい小言を云うことはない。黙って渋い顔をするくらいだし、母のその女もすぐにあっさりとあやまるほうなので、云い諍《あらそ》いなどすることは決してなかった。面白いのは、あっさりあやまるあとから、その女はすぐにまた同じことをするのである。もちろんたいして後悔はしない。

――あら困ったわね、このあいだお小言をいただいたばかりなのにまたこんなことしてしまったわ、どうしましょう。

などと云う程度で、済ましてしまうのであった。

ひさ江の家は津の国屋といい、この城下町でいちばん大きい呉服太物商であり、先代の栄蔵から苗字帯刀を許されて、藩の金御用を勤めていた。むろん滝口家へもつねに出入りしていたが、例の「勤倹」な家柄のことで、従来は衣服の用などごくたまにしかなかった、その女が嫁《か》して来てからも、暫《しばら》くはその習慣が守られていたが、高之介が生れたあとまもなく、なにかの用でいちど津の国屋へいったのがきっかけになり、それからその女のほうからしばしばでかけていって、好みの衣類など誂《あつら》えるようになった。そして、高之介は七歳のとき、母に伴《つ》れられて津の国屋へいったのである。

母が奥座敷で品物を選んでいるあいだ、高之介はひさ江と二人で庭へ出て遊んだが、ひさ江のすることがあまり変っているので、すっかり吃驚《びっくり》してしまった。

高之介は一人っ子であった。そのうえ親族には女の子が多く、遊び相手はたいてい女の子であった。それには将来の縁談という、微妙な含みが多分にあったらしい、五十嵐の登美はそのなかでも主将格であったが、――しかし、ひさ江は彼女たちとはずいぶん違っていた。武家と商家という育ちの差もあったろうが、もっと本質的な点でどの女の子にも似ていなかった。

初めて会ったとき、ひさ江は彼を庭じゅうひきまわしながら、独特のしゃがれ声で、いろいろなことを教えたり、話して聞かせたり、樹《き》に登ったり、そしてしまいには溺《おぼ》れそうになったりした。その庭は城代家老である滝口家のそれよりも広く、松林のある丘や、深い杉の森や色とりどりの鯉《こい》のいる大きな池や、いつもきれいに苅《か》りこんである平らな芝生などがあった。ひさ江は勝手なほうへ高之介を伴れていって、

——若たまこえなんだか、ちゃないちょ。

などと云う。知っているときげんが悪い、知らないと鼻をうごめかして教えるのだが、舌がよくまわらないうえに、独断や覚え違いがあるので、なにがなにやらわからないことのほうが多い。

——この花、ちゃ江だあいちゅき。

こう云ってきれいな花の下に立った。なにかの枯れた木に絡《から》まっている蔓《つる》性の植物で、朱に黄色を混ぜたような花がいっぱい咲いていた。色も咲きぶりも華やかなのだが、華やかなくせにどこかしんとした、はかなく侘《わび》しげな感じのする花であった。

——ろうじぇんかじや。

ひさ江はその花の名をこう教えた。

——若たま云ってあんちゃいよ、ねえ、ろうじぇんかじや、云えるでちょ。

やむなく高之介が復唱したら笑った。

——だめねえ、そうじゃないのよ、ろうじぇんかじやよ、もういちど云ってあんちゃい。

——ろうじぇんかじや。

——そうじゃないのよ、ろうじぇんかじやよ、若たま舌がまわらないのね。

あとでわかったのだが、その花は凌霄花《のうぜんかずら》であった。

それから「さるすべり」に登ってみせたりしたのち、鯉に芸当をさせると云って、池のところへ伴れていった。池に向って手を叩《たた》きながら、「ぶーちぶちぶち」としきりに呼んだ。犬か猫を呼ぶようであったが、たちまち鯉どもが大挙して集まった。その中にひときわ大きい赤と白の斑《まだら》の鯉がいて、ひさ江の話によると、それは犬のようにちんちんやおあずけをするそうであった。

——ね、見てやっちゃい。

とひさ江は池の端に跼《かが》んで、水の上へ右手を伸ばし、小さな食指を動かしながら、しきりにその斑鯉を誘惑した。けれども斑鯉はなにもしなかった、ばちゃばちゃと水をはねかえし、口をぱくぱくさせ、なかまと悪ふざけをしていたが、まもなく向うへいってしまった。高之介は同情して、餌《えさ》が無いからだろうと慰めた。ひさ江は憤然と

怒り、

——ちおきしてやるから。

と云って、着物の裾を捲《まく》りあげ、はだしになって池の中へ入っていった。危いからおよしと云っても、きかなかった。ずんずんさきのほうへ入ってゆき、深くなるともっと着物をたくしあげ、可愛いまっ白なおなかをまる出しにして、斑鯉を追いまわしたが、そのうち急に深くなっている処《ところ》があったとみえ、ずぶっと頭までもぐってしまった。——高之介は夢中で助けにいった。反射的にとび込んでいったが、着たままで袴《はかま》をはいていたし、腰には小さな刀を差していたので、いちど浮きあがったひさ江を、捉《つか》まえることは捉まえたが、わっといってかじりつかれたとたん、二人で抱きあったまま深みへ沈んでしまった。

三

幸い庭男がみつけて、二人はすぐに助け上げられたのであるが、水を吐かされて、泣きだしてひさ江のさいしょに云ったことは「ぶちがちんちんをしないのよ」というのであった。

——若たまに、ぶちの芸当を見せてあげるの、ねえ、ぶち呼んでちょうだい。

こう云っていつまでも泣き続けるのであった。

池へはまったことは極秘にされた。父の新右衛門はいまでも知らない筈《はず》である。それからも幾たびとなく津の国屋へゆき、ひさ江と遊んだ。富豪の家の一人娘で、わがままいっぱいに育てられたうえに、おてんばで、負け嫌いで、いつも高之介のほうが圧倒された。

「そうだ」と高之介はいま自分に頷《うなず》く、「あのじぶんからおれをまごつかせてばかりいた、いつも自分の好きなようにおれをひきまわし、少しでも気にいらないことがあるとすぐに怒って泣きだした」

ひさ江はいつも姉さんぶっていた。なにかにつけて高之介の世話をやく、むやみに着物を着直させたり、髪へ櫛《くし》を入れたり、衿《えり》をきちんと合せたりした。そして絶えず小言を云《い》い、やさしくたしなめ、教え訓《さと》すのである。

——独りでお池のそばへいらしってはだめよ、危いですからね。

——木登りはいけません、墜《お》ちてけがをしますよ。

自分では男の子のように乱暴なことをしながら、高之介にはそう命ずるのであった。彼が十三になった年、母親のその女が亡《な》くなったので、しぜん津の国屋へゆく機会も絶えてしまったが、ひさ江の彼に対するやりかたは、しまいまでそんなふうであった。

その後ずっと直接には会わないが五十嵐の登美からときどき噂は聞いていた。登美とひさ江は仕舞の相弟子で、仲もよく、お互いに家のほうへも訪ねあっているらしい。

——高さま、津の国屋のひさ江さんを御存じなんですってね。

去年の冬のことであるが、登美はさも意外そうにこう訊《き》いた。高之介は眩《まぶ》しいような眼つきをし、ずっとまえのことだ、と答えた。

——どうして隠していらっしたの。

——隠しはしないよ、ただ話す必要がなかっただけさ。

登美は疑わしげな眼つきで云った。

——ちゃ江は高さんが好きらしいわよ。

——なにを云ってるんだ。

高之介は顔が赤くなるような気がして、わざとふきげんにそっぽを向いた。

「そうすると登美のお節介かもしれない」

彼はこう呟いた。そのときの疑わしげな登美の表情から察すると、二人が互いに好きあっていると誤解し、それで逢《あ》わせるような工作をしたとも考えられる。

「いや、しかしそうでもない」高之介はまた思い返した、「登美はお節介だが、あんな処《ところ》で二人を逢わせるなんて思いきったことはできない、そんな乱暴なことはひさ江ならできるが、登美には決してできやしない」

天神山で逢ってから五六日のあいだ、高之介は同じことを繰り返し考え続けた。もちろん、二度と逢うまいという決心に変りはなかった。扇袋（中には舞扇が入っていた）と日傘は納戸《なんど》の中へ隠した。津の国屋は分限者《ぶげんしゃ》だから、返さなくとも困りはしないだろう。登美でも来たら持たせてやればいいと思ったが、十日、二十日と経《た》つうちに、いつかすっかり忘れてしまった。

当時の藩主、長門守近寿《ながとのかみちかひさ》は学問と武芸に熱心な人で、城中に明考館という学校と、彰志館という武芸道場のあるほか、城下町にも槍術《そうじゅつ》と刀法の道場があり、また明考館の教官二人が、それぞれの家で私塾をひらいていた。高之介は明考館では優秀な生徒だったが、武芸のほうは興味がなく、稽古《けいこ》しても上達するみこみがなかった。それが去年すすめられて槍術を始めてみたら、性に合っていたのだろう、面白くもあるしめきめき腕をあげ、一年ばかりのうちに中軸の上位を占めるようになった。

槍術の師範は中沢才三郎といって、宝蔵院流から一派をあみだし、江戸で長門守にみいだされた人であった。年は四十七歳、背の低い痩《や》せた、たいそう温厚な性分で、稽古などにもめったに叱《しか》ることがなく、教えるというよりは、自分で会得《えとく》するまで導く、というふうな教授ぶりであった。

毎年五月五日には、城中で御前試合が行われる。これは先々代の藩主から恒例になったもので、藩主が在国のときは、江戸邸《やしき》から選抜された者が参加するし、出府ちゅうであれば国許《くにもと》から選抜された者が江戸へゆく、つまり全家中をすぐる大会であった。——その年は長門守が江戸にいたので、四月二十日までに参加者を定めるため、まもなくそれぞれの部門で選抜試合が始まった。

高之介は出ないつもりであった。城代家老の子というのが、とかく気分を束縛するし、父も望まなかったからであるが、師範の中沢才三郎は選抜試合だけに出たらどうか、としきりにすすめた。

「ふだんの稽古とはみんなの気組が違うから、やってみれば必ず得るところがあると思う、とにかくためしに出てごらんなさい」

そう云うので、高之介もようやく出ることにきめた。

中沢道場の選抜試合は五番勝負で、出場者は三十五人、組み合せの関係から終るまで五日かかった。こういう試合になると番狂わせはないものであるが、ふしぎなことに、高之介と、近田数馬の二人が中軸から勝ち残って、五日めに上位の者四人と決勝を争うことになった。近田は七十石の櫓番《やぐらばん》で、年は二十三歳。一刀流の刀法では彰志館の三俊《しゅん》に数えられていたが、高之介とほぼ同じ時期に槍《やり》のほうへ転向したという変った経歴のもちぬしで、背が高く、肉付きがよく、まる顔でいつもにこにこ笑っているような、明るい気性の青年であった。

その試合でも高之介は二者を抜いたが、松川主税《ちから》という師範代と、近田数馬と自分の三人が残ったとき、彼はその勝負を棄権してしりぞいた。御前試合に出るのは各班とも二人ずつだから、高之介が棄権すればもう試合の必要はない、松川主税と近田数馬が江戸へゆくことに定まった。

その日、帰りに近田数馬が追って来て、にこにこしながら話しかけた。

「今日はどうも有難う」

「――有難うとは」

「棄権して下すったことですよ」

高之介にはちょっと意味がわからなかった。

「私は試合はどっちでもいいが、ぜひ江戸へいってみたかったんです」数馬はいかにも正直な口ぶりで云った、「私どもにはこんな機会でもないととうていゆけませんからね、おかげでようやく念願がかないますよ」

「それはよかったですね、しかし私に礼を仰《おっ》しゃることはないですよ、立合ってみたところで私に勝ちみはなかったんですから」

「どう致しまして、それは私の云うことです」

数馬はそう云いかけて、またにこっと笑った。

「だがまあよしましょう、こんなことを云うと謙遜《けんそん》を売るようでおかしいですからね、しかしもういちど礼を云わせてもらいます、譲って下すって本当に有難う」

そして彼は嬉《うれ》しそうに別れていった。

四

——本気なのだろうか。

高之介はちょっと理解に苦しんだ。彼には、自分が最後まで残ったことさえ思いがけなかった。年はもっとも若いほうに属していたし、修業期間も短いので、そんな自信は少しもなかったのである。ただ中沢師範の云った、「こういう試合になるとみんなの気組が違うから、必ず得るところがあると思う」という言葉の暗示が、いくらかわかるようには思った。

中沢師範はつねに云った。

——武術の「術」とは無心になることである、槍を持って持たず、敵に槍あるを見ず、もとより技巧なく、勝敗なし。

槍にこだわるな、技巧を考えるな、勝敗にとらわれるな、というのである。要するに精神の純化昂揚《こうよう》、自己陶冶《とうや》を眼目にせよという意味であるが、御前試合という晴れの行事に当面して、平生はひき離されていた「勝敗」というものに、みんながうっかりひき戻された。そこで、勝敗を超越していた高之介が、却《かえ》ってかれらに勝ったのではないか。——およそこんなふうに彼は考えたのであった。

——だが近田はじっさいに強い。

紛れもなく、数馬の腕は群を抜いていた。彰志館で三傑といわれたそうであるが、それだけの才分があるのだろう。立合っても勝ちみのないことは、高之介にはほぼ明白であると思えた。

——おかしな男だ。

高之介は腑《ふ》におちなかったが、近田のま正直なひとがらには好意を感じた。

刀、槍、弓、柔、馬、各〻《おのおの》二人ずつが江戸へゆき、試合を終って六月五日に帰国した。

その年は梅雨が早くあがって、そのあとずっと雨がなく、ひどい暑さが続いていた。中沢道場では、帰った二人を中心に、ささやかな祝いの宴をひらいた。松川主税も近田数馬もいい成績をあげ、主税は長門守から特に短刀を下賜《かし》された。これは五部門のうち一人だけなので、道場ぜんたいの名誉として祝ったのであった。――祝宴は夜の八時ころに済んだ。その帰途のことであるが、鍋屋《なべや》の辻《つじ》という処で、うしろから峰村信造という青年に呼びとめられた。信造も中沢門下で、高之介より二年ばかり先輩であり、年は二十三か四、もう家督をして書院番を勤めていた。

「近田が貴方《あなた》に決闘を申込んでいます、お受けになるでしょうね」

峰村信造はそう云った。酒臭い息をしているので、高之介は相手が酔って冗談を云っているのだと思った。

「ばかな、こんなことが冗談に云えますか」と信造は声を荒くした、「貴方には思い当ることがある筈だ、お受けになりますかなりませんか」

「私は受けません」

高之介は冷やかに答えた、「理由がわかっているのなら話して下さい、もし私におちどがあれば近田さんに謝罪します、しかし決闘は断わると伝えて下さい」

「そうはいかないんだ」信造は云った、「忘れているのなら私から云うが、貴方は近田の面目をつぶしたんですよ、選抜試合のときに棄権したのは、近田を出してやりたかったからで、立合っていたら勝は自分のものだったって、ふれまわったそうじゃありませんか」

「そんなばかなことを」

「ばかなことだって」信造は眼をいからせた、「貴方にはこれがばかなことかもしれないが近田にとっては重大ですよ、彼の面目はまるつぶれですからね、この解決をつけるには二人が実際に立合って、勝負をはっきりさせるよりほかにないでしょう」

「——ひとこと訊《き》きますが」

高之介は肚《はら》が立ってきた。彼は冷やかに相手をみつめながら云った。

「——その噂《うわさ》を近田さんは信じているのですね」

「だから決闘を申入れるわけですよ」

「わかりました」と高之介は怒りを抑えながら云った、「では明日の朝六時に、天神山の女坂の下で会うと伝えて下さい」

「介添を忘れないように頼みます」

峰村信造の言葉を聞きながして、高之介はさっさとそこをたち去った。

翌日の朝、約束の時刻よりずっと早く、高之介は天神山のその場所へいった。——どうしてそこを選んだのか、自分でもよくわからなかった。「ひとけのない処で」と考えたとき、無意識に口へ出たのであるが、そこへいってみて、初めて忘れていたことを思いだした。「そうか」と彼は呟いた、「いつか此処でひさ江と逢ったんだな」

一種のなつかしさがあふれてくるのを感じながら、彼はあたりを眺めまわした。

天神山は高さ二百尺ばかりで、ぜんたいが古い杉の森と雑木林で掩《おお》われている。そこは城下町の東と北を囲っている丘陵の東の端に当り、斜め右の北の端には城があった。そのために「形《かぎがた》になっている丘陵の角のところを、切通しで区切ってあるが、もとはずっと丘続きで、現在「天神山」と呼ばれる処は本城の出丸だったと伝えられている。頂上にはいま、天満宮の小さな祠《ほこら》しか残っていない。二百年以上もまえに（城が築かれるとき）本社は城廓《じょうかく》の中へ移されたのだそうで、こちらはその趾《あと》をとどめるだけになり、正面の石段道はすっかり荒廃して用をなさない。女坂というのは丘の端にあり、叢林《そうりん》の中をゆるく迂曲《うきょく》して登る参道であるが、近年は殆《ほと》んど参詣《さんけい》する者もないので、これまた石段道と同じように荒れはてていた。

女坂の登りぐちは、道から二段ばかり高くなっていて、南面して立つと、下の松林の向うにひろがっている城下町と、町の中央を流れている坪井川と、そうして城の天守閣や櫓や、藩侯の別殿の屋根などが眺められた。

「――――」

高之介はなにかに驚いたように眼をそばめた。

そこはかなり広い草原になっているが、その向うの雑木林の中に、華やかな花が咲いているのを認めたのである。どこかでみおぼえのある花だった。朱色に黄を混ぜたような鮮やかな色で、他のなにかの樹《き》に絡《から》まって、群をなして咲いていた。――うすく霧の残っている早朝の青ずんだ光のなかで、そこだけ夜が明けたように、明るく華やいでみえた。

「なんの花だったろう」高之介は口の中で呟《つぶや》いた、「たしかにどこかで見たことがある、華やかな色でいながら侘《わび》しげで、しんとして、もの悲しげで……」

そこで彼はくっと振返った。道をこちらへ、近田数馬の登って来るのが見えた。

五

それから二年あまりの月日が経った。

いまその女坂の下の雑木林に向って、高之介とひさ江がより添って立っている。季節は二年まえのその日よりふた月ばかりおそい、秋八月の中旬、曇った日の黄昏《たそがれ》で、夕靄《ゆうもや》に包まれた雑木林の中に、ぼうとかすみながら明るく、あの凌霄花《のうぜんかずら》が咲いている。

――花はもう終りにちかいとみえて、咲いている数が少なく、それだけよけいにうらさびしく、哀れげにみえた。

「――あなたって好《よ》いかただわ」

と云《い》った。

「――そんなふうに云われても怒らないなんて、あたしならその場で峰村っていう人を殴ってやるのに、高さまよくがまんをなすったのね」

「私だって殴って済むことなら殴るよ」

高之介はじっと花を眺めながら云った。

「でも誤解だということは見当がついたからね、本人に会って話せばわかると思ったし、実際そのとおりだったんだから」

「悪いのはその峰村という人でしょう」

「いや本人だったのさ」

「あらいやだ」

そう云いながらひさ江は手を伸ばして、高之介の着物の袖口《そでぐち》の、ほつれている糸を指に絡ませた。

「私が棄権したおかげで江戸へゆけるって、私に礼を云ったことは話したろう、彼は同じことを松川主税に話したんだ」高之介はゆっくりと云った、「――聞いた松川はまた近田の謙遜に感心して、或《あ》る知人にその話をした、すると、それがつぎつぎに伝わってゆくうちに、私が勝を譲ってやったと云っているかのように変ってしまったんまあ、なんという失礼な、それじゃあそのひと自身の罪じゃありませんか」

「よくあることなんだよ」

高之介はそっと苦笑した。

近田数馬の閉口した顔が思いだされた。駆《か》けつけて来た彼は、まっ赤な顔を汗だらけにして、そばへ来るなり最敬礼をした。両手を膝《ひざ》の下まで辷《すべ》らせ、軀《からだ》を二つに折るようにして、二度も三度も頭をさげた。

――松川さんに云われて気がつきました、私の間違いです、どうか勘弁して下さい。

汗だらけのまるい顔でべそをかいて、眼がきらきら涙で光っていた。峰村たち数人、近田の周囲の者がその風評を怒って彼に告げ、はっきりかたをつけろと云ってきかなかった。――相手が城代家老の子だから黙っていると思われては、近田ばかりでなく、自分たちみんなの面目にかかわる。こう云われたそうである。結局、高之介の身分と選抜試合の意外な成績とが、一部の人たちの反感と嫉妬《しっと》を買い、それが事をあらぬほうへと歪《ゆが》めたようであった。

――もしも貴方が決闘をお受けになったとしたら、こう考えるとまったく慄然《りつぜん》とします、私はいま自分の愚かさよりも、貴方の忍耐づよさと寛容が羨望《せんぼう》にたえません。

そして数馬はいっそう顔を赤くしながら、自分は謝罪するよりむしろ尊敬を捧《ささ》げたい、という意味のことを云った。

「高さまはやっぱり御城代家老に生れついているのね」とひさ江が（ほつれた糸を指でくるくる絡みながら）高之介の顔を見た。

「でもどうして、いま二年もまえのことを急に話しだしたりなさいますの」

「そうなんだ、そのことはどっちでもいいんだ」と高之介は振返った、「私が云いたかったのは、そのとき、つまり近田が向うの坂を登って来るのを見たとき、初めて、……あの花がろうじぇんかじやだということに気がついたんだ」

ひさ江は「まあッ」と声をあげ、指に絡んだ糸を強くたぐった。

「近田との問答はもううわのそらだった」

「――――」

「ちゃ江はあのとき云ったね、どうして此処《ここ》で逢《あ》うようにしたか、それも考えてはくれないって、……あれは春だったろう」

「三月の中旬でしたわね」

「私にわかるわけがないじゃないか」

「だって――」

「それがわかったんだよ、ちゃ江」

高之介はひさ江を見た。そのときの気持をどう表現したらいいか、彼にはわからない。しかしその必要もなかった。なにを云わなくとも、そのとき高之介がどう感じたかということは、ひさ江にはよくわかるのであった。

「それで手紙を下すったのね」

「ずいぶん勇気が必要だったよ」

「夢のようでしたわ」とひさ江は彼に凭《もた》れかかった、「もう一生おめにかかれないと思っていたんですもの、まるで夢のような気持で、すぐに此処へとんで来ましたわ」

「――うれしかったよ」

「二年まえの、六月の十日でしたわね」

こう云うと、ひさ江はふいに高之介の手を取って、ぐいぐいと乱暴に林の中へ引張っていった。高之介は危く躓《つまず》きそうになり、よろめいた。林の中の、その凌霄花の絡まっている樹の下へゆくと、ひさ江は彼にとびかかり、両手を彼の首へ投げかけた。若い野獣のような激しい、遠慮のない動作である。高之介は危く踏み耐えながらひさ江を抱いた。

夕靄の濃くなってゆく静かな林の中で、二人のあらあらしい呼吸がもつれあい、やがてひさ江が泣きはじめた。

「あのときから、どのくらい此処でお逢いしたか、わからないわね、でも、そのたんびに泣くばかりでしたわ」ひさ江は抱かれたまま身もだえをする、「こんなにあなたが好きなのに、二人はいっしょになれない、どんなことをしたって、あたし高さまのお嫁になれないんですもの、ああ、あたしいっそ、いっそもうあたし死んでしまいたいわ」

「それはもう云わない約束だよ」

高之介はひさ江の背中を撫《な》でた。

「ちゃ江も私も、一人っ子の跡取りに生れたのが、不運なんだ、でも一生忘れないよ」

「死ぬまでね」泣きながらひさ江が云った、「あなたはいつか、よそからお嫁さんをおもらいになるわ、あたしもやがては、お婿《むこ》さんをもらわなければならない、――そう思うと胸がつぶれそうで、息もできなくなるわ、でもしようがないわね、これがあたしたちの運なんですもの、本当に愛しあっていれば、御夫婦になるばかりが全部じゃありませんわね」

そしてまた激しく泣きいった。

「一生忘れないよ、ちゃ江」高之介は彼女に頬ずりをし、その耳へ囁《ささや》いた、「この世で本当に好きなのはおまえだけだ」

「高さま、高さま、――」

ひさ江のしゃがれ声は嗚咽《おえつ》のため喉《のど》に詰った。

二人は二年このかたいつもこうであった。城代家老と商人という身分の差もあり、どちらも一人っ子の跡継ぎだから、結婚の希望はまったくなかった。しかしその事実が却って二人を逢うことに駆りたて、逢えば嘆きのたねになるのであった。

「お互いに結婚しても、この花が咲くころになったら、一年にいちどでいいから二人で逢いましょうね」

「どんな無理をしてもね」

「ああ高さま」とひさ江は身をもだえる、「でもあたし苦しい、苦しくって堪《たま》りませんわ、高さま、どうにかならないんでしょうか、どうにかかねえ高さま、あたし胸が裂けそうよ」

六

同じようなことが、さらに一年以上も続いた。

二人は若いので、諦《あきら》める勇気もなかったが、そのために無謀なことをするほど、理性に欠けてもいなかった。それは二人の育ちと性質によるのだろう、しかも、やっぱり逢わずにはいられないし、逢えば逢ったよろこびにひたるよりも、お互いの不運を嘆くことのほうが多かった。

——生きている限り忘れまい。

と二人はいつも誓いあった。

——凌霄花が咲いたら、一年にいちどは此処で逢おう。

だが、高之介が二十歳、ひさ江が十八になった年の十一月に、二人は結婚した。まったく絶望していた結婚が実現したのは、五十嵐の登美の奔走によるものであった。登美は二人の関係をよく知っていたし、絶えず（ひそかに）注意の眼をはなさなかった。幼いじぶん好きな友達を高之介の嫁に擬していた戯《たわむ》れが、そのまま現実に役立ったというかたちである。彼女は滝口家と津の国屋とを自分で説き伏せた、それには時間もかかったし、ずいぶん誇張した言葉も使ったらしい。

——しまいにはあたし、二人は心中するかもしれない、とも云ったわ。

あとで苦心談を語ったとき、登美はこう云って首をすくめたものである。——難色を示したのは津の国屋のほうであった。けれども、初めに生れた子供を（男女にかかわらず）津の国屋へ遣《や》る、ということで縁談が纏《まと》まり、次席家老の島田玄蕃《げんば》が仲人《なこうど》になって、祝言《しゅうげん》の式が挙げられた。

結婚生活は平安に続いた。

三年余日、ひとめを忍んで逢うあいだに、知るべきものはお互いによく知り、火のような激しい情熱も味わった。したがって、他の人たちのような新婚のよろこびは無かったが、もっと静かで密接な、理解と愛情とが二人の生活を温かに包んだ。

「いつもちゃ江は逢うたびに泣いたね、あの涙が神に通じたのかもしれないよ」

「でも、もしかすると」とひさ江は云った、「まえの世からこうなる約束だったかもしれませんわ、それでなければいくら登美さんが骨を折ったって、こんなにうまく纏まる筈《はず》がありませんもの、あたしきっとそうなんだろうと思いますわ」

「どっちにしても」と高之介が云った、「いまのこの気持を忘れないようにしようね、世間の人たちとは違って、この世では到底いっしょになれないものだと、諦めていたんだからね」

「あたしいい奥さまになりますわ」

二人は神の前に出たような謙虚な気持で、心からそう語りあうのであった。

ひさ江には覚えなければならない事がたくさんあった。商家と武家との、生活様式の差も少なくない。髪かたち、着付け、化粧、起居動作から言葉づかいまで違う。食事の仕方、客の接待、あらゆる瑣末《さまつ》な点に武家の作法がついてまわる。まして城代家老という格式があるため、こまかいところに絶えず神経をつかわなくてはならなかった。

半年ほど経つうちに、ひさ江は眼に見えて痩《や》せた。

「あたし今日お父さまに笑われてしまったわ」二人だけになると砕けた言葉でそっと云う、「わたくしっていうのがどうしてもまだよく云えないでしょ、気をつければつけるほど舌が硬《こわ》ばっちゃって、ついわ、わ、わらくしって云ってしまったのよ、お父さまはお笑いになったし、自分でも思わず知らず笑っちゃいましたわ」

「わ、わ、わらくしか、ち、ち、ちゃ江らしいな」

「しゃがれ声だからよけい可笑《おか》しいのね」

「だんだんに慣れるよ」

むろんひさ江もその覚悟だった。そうして、生来の勝ち気な性分を発揮して、ずいぶん辛抱づよくつとめた。

ひさ江は努力した。できる限りの力でつとめた。それはおよそ二年あまり続いたが、やがて疲れてきた。痩せた軀《からだ》は元のようにはならず、気分はいつもふさがれたように重く、そして絶えず不眠と神経過敏に悩まされた。もっとも悪いことは、自分の努力が誰にも、良人《おっと》にさえも理解されず、砂地へ水を撒《ま》くように、むだに消えてゆくと思われることであった。

――なんのためにこんなことを繰り返しているのだろう。

そういう疑いがしきりに起こり、自分が哀れに思えて、ひそかに泣き明かすようなことが多くなった。

高之介はそれを知らなかったであろうか。彼は彼で同じように疲れていた、妻が努力していることはよくわかった。たしかに、ひさ江はできる限りつとめている、けれども、それはともするとちぐはぐであり、くいちがっていることが多かった。ひさ江は富裕な商家の育ちだし、滝口は武家のなかでも「勤倹」と評判の家風である。高之介自身は見ないふりもできるが、父の気持を無視することはできなかった。ことに父は口に出してはなにも云わないから、彼の負担はいっそう重くなるのであった。

あらゆる恋物語がそうであるように、やがて二人にも衝突する時期がやって来た。

「もうたくさんです、あたしはあたしで好きなようにします」

ひさ江はついにそう叫んだ。

「いいだろう」と高之介も云った、「こっちもこれからは遠慮なくやるよ」

諄《くど》く記す必要はないだろう。ひさ江はしばしば実家へ帰り、そのたびに仲人の島田玄蕃に伴《つ》れられて戻った。三度、四度まではそれでおさまった。けれども五度めにはそうはいかなかった。

——ひさ江は軀を悪くしているから、暫《しばら》くこちらで養生をさせることにしたい。津の国屋からそう云って来た。滝口では承知の旨《むね》を答えた。それは二人が結婚してから三年めの四月、生垣に卯《う》の花の白く咲きはじめたころのことであった。

七

その年の五月には藩主長門守近寿が帰国し、高之介は部屋住から近習番にあげられた。

これはまもなく父の跡を継ぐので、藩主の側近に慣れるためと、やがて城代家老として事を執る下準備の意味とがあり、自分の鑑識で補佐役を選ぶことができる。高之介はまず近田数馬を選び、数馬の進言で和泉《いずみ》十次郎という者を選んだ。和泉は五十石余りの徒士《かち》組の子で年はまだ十九歳であったが、藩校明考館では秀才といわれ、将来を嘱望されている青年だった。

生活がすっかり変り、多忙な日が多忙な日に続いた。

八月になった或《あ》る日のこと、長門守は僅《わず》かな供を伴れて遠乗りに出た。高之介も供のなかに加わっていた。午前十時に城を出た一行は、坪井川に沿って領境まで下り、小島郷の法泉寺という寺で午《ひる》の弁当をつかった。そこで半刻《はんとき》ほど休み、西へまわって山越しに帰城したのであるが、法泉寺で弁当をつかったときから、高之介の顔色がひどく変った。

「どうかなさいましたか」

二度ばかり、近田数馬が馬を寄せて来て訊《き》いた。高之介は黙って首を振った。

「顔色がたいへんお悪いようですが、馬をお返しになってはいかがですか」

「いや」と高之介はまた首を振った、「心配はいりません、大丈夫です」

そして苦痛を忍ぶかのように唇を歪《ゆが》めた。城へ帰るとすぐ、供をした者に下城の許しが出た。高之介は誰よりも早く退出したが、そのまま家へは帰らず、天神山の女坂の下へとまわっていった。――法泉寺の庭で、彼は凌霄花の咲いているのを見たのである、秋の真昼の明るい光のなかで、その花は（華やかな色のまま）深い歎《なげ》きを訴えているようにみえた。

――ろうじぇんかじや。

高之介は胸を裂かれるように思った。

――ちゃ江。

心のなかで叫び続けた。女坂の下の草原へ登ってゆくと、雑木林の中にその花が見えた。再び胸が激しく痛みだした。

「なんということだ」林のほうへ近よってゆきながら、高之介は呻《うめ》きのように呟《つぶや》いた。

いろいろなおもいが胸いっぱいにつきあげてきた。ひさ江と逢った日々、ひとめを忍んで逢って、抱きあって泣いた日々のことが、手で触れるほど鮮やかに思いだされた。二人はこの世では結婚できない筈であった。そんなにも深く激しく愛しあっているのに、到底いっしょになる望みはなかった。

――あたしいっそ死んでしまいたいわ。

ひさ江は身もだえをして泣いた。

――本当に愛しあっていれば、結婚するだけが全部ではない。

そう云いながら、すぐにまた「でもどうにかならないだろうか」と訴え「息がとまりそうに苦しい」と叫んだ。二人はそれぞれべつの相手と結婚するだろう、しかしお互いに死ぬまで忘れまい。一年にいちど、凌霄花の咲くときには此処で逢おう、どんな無理をしてでも、――そう誓いあったものだ。

「ああ」と高之介は苦悶《くもん》の声をあげた、「おれの耳にはまだあのときの声が残っているのに、この頬にはまだ、ひさ江の濡《ぬ》れた頬の温かさが残っているのに、それなのに、おれたちはなんというばかなことをしたんだ」結婚ができないと思っていたときは、二人とも身も世もなく辛《つら》かった。もしも結婚ができるとしたら、どんな代償も厭《いと》わなかったであろう。だが、二人は結婚することができた、すっかり絶望していた夢が実現し、二人は妻と呼び良人と呼ばれるようになった。

そして不平が始まったのだ。結婚できなかったとしたら、せいぜい年にいちど、ひとめを避けて逢うだけだったろう、それもうまく逢えるかどうかわからないし、逢えば逢うほど、互いの歎《なげ》きを深くするだけだったに違いない。

「なんというばかなことだ」

彼はそう呟きながら、林の中へと入っていった。

「なんというばかな、――」とつぜん彼は立停った。

そこに見えない壁でもあって、突当ったような停りかたであった。彼は大きく眼をみはり、ああと口をあいた。なにか叫びかけて、声が喉に詰ったようにみえた。

凌霄花《のうぜんかずら》の絡《から》まっている樹《き》の脇《わき》に、ひさ江が立っていた。

黒っぽい地味な柄の単衣《ひとえ》に、見覚えのある墨絵の帯をしめ、片手にたたんだ日傘を持っていた。かなり肉づいてみえる頬が、さっと蒼《あお》ざめ、半ばあいている唇から、白いきれいな歯が覗《のぞ》いた。

「――こんにちは」

ひさ江は笑いながら頭をさげた。唇の両端がきれあがり、眼が糸のように細くなった。そして、ゆっくり近づいて来ながら言った。

「――やっぱり来て下すったわね」

あのなつかしいしゃがれ声であった。

しかし、ひさ江の笑い顔はそのままくしゃんと歪み、よろめいたと思うと、持っていた日傘を落しながら、全身で彼にしがみついた。そして、高之介が双手《もろて》で抱きとめると、彼の胸へ頬をすりつけ、彼の腕に爪《つめ》を立てながら、しゃがれた声で激しく泣きだした。

「――ちゃ江」彼は力いっぱい抱き緊《し》め、乱暴に揺りあげながら、ひさ江の耳に囁いた。

「あやまるよ、ちゃ江、私が悪かった、勘弁しておくれ」

「あなた、――」ひさ江が叫んだ、「あたし待っていましたのよ、毎日、あなたが来て下さるかと思って、この花が咲きだしてから、毎日毎日、雨の日にも此処《ここ》へ来て、待っていましたのよ、……でもあなたは来て下さらない、花がさかりになり、さかりを過ぎ、もう残り少なになっても、それでもあなたは来て下さらない、もうだめ、……あなたはもうひさ江のことなんかお忘れになったのだ、そう思いながら、やっぱり諦めきれずに、此処へ来て、待っていましたのよ、あなた」

「もっとお云《い》い、いくらでもお云い、でも私を勘弁しておくれ」

「仰《おっ》しゃらないで」ひさ江は身をもだえた、「あたしの聞きたいのは、帰って来いというお言葉だけよ、お願いですわ、あなた、堪忍《かんにん》してやると仰しゃって」

「たとえちゃ江がいやだと云っても、私はちゃ江を伴れて帰るよ、そしてこんどこそ」

「あなた、――」

ひさ江は両手を彼の首に投げかけた。かたく合された二人の唇のあいだから、ひさ江の呻くような泣き声がもれた。


（「講談倶楽部《クラブ》」昭和二十八年十月号）

あんちゃん

それほど強い降りではなかった。どこか樋《とい》でも毀《こわ》れていて、溜《た》まった雨水がはねこむらしい。下足番の持って来た竹二郎の駒下駄《こまげた》は、びしょびしょに濡《ぬ》れていた。下足番は四十二三になる頑丈な軀《からだ》つきの男で、肉の厚い角張った顔は、これ以上ぶあいそにはなれまいと思うくらいぶあいそにしかんで、そしてそっぽを向いたまま、竹二郎の足もとへ、その濡れた下駄を置いた。置くというよりも、殆《ほと》んど放りだすような手つきであった。

——この野郎。

竹二郎はかっとなった。下足番はふてたような背中をこっちへ向け、合札をやけに鳴らしながら火の前へ戻った。

——野郎。

竹二郎はふところから、たたんだ手拭《てぬぐい》を出し、下駄をざっと拭《ふ》いて、その手拭を右手にかぶせながら、拳《こぶし》をつくった。芝居はちょうど世話場で、小屋の中もしんとしていたし、出口のそこにも、茶屋の女や中売《なかうり》の若者たちが、ほんの二三人、往《い》ったり来たりしているばかりだった。少なくとも、竹二郎の眼にはそうみえた。彼は下駄をはくと、さりげなく下足番のほうへゆき、手拭でくるんだ右の拳で、力まかせに相手の眼を殴りつけた。

下足番の躯は腰掛からうしろへずり落ち、頭で壁を打つ音がした。

「野郎」と竹二郎は叫んだ、「なめたまねをするな」

下足番は悲鳴をあげた。竹二郎はそれを押えつけて、さらに鼻柱と頭を殴り、すばやく身を起こして、外へとびだそうとした。けれども、下足番が悲鳴をあげるとたんに、うしろで人のどなる声がし、中売や出方の男たちが四五人とびだして来て、竹二郎におそいかかった。

男たちの一人は竹二郎を羽交《はがい》じめにし、他の二人が両手を押えた。やられるな、と竹二郎は思った。すると「手を貸すぜ」という叫びが聞え、棒かなにかで殴りつける、いやな音がするのと共に、男たちが竹二郎から手を放した。こいつら、殺してくれるぞ、とその声が絶叫し、振返ってみると、一人の若者がしんばり棒のような物をふるって、突く、撲《なぐ》る、ひっ払う、というふうに、力いっぱいの、思いきったやりかたで暴れていた。

竹二郎は立竦《たちすく》んだ。小屋の男たちの二人はぶっ倒れ、他の三人はなにか叫びながら逃げた。若者は「おい」と竹二郎に呼びかけ、棒を持ったまま、はだしで、竹二郎といっしょに木戸口から外へとびだした。

二人は雨のなかをけんめいに走った。

「有難う」と走りながら竹二郎が云《い》った、「済まなかった」

「よせよ」と若者が云った。

「危なくのされるところだった、おめえがもうちっとおそければ、のされていたんだ」

「よせよ」と若者が云った、「お互いさまだ」

横町を三つ四つ曲り、振返ってみたが、追って来る者はなかった、そこは寺の並んでいるところで、人どおりもなく、左右を土塀《どべい》に挟《はさ》まれた道が、ひっそり雨に濡れていた。二人は教善院という寺の、門の下へはいって息をついた。若者は棒を持っているのに気がつき、舌打ちをして、それを寺の庭のほうへ投げやった。

「履物を損さしちゃったな」

「惜しくはねえ」と若者が云った、「どうせ腐ったような麻裏だ」

「おらあ竹二郎てもんだ」と竹二郎は云った、「ひとっ走りいってなにか買って来よう、此処《ここ》で待っていてくれ」

男はあいまいに「うう」といった。

竹二郎は半纏《はんてん》を頭からかぶって、道へとびだしていった。若者がうしろから「やつらが捜してるかもしれないぞ」とどなった。気をつけてくれ。わかってる、大丈夫だ、と竹二郎は答えた。――彼は田圃《たんぼ》を馬道までゆき、そこで思いついて、廓道《くるわみち》にある馴《な》染《じみ》の「むら井」という飲み屋へはいった。居酒屋と小料理を兼ねた店で、小座敷もあり、化粧を濃くした女が三人いる。亭主は九兵衛といって、もと火消しの小頭をしたことがあるという噂《うわさ》だった。

竹二郎を見ると、女たちはそうぞうしく立って来た。彼は傘を二本と下駄を借り、「すぐ戻って来るから」と云った。友達を一人伴《つ》れて来る、どっちも濡れてるから、なにか着替えを出しておいてくれ、そう云いながら外へ出た。すると、その店の前で、向うから来た娘に呼びとめられた。

「あんちゃん」とその娘は呼びかけた、「あんちゃんじゃないの」

竹二郎は振返った。

娘は十七八で、背丈も小柄だし、色の白い、細おもての顔もちんまりしているが、大きくみはったような眼と、両端の切れあがっている唇とが、際立《きわだ》って愛くるしくくみえた。娘はその大きな眼で、竹二郎を見あげながら、微笑した。

「あたしお勘定しに来たの」と娘は云った、「この店のお勘定を払いに来たのよ」

竹二郎は怒っているような顔で、「どうしたって」と訊《き》き返し、すぐにその意味がわかったのだろう、眼をぎらぎらさせながら、片方の手をさしだした。

「それをおれによこせ」と彼は云った。

「だってあんちゃん」

「その金をよこせ」と彼は強く云った、「幾ら持ってるんだ、持ってるだけおれによこせ」

「だってここの払いをするのよ」と娘は哀願するように彼を見た、「あんちゃんの勘定が溜まってるからって、催促に来られたんですもの、払わないわけにはいかないわ」

「おれの勘定はおれが払う、よけえなことを云わずによこせったらよこせばいいんだ」

「そんなこと云ったって、あたし」

「よこさねえのか」と彼が云った。

娘はいまにも泣きそうな顔になり、ふところから財布を出した。竹二郎はすばやくそれをひったくり、中の物を片方の掌へあけ、そして軽蔑《けいべつ》したように舌打ちをした。

「あんちゃん」と娘が云った、「ごしょうだからうちへ帰って」

「そのあんちゃんていうのをよせ」と彼は強く云った、「いいか」と彼は娘を睨《にら》んだ、「二度とそれを云うな、こんど云うと承知しねえぞ」

「うちへ帰って」と娘は云った、「お父っさんのぐあいが悪いのよ、ごしょうだから帰って来てちょうだい」

「帰るさ」と彼は財布を返しながら云った、「金がなくなったらな」

竹二郎はさっさと歩きだした。そして、うしろで娘がなにか云うと、その声から逃げるように足を早めた。

二

「よせ」と竹二郎が云った、「うるせえぞ」

「うるさいとはなによ」

「うるせえ」と彼は女の手を押しやり、眼をあいて起きあがった、「此処はどこだ」

「寒いじゃないの、寝なさいよ」

「此処はどこだ」と彼は云った、「おれの友達はどうした」

「いいから寝なさいったら」

女が手を伸ばした。竹二郎は立って、女に夜具を掛けてやった。暗くしてある行燈《あんどん》の光りで、部屋の中がぼんやりと見えた。安っぽい箪笥《たんす》、茶箪笥、長火鉢、鏡台。三尺の床間にある袋入りの三味線、衣桁《いこう》に（だらしなく）ひっ掛けてある派手な柄の女の衣裳《いしょう》、――お定《きま》りのけしきである、竹二郎は頭を振った。まだ酔っているらしい、頭を振ると軀がよろよろした。

「どうするのさ」と女も起きあがった、「どうするのいったい、寝るの寝ないの」

「おれの友達はどこにいるんだ」

「いいじゃないの、そんなこと」女は寒そうに寝衣《ねまき》をかき合せた、「民さんならもう花菱《はなびし》さんの部屋で寝ちゃってるわよ」

竹二郎はもういちど部屋の中を眺めまわし、それから長火鉢の前へいって坐った。まだ埋《うず》み火があるらしい、彼は猫板の上にある水差を取って、その口からじかに水を飲んだ。――女はそのようすをじっと眺めていた。彼女は二十一か二で、軀も少し肥えているし、顔つきもまるく、こんな小店《こみせ》の妓《おんな》にしては、ゆったりとおちついたところがあった。

「淋《さび》しそうね」と女が云った、「あんたずいぶん淋しそうにみえるわ」

竹二郎は「ふん」といった。

「来たときからそうよ」と女は云った、「あんたは民さんと陽気に飲んでいたけれど、淋しいのをまぎらしているんだってことがあたしにはわかったわ」

「気の毒だがそいつは眼違いだ」

「ねえ」と女が云った、「お酒が欲しいんじゃないの、持って来てあげましょうか」

竹二郎は黙って、長火鉢のふちへ両肱《りょうひじ》をつき、両手で力なく頭を支えた。女は立ちあがって仕掛をはおった。すると竹二郎は「いらねえよ」と云った。女は構わずに出てゆき、まもなく一升徳利を持って戻って来た。竹二郎は元のままの姿勢で、じっと長火鉢に凭《もた》れていた。――女は彼の向うに坐《すわ》った。鉄瓶《てつびん》をおろして埋み火に炭をつぎ、銅壺《どうこ》に触ってみながら、茶箪笥をあけた。

竹二郎は黙っていた。片口へ酒を移す音や、それを燗徳利《かんどくり》へ注ぎ、銅壺へ入れる音や、小皿や鉢を取り出す音など、眼をつむってぼんやりと聞きながら、女が声をかけるまで、黙って身動きもしなかった。

「まだぬるいけれど、一つどう」と女が云った、「ねえ、持ってちょうだいな」

女は盃《さかずき》をさしだした。竹二郎は身を起こしてそれを取り、女が酌をすると、眉《まゆ》をしかめて飲んだ。女はもう一つ酌をし、燗徳利を銅壺へ戻して立ちあがると、衣桁から自分の半纏を取って、竹二郎に着せかけた。

「ねえ」と女は戻って坐りながら、眩《まぶ》しそうな眼で彼を見た、「——おさよさんって、あんたのいい人だったの」

竹二郎はびくっとした。よほど吃驚《びっくり》したのだろう、危なく盃を落しそうになった。

「おれが、なにか、饒舌《しゃべ》ったのか」

「いい人なのね」

「どんなことを饒舌った」

「そんな怖い顔しないで」と女はなだめるように微笑し、彼に酌をしながら云った、「ただうわ言を云っただけよ、なんどもその人の名を云って、そして嫁にいっちまえって、早く嫁にいっちまえって、怒ったような泣くような調子でなんども云ってたわ」

竹二郎は「ふん」といった。

「その人あんたのいい人だったのね」と女は彼の眼を覗《のぞ》いた、「そしてよそへお嫁にいっちゃうのね、そうでしょ」

「おめえの知ったことじゃあねえよ」

女は聞きながして、「つまんでよ」と猫板の上に並べた皿や小鉢へ眼をやった。なんにもないけれどつまんでちょうだい、もしお好きならあたりめを焙《あぶ》るわ。いいよ、これでたくさんだ。あんたもあたりめは嫌いなの。嫌いじゃあねえが、いまは欲しくないんだ。あたりめでは面白い話があるのよ、去年のことだったけれど、初会のお客で明けがたに酒が飲みたいって云いだしたの、肴《さかな》は有るものでいいっていうから、あたりめしきゃないっていったら、それでいいっていうでしょ、だからおばさんに頼んで焙って裂いて来てもらったの、そうしたらその人こんな眼をして「これがあたりめか」って怒るの、こんな眼をして、「これはするめじゃないか、おれは世の中でするめっくらい嫌いな物はないんだ」って、——あとでさんざっぱら笑っちゃったわ、と女は云った。竹二郎は無感動な眼で女を見ていた。

「なぜそんな話をするんだ」と竹二郎が訊《き》いた、「なにをそんなに気に病むんだ」

「お願いだからやけを起こさないで」と女が劬《いたわ》るように云った、「ねえ、——どんな辛《つら》いことでも時が経《た》てば治るわ」

竹二郎は笑った。

「身に覚えがあるから云うの」と女はなお続けた、「あたしにもいっそ死ぬほうがましだと思ったことがあるわ、そして本当にやったわ」女は寝衣と襦袢《じゅばん》の衿《えり》を左右へひろげ、左の乳房を手でもたげて、「これを見てよ」と云った。

ふとりじしで、まだそれほど荒れていない肌があらわになり、おんもりと重たげな、やや大きい乳房の下に、一寸ばかりの、古い傷痕があった。剃刀《かみそり》でやったのよ、と女は衿をかき合せながら云った。短刀で突けばいいのに、剃刀だから肋骨《ろっこつ》につかえて入らなかったし、すぐ人にみつかってしまった。それでもなお死ぬつもりで機会を覘《ねら》っていたが、いつかしらそんな気もうすれてゆき、いまでは「ばかなことをしたもんだ」と思うくらいである、と女は肩をすくめた。

「男のためか」と竹二郎が訊いた。

女はそれには答えずに「お願いだからやけにならないで」と云った。

「違うんだ、それとは違うんだ」と彼は乱暴に云った、「おれは自分で自分にあいそをつかしてるんだ、おれはきたならしい、けだものなんだ」

「あんた竹さんていったわね」

「おれはけだものなんだ、おめえにゃあわからねえ、誰にもわかりゃしねえ」と彼は低く呻《うめ》き、低く、ぞっとするような声で呻き、それから急に笑いだした、「つまらねえ、なんでこんなことを云いだしたんだ、ばかばかしい、おめえが悪いんだぜ」

「竹さんていうのね、あんた」と女はまじめに彼を見た、「民さんとは古い友達なの、そうじゃないんでしょ」

三

「そうじゃないさ」と彼は答えた、「五日ばかりまえに知りあって、それからいっしょに飲み歩いているんだ」
「そうだと思ったわ、あんたはあの人の友達とは柄が違うんだもの」
「おれは、危なく袋叩《ふくろだた》きになるところを、あの男のおかげで助かったんだ、さっぱりとした、いいきっぷの人間じゃないか」
「そうよ、人はいい人よ、でもあんたのつきあう人じゃないわ」と女は声をひそめた、「こんなこと云っては悪いかもしれないけれど、民さんは花菱っていう妓の馴染で、あたしもどういう人かってことはおよそわかってるの、それであんたがそんな、やけなような気持でつきあっていると、だって——あんたはいま本当にやけなような気持なんでしょ」
「おれのことはうっちゃっといてくれ」
「あんたいまあたしのお乳の下の傷を見たわね」と女は云った、「死のうと思ったときの気持は、きれいに無くなったけれど、お乳の下の傷痕は残ってるわ、この傷痕は一生消えやしないのよ」

「よしてくれ」と彼はどなって、拳《こぶし》で長火鉢のふちを叩き、そしてまたどなった、「もうたくさんだ、おれのことはうっちゃっといてくれ」

するとこの部屋の外で「起きてるか」と呼びかける声がした。女はとびあがりそうになり、竹二郎にめくばせをした。――いまの話を聞かれた、という表情で、いそいで燗徳利を持った。竹二郎が返辞をすると、襖《ふすま》をあけて、民三という若者がはいって来た。

「この前を通りかかると竹さんの声が聞えたんだ」と民三が云った、「初めてあがって、もうちわ喧嘩《げんか》か」

「あたしが諄《くど》いことを云《い》ったもんだから、叱《しか》られたところなのよ」と女は座蒲団《ざぶとん》を直した、「狭いけれど此処へどうぞ」

民三はそこへ坐った。

彼は竹二郎より二つ三つ年上にみえる。痩《や》せがたではあるが、骨太のがっちりした軀《からだ》つきで、おもながな顔も色が黒く、骨張っている。口のききようも静かだし、唇のあたりにいつも微笑をうかべていて、――ちょっと眼に険のあるほかは、ぜんたいに穏やかな人柄が感じられた。五日まえに猿若町で知りあってから、二人でずっと飲みまわっているが、そのあいだに竹二郎はすっかり彼が好きになり、その人柄にひきつけられていた。

——この男になら、なにもかもうちあけて話せる。

竹二郎はそう思った。すべてをうちあけて話せるし、この男なら自分の苦しい気持もわかってもらえる。そう思って、なんども話しだそうとしながら、ついずるずると飲み続けていたのであった。

「眼がさめたら眠れなくなったんでね」と彼は民三に盃をさしてから、女に云った、「あとをつけてくれ、それから民さんのいい人を呼んで来ないか」

「よく眠ってるから起こさないほうがいい」と民三が云った、「それより河岸《かし》を変えるとしようじゃないか」

「これからか」

「もう外は白んでる」と民三は云った、「土堤《どて》にうまい鯉《こい》こくを食わせる店があるぜ」

「悪かあねえな」

女がいそいでとめた。竹二郎をすばやく眼で押えながら、鯉こくならここでも取れるとか、酒がまだ手をつけたばかりだとか、花菱さんに悪いなどと云って、——いかにも別れたくなさそうな、情のこもった口ぶりでとめた。竹二郎はふといじらしいような気持になったが、民三のてまえもあるし、金のこともあるので、思いきりよく

「また来るよ」と云って、立ちあがった。民三は手酌で二つばかり飲みながら、竹二郎の着替えるのを待っていた。竹二郎と女を二人きりにしたくないためのようでもあり、そんなことにはまったく無関心なようでもあった。それから立ちあがって、「ちょっとおれの部屋へ寄ってくれ」と云った。

女は竹二郎により添ってついて来た。花菱という女はよく眠っており、民三は女を起こさないように、手ばしこく着替えをした。——早い客はそろそろ帰る時刻で、ほかの部屋でも人の声がしはじめ、廊下にも草履の音が聞えた。

「あら、顔も洗わずにいらっしゃるの」と女が云った、「いま湯を取るからお顔ぐらい洗っていって下さいな」

「民さん」と竹二郎が眼で訊いた。

「うん」と民三は頷《うなず》いた、「いいんだ、勘定は済んでる」

そして二人は廊下へ出た。

送って出た女は、別れ際に竹二郎をじっとみつめて、「あたし小鶴《こつる》っていうのよ」と云った。竹二郎は「また来るよ」と云った。民三は眼尻《めじり》で二人を眺めていた。——

外は明けかかっていて、霜のおりた道は固く氷《こお》り、下駄で踏むとぎしぎしときしんだ。仲ノ町の通りには、もう駕籠《かご》をとばせたり、歩いて帰る客たちがかなりあった。民三はふところ手をして、大股《おおまた》に黙って歩き、竹二郎は金のことを考えていた。

——おとついから民さんにおぶさってる、もうこっちで都合しなければいけない。

昨夜から彼はそう思っていた。家までいって来ようかと思い、しかし、そうすれば父に会うだろう、父の顔を見るのはいやだった。うまく妹を呼びだせればいいが、父に気づかれて父の小言を聞くのはたまらない。気が弱いうえに長い胃の患《わずら》いで、涙もろくなっている父親の、ぐち混りの小言は聞くに耐えなかった。

——どうしよう。

竹二郎は溜息《ためいき》をついた。

「竹さん」と民三が呼んだ、「ここだよ」

気がつくともう土堤の上で、葭簀《よしず》囲いの茶店の前に、民三が立停っていた。竹二郎はそっちへ引返した。

囲いの中は暗かった。提灯《ちょうちん》が二つ吊《つ》ってあり、鍋《なべ》前をかこんで、腰掛が鉤《かぎ》の手に据えてある。客が五六人、鯉こくの煮える脂《あぶら》っこい匂《にお》いと、強い酒の香に包まれて、やかましく飲んだり喰べたりしていた。鍋前には中年の夫婦者と十四五になる小僧がいて、客が注文するたびに、三人でいっしょに（声をそろえて）景気よく復唱した。たとえば「酒だ」と客が云えば、「へーいお酒一」といったぐあいで、そして三人とも、絶えずせわしげに動きまわっていた。

民三は馴染《なじみ》とみえ、彼を見ると夫婦であいそを云い、他の客に頼んで、二人のために腰掛をあけてくれたりした。——少し飲むと、竹二郎はたちまち酔いが出てきた。彼は亭主に紙と筆はないかと訊き、小僧に使いを頼んだ。亭主はすぐに巻紙と矢立をさしだした。へえ、と竹二郎が云った。ずいぶん用意がいいんだな。そこはね、と亭主は笑って、「廓《くるわ》が近うござんすからね」と云った。こんな店でも、妓にしらせをやる客がいるのだろう。竹二郎は妹に手紙を書いた。

「駒形《こまがた》の稲荷《いなり》前だ」と彼は小僧にその手紙を渡した、「いそいで頼むぜ」

小僧はとびだしていった。

四

「家へやるのか」と民三が訊いた。

「この鯉こくはうめえな」と彼が云った。

「駒形っていうのは竹さんの家か」

「綰物《わげもの》をやってるんだ」と彼が答えた、「料理に使う杉や檜《ひのき》のへぎ板とか、折詰の折とかいうやつさ」

「じゃあ、おめえ職人なんだな」

「この鯉こくはうめえ」と彼は云った。

竹二郎はぐいぐい飲んだ。まもなく金が届くということで、元気が出てくると同時に、するどい自責を感じるので、それを紛らかすために飲むようであった。——他の客たちは長くはいなかった。たいてい一本か二本飲むと、飯を喰べて出ていった。そのあとからすぐにまた客が来るが、かれらは隅のほうをよけて腰掛けた。そこの隅に一人、酔いつぶれた男が腰掛の上へ寝ていて、ときどきぐらっと転げ落ちそうになるが、そのたびに危なく（けれども巧みに）平均をとって、腰掛の上にねばっていた。

「そう飲んでいいのか」と民三が云った、「此処《ここ》でつぶれるわけにはいかねえぜ」

「おれのことか」と竹二郎が云った、「——おれのことならうっちゃっといてくれ、おらあけだものだ」

「そいつはもう聞き飽きた」

「おらあけだものだ」

「五日まえから聞いてるよ」

「民さん」と彼は向き直った、「おめえ、おれの話を聞いてくれるか、おれは民さんだけに聞いてもらいたいことがあるんだ」

民三が彼の肱《ひじ》をこづいて、「呼んでるぜ」と顎《あご》をしゃくった。出入り口の暖簾《のれん》をあげて、娘がこっちを覗《のぞ》いていた。馬道の「むら井」の前でみた娘である、竹二郎はやけな声をあげて、「こっちへ来い」とどなった。

「あんちゃん」と娘が呼んだ。

「いってやれよ」と民三が云った、「こんな処《ところ》へはいって来られやしないぜ」

「いいとも」と竹二郎は立ちあがった。

使いにやった小僧を、駕籠で追い越して来たらしい、表に駕籠屋が汗を拭《ふ》いていた。聖天の森の上に日がのぼっていて、外へ出た竹二郎は、眩《まぶ》しさに眼をすぼめた。娘は紙に包んだ物を彼に渡し、「あんちゃん」と縋《すが》りつくような眼で彼を見あげた。

「ごしょうだからいちど帰って」と娘は云った、「お父っさんがゆうべ変なものを吐いたの、お医者さんも首をかしげてたし、お父っさんも心ぼそいようなことばかり云うし、あたしどうしていいかわからないわ」

「忘れたのか」と彼は乱暴に云った、「あんちゃんをよせっていったろう、云わなかったか」

「だって、それじゃあ、——」娘の眼からたちまち涙がこぼれ落ちた。

「おやじは吐けるだけ仕合せだ」と彼は呟《つぶや》いた、「吐くものを吐けばさっぱりするからな、おれは吐くこともできやしない」

「どうしても帰ってくれないの」と娘が云った、「どうしても、――」

「さよ公」と彼は云い、それから急にそっぽを向いて、手を振った、「もう用はねえ、――あばよ」

そして暖簾をあげて中へ戻った。

竹二郎は紙包を民三に渡し、「幾らあるかわからないが預かってくれ」と云った。民三は重みをはかるように、それを掌で受けたまま竹二郎を見、「よしゃいいのに」と云った。そんな心配には及ばなかった、金ならまだあったんだ。まあ預かっといてくれ、どうせたんとはありゃしないんだ、と竹二郎は云った。――まもなく小僧が帰って来ると、民三はなにがしかの駄賃を、自分のふところから出して与え、竹二郎から預かった包には手をつけなかった。

「いまの娘さんはなんだ」と民三が訊いた、「身内の人か」

「妹だ」と竹二郎が云った、「おめえちっとも飲まねえな、その盃《さかずき》はさっきから置きっ放しだぜ」

「似ていないようだな」と民三は云った、「竹さんとは似ていなかったようだ、本当に妹か」

竹二郎は「うっ」と呻き、兇暴《きょうぼう》な眼で民三をにらんだ。いまにも殴りかかりそうな眼つきだったが、自分ではっと気がついたようすで、「本当だよ」と顔をそむけた。

まもなく、三人伴《づ》れの客が、出ていった。勘定を払うとき、三人の中の一人がさりげなく、竹二郎と民三を慥《たし》かめるように見て、他の二人に頷いたのを、民三のほうでもすばやく、眼の隅で見てとった。

「おやじ」と三人が出ていったあとで、民三が亭主にめまぜをして云った、「いまのは、――」

「いや」と亭主は首を振った。

「慥かだな」

「慥かですよ」と亭主は頷いた、「そういう人間でないことだけは慥かです」

民三は「ふん」といった。納得のいかない顔つきだったが、竹二郎が「なんだ」と訊くと、なんでもないがそろそろ河岸を変えよう、と云った。どこへゆく。まず湯にはいろう、竜泉寺のもみじ湯がいい、湯へはいって二階でひと眠りしよう、と民三が云った。じゃあもう一本、と竹二郎が云った。もう一本飲んでからいこう、おれはこのうちが気にいった。すると向うで、小僧が「危ねえ」と声をあげた。大きな声だったので、ほかに三人ばかりいた客たちも、吃驚《びっくり》してそっちを見た。

「ああ肝をつぶした」と小僧が云った、「てっきりおっこちると思った」

腰掛の上に寝ている男が「うるせえぞ」とどなった。うるさくって眠れやしねえ、静かにしろ、とその男が云い、みんなが笑いだした。

「出よう」と民三が立ちあがった、「おれも寝たくなったし、もうここも閉めるんだ」

竹二郎は「よし」といって立ちあがった。

民三は亭主に頷いてみせ、勘定はせずに外へ出た。竹二郎は少しよろよろした。外はすでに日が高く、土堤の上は人の往来でにぎわっていた。民三は外へ出たときから、前後へすばしこく眼をやっていたが、土堤をいって、竜泉寺町のほうへおりるとき、うしろから跟《つ》けて来る者があるのを認めた。民三は竹二郎を見て眉《まゆ》をひそめ、それから「竹さん、ここで別れるぜ」と囁《ささや》いた。

「どうして」と竹二郎が振向いた、「どうかしたのか」

「わけはあとで話す」と民三は云った、「今夜ゆうべのうちで会おう、――さっき預かったやつだ」と民三は紙包を出して竹二郎の手へ渡した、「いいな、ゆうべのうちだぜ」

「だっておめえ」と竹二郎は吃《ども》った、「どうして、――民さん」

民三はぱっと走りだした。

片方はうちわたした刈田、左にとび不動と呼ばれる不動尊がある。民三はその境内へ走りこみ、すぐに見えなくなったが、そこへ三人の男が駆けて来て竹二郎を取巻いた。

五

竹二郎はあっけにとられて三人を見た。

「こいつだ」と一人が云った、「まちげえはねえこの野郎だ」

中年の頑丈な軀つきの男で、右の眼の下にうす痣《あざ》があった。竹二郎は口をあいた。それはいつかの芝居小屋の下足番であった。中村座の下足番で、眼の下のうす痣は竹二郎が殴ったときできたものだろう。角張った意地の悪そうな顔にも、慥かに見覚えがあった。

「なんだ」と竹二郎は云った。

「覚えてるだろうな」と下足番が云った、「この若造、今日は逃がさねえぞ」

「三人に一人じゃあな」と竹二郎が云った、「さあ、どうともしやあがれ」

そう云いざま、紙包を握った拳《こぶし》で、右側にいた男の鼻柱を突き、下足番に躰当《たいあた》りをくれた。だが、拳は鼻柱をかすっただけだし、下足番には躰《たい》を躱《かわ》された。

──いけねえ、酔ってた。

竹二郎はのめりながらそう思った。烈《はげ》しくのめって、前のめりに倒れながら「やられるな」と思った。一人が馬乗りになって、両の拳で彼を殴り、他の一人が下駄で横腹を蹴《け》った。肋骨《ろっこつ》が折れるかと思うほど強く、力いっぱい蹴られ、竹二郎は「ひ」といった。息が止り、眼が眩《くら》んだが、そのとき民三の声が聞え、かれらは竹二郎を放した。

「一人は殺してやる」と民三の云うのが聞えた、「三人に二人の喧嘩《けんか》だ、一人は殺しても罪にゃあならねえ、来い、一人は殺すぞ」

民三の手で、ぎらっと短刀が光るのを、竹二郎は見た。そして、気が遠くなった。

──やっぱり来てくれた。

こんども民さんは来てくれた。彼は心のなかでそう呟きながら、道の上にのびたまま、民三に抱き起こされるまで、眼をつむって動かずにいた。人立ちがしていたのだろう、民三が高い声で「いってくれ、もう喧嘩はおしまいだぜ」とどなり、それから竹二郎の腋《わき》へ手をまわして、そろそろと立たせた。

「すぐもみじ湯だが、歩けるか」

「また民さんに助けてもらったな」竹二郎が云った、「あいつらはどうした」

「逃げたよ」と民三が云った、「大丈夫か」

「歩けるさ」と竹二郎が云った。

もみじ湯へ着くと、そのまま二階へあがり、竹二郎の傷の手当をした。傷というほどではない。頭に瘤《こぶ》が二つばかりでき、蹴られた横腹がひどく腫《は》れていた。触ってみたが、肋骨には故障はないらしい。血痣になっている腫れた部分に膏薬《こうやく》を貼《は》り、それから土埃《つちぼこり》をながすために風呂場《ふろば》へおりた。

竹二郎は酒の酔いと昂奮《こうふん》とで、のぼせあがっていたのだろう、このあいだずっと、休みなしに饒舌《しゃべ》っていたが、ふと思いだしたように、「あのとき急に別れたのは、どういうわけだ」と民三に訊いた。

「勘違いをしたんだ」と民三は答えた、「あいつらは土堤の茶店にいるときから、こっちを見て頷《うなず》きあっていた」

「おれは気がつかなかったぜ」

「こっちに気づかれないように、頷きあって出ていった」と民三は云《い》った、「それでおれは勘違いをしたんだ。まさかあのときの小屋者とは思わなかったからな」

「ふん」と竹二郎は民三を見た、「すると、勘違いをするような人間が、ほかにいるっていうわけか」

「そういうわけだ」と民三が云った。

竹二郎はそれ以上は訊かなかった。

——この男にはなにかあるな。

そして、喧嘩のとき短刀を抜いたことを思いだしながら、彼は湯にははいらず、さきに二階へ戻ると、枕《まくら》を借りて横になった。

この湯屋でも民三はいい顔らしく、五人いる女たちが、われがちに彼の世話をしようとした。なかでもお梅という女は強引で、朋輩を押しのけて彼に付いてまわり、風呂場からあがって来ると、彼のために（自分で）作ったとみえる、秩父《ちちぶ》縞《じま》の袷《あわせ》と浴衣《ゆかた》を重ねたのを着せたり、平ぐけをしめてやったりした。

「ひと眠りしたいんだ」と民三はお梅に云った、「済まねえがおめえたちの部屋を貸してくれ」

お梅は「憎らしい、ゆうべのお疲れなんでしょ」などと睨《にら》みながら、むしろ嬉《うれ》しそうに、自分たちの部屋へ二人を案内した。湯女《ゆな》が客を取ることは禁じられているが、もちろん裏には裏があった。そこは八帖《じょう》ばかりの広さで、一方に高窓があり、壁は板張りになっている。片方の板壁には、女たちの着物が掛けてあり、脱いでつくねた下着や、鏡台、針箱などといった物が、嬌《なま》めかしい色と香りを、部屋いっぱいにふり撒《ま》いていた。二人が横になると、お梅は軽い掻巻《かいまき》を出して掛け、「用があったら呼んで下さい」と云って出ていった。

竹二郎は眠かったが、蹴られたところが痛むのと、かれらにやられたことが、いまになって口惜《くや》しくなり、すぐには眠れそうもなかった。

「さっき一人は殺すと云ったな」と彼は民三に話しかけた、「三人に二人の喧嘩なら、一人は殺しても罪にはならないって、本当にそうなのか」

「でたらめだ」と民三が云った、「一人は殺すといえば誰だって自分が殺されたくはないからな、——やつらの気を挫《くじ》くはったりだ」

竹二郎は「そうか」といった。

「竹さん」と暫《しばら》くして民三が云った、「おめえおれに話すことがあるって云ったな」

「いった」と竹二郎は民三を見た。

「おれもおめえに話すことがある」と民三は眼をつむったままいった、「ひと眠りして起きたら、どこかで一杯やりながら話そう」

「いま聞いてもいいぜ」

「一杯やりながらにしよう」と民三は欠伸《あくび》をした、「おれは眠るぜ」

竹二郎は「うん」といった。

それから三日めの夕方、——千住大橋の近くにある船宿の二階で民三はようやく話というのをし始めた。それまでに品川で泊り、赤坂の氷川《ひかわ》門前で泊り、酒も飯もずっといっしょにしながら、民三は話をきりださなかった。しかしまる八日もつきあっているので、彼がどんな人間かということは、竹二郎にもおよそ見当がついていたから、話を聞いてもさして意外ではなかったし、驚きもしなかった。船宿のその二階からは、すぐ前に流れている隅田川と、対岸の樹立《こだち》や、材木屋の荷揚げ場などが見え、昏《く》れかけて冷たげに光る水の上を、静かにくだってゆく、幾艘《いくそう》かの荷足船《にたりぶね》も眺められた。

「そうか、よくわかった」と竹二郎は聞き終るとすぐに云った、「それじゃあ、あのときの三人を岡っ引と思ったんだな」

「勘違いをしたのは初めてだ」

「しかし民さん、どうしておれなんぞにそんな話をしてくれるんだ」

「わからねえ」と民三は頭を振った。

六

「自分でもよくわからねえが」と民三は続けた、「どうやらおめえが好きになったらしい、おめえの気性が気にいったし、なんだか一人で放っておけねえような気がするんだ」

「そうしたくはないんだ、おらあ竹さんが好きだし、できるなら堅気のままでいてもらいたいんだ」

「堅気どころか、おらあけだものだ」

「ああ」と民三は首を振った、「そいつだけはよせ、最初の晩からおめえはそれを云い続けだ、そのけだものだけはもうよしてくれ」

「じゃあ話そう、すっかり話しちまおう」と竹二郎は坐《すわ》り直した、「きたならしい、いやな話で済まないが、聞いてくれ」

竹二郎はせかせかと話しだした。

話しぶりはせかせかしていたが、彼の顔は蒼《あお》ざめて硬《こわ》ばり、額には苦悶《くもん》の皺《しわ》が深くよった。またその告白は民三にとってまったく思いがけなかったらしく、聞いているうちに、彼の顔は明らかに嫌悪《けんお》のために歪《ゆが》み、その眼は冷やかに竹二郎からそむけられていった。

「このあいだ土堤の茶店へ来たのが、その、妹のおさよなんだ」と竹二郎は語り続けた、「初めはただ可愛《かわい》いだけだった、こんな小さなじぶんから、おれはあいつが可愛かった、なんといいようもなく可愛かったんだ、あとで考えると、その気持がもう普通じゃあなかったらしい、これは妹を可愛がる気持じゃない、と気がついたのは二年まえだったが、気がついたときには、もうどうにもならなくなっていた、どうにも」

彼は下唇を嚙《か》み、息をひいて、深くうなだれた。それから両手でぐっと膝《ひざ》をつかみ、肩をちぢめながら続けた。――彼は自分の不倫な感情を抑えるために、できる限りのことをやった。ほかの娘たちに気持を移そうとしたし、廓《くるわ》へも、岡場所へもいってみた。けれども、どうもがいても徒労だった。どんな娘にも、どんな女にも心が移らないし、妹に対する感情はますます強く、激しくなるばかりだった。

「そして、――去年の六月のことだ」と竹二郎は云った、「ひどく暑い晩だったが、夜なかにおれは手洗いにおりた」

彼は父親と二階に寝ていた。

彼が十五の年に母が死んでから、彼と父親は二階に寝、おさよは階下で、古くからいる女中と寝る習慣だった。――その夜、彼は手洗いにいった戻りに、なにげなく六帖を見て、われ知らず立竦《たちすく》んだ。暗くしてある行燈《あんどん》の光りで、蚊帳《かや》の中が見えたのである。六帖いっぱいの蚊帳の中に寝床が二つ敷いてあり、片方に女中、片方におさよが寝ていた。そのおさよが、暑さのためだろう、掛け蒲団《ぶとん》をはぎ、寝衣《ねまき》をはだけて、胸も脚も殆《ほと》んど裸になったまま、団扇《うちわ》を持った片方の手を投げだして、眠っていた。……小柄ではあるが、きめのこまかな肌、薄い樺《かば》色の蕾《つぼみ》を付けた胸のふくらみ、細くくびれた胴から、思いがけないほど肉づいた、豊かな腰と太腿《ふともも》、——それが萌黄《もえぎ》の蚊帳を透して、却《かえ》ってあらわに、じかに見るよりもなまなましく、彼の眼をとらえ、そして彼の頭を麻痺《まひ》させた。

彼は自分がわからなくなった。正直に考えてみて、そのとき彼は意識を失い、彼自身でない（なにか）べつの力に操られていたようだ。——気がついてみると、彼は妹のそばにいた。どうして蚊帳へはいったかも、そこでなにをしたかも覚えない、眼の前におさよのあらわな胸があり、おさよが微笑していた。

おさよは微笑していた。眼をさましたのではなく、半ば眠ったまま、うす眼をあけて、あるかなきかに微笑《ほほえ》んでいた。あらわな肌を隠そうともせず、まさしく、おさよは彼に微笑みかけていた。

「その笑い顔でおれはわれに返った」と云って竹二郎は呻《うめ》いた、「おさよは兄のおれを見て、なんの疑いもなく、半分ねむったままで、笑いかけた、あいつはなにも疑わなかった、はだけたところを隠そうとさえしなかったんだ、——おれには、いまでもそれが眼に残ってる、いまこうして話していても、そのときのおさよの、あどけないような笑い顔は、忘れることができないんだ」

片方に寝ていた女中のことは記憶にない、彼はふるえながら蚊帳をぬけ出た。「おれはけだものだ」と彼は思った。「おれは人間ではないけだものだ」と思い、そんな自分を生んだ親をも呪《のろ》った。

「おれはおやじを呪った、死んだおふくろまで呪った、本当だぜ」竹二郎は頭をがくがくさせた、「――そこへ、追っかけるように、おさよの縁談が起こった、向うは木場の山孝《やまこう》という材木問屋で、良吉という一人息子の嫁にぜひというはなしだ、山孝といえば相当な大店《おおだな》だし、おやじはその一人息子の人柄も知っていて、こんな良縁はまたとはないと云った」

彼は頑強に反対した。

父親は「なぜいけない」と理由を糺《ただ》した。彼には理由は云えなかった。ただ真向から反対し、それでも縁談が進みそうだとみて、家をとびだした。おさよが他人の嫁になるのを見ていられなかったのであるが、一方では、兄の自分が悪くぐれれば、縁談がこわれるだろうという気持もあった。それから約半年、金をせびりにゆくときのほかは、家によりつかず、いたるところで借りたり、勘定を溜《た》めたりし、いよいよ困ると酔って家へどなりこんで、強請《ゆす》りのようにして金をせびり取った。――父親は三年ばかり前から胃を病んでいたし、ちかごろはさらに悪くなったようだ。ふだんから気の強いほうではなかったが、病気でいっそう弱気になったのだろう、彼がどんな無理をいっても、泣き言とぐちと、ただ、「帰ってくれ」というのを、念仏のように繰り返すだけであった。

「民さん」と竹二郎は顔をあげた、「これでおれが、けだものだと云うわけがわかったろう」

民三は黙って手を叩《たた》き「おい」と階下へ声をかけた。

「おれはまっとうな人間じゃあねえ、どうせまっとうに生きるこたあできねえ」と彼は云った、「わかってくれるだろう、民さん」

民三はそっぽを向いたまま、返辞をしなかった。竹二郎は「民さん」と云った。階下から女中があがって来て、民三は勘定を命じ、黙って立ちあがって、帯をしめ直した。

「どうしたんだ」と竹二郎が云った、「——どうかしたのか、民さん」

だが民三はなにも云わず、黙って階下へおりていった。

勘定を払って外へ出ても、民三は頑固にものを云わなかった。船宿を出ると、すぐ右手に熊野《くまの》神社があり、境内の松の樹立が黒ぐろと昏れていた。竹二郎はもういちど

「民さん」と呼びかけた。民三は振向いて、冷たい軽侮の眼で竹二郎を眺め、――脇《わき》のほうへ、唾《つば》を吐いた。なにか汚ない物でも見たように、ぺっと唾を吐き、そして大橋のほうへ、さっさっと去っていった。

七

それから三日のあいだ、竹二郎は独りでうろつきまわった。飲み屋から、飲み屋へ。いちども飯は食わなかった。ちょっとのまも酔いのさめるのを恐れるように、酒びたりになって、夜は岡場所へ泊り、そして街へ出るとゆき当りばったりに、酒を呷《あお》った。

「そうか、わかったよ」と彼は絶えず独り言を云った、「わかったよ民さん、おめえにさえこのおれはけがらわしかったんだな」

「ざまあみやがれ」とまた彼は云った、「ぬすっとにまであいそをつかされやがった、いいざまだ、死んじまえ、どうして死んじまわないんだ」

どこかの居酒屋でいちど喧嘩《けんか》をした。相手は職人で、酔った耳で彼の「ざまあみろ」を聞き咎《とが》め、自分が罵《ののし》られたと思ったらしい。「なにを」と挑みかかったのを、こっちも酔っていたからやり返した。彼は殴り倒され、外へ放りだされた。

「民さん」と彼は暗がりでよろめきながら云った、「こんどは来てくれなかったな、おめえもう来ちゃあくれねえんだな」

三日めの夕方、——金がすっかり無くなったので、彼は馬道の「むら井」へ行った。その日は午《ひる》すぎから気温があがり、にわかに春が来たようなぐあいで、やがて雨になった。彼はせせら笑いをし、「また雨か」と半纏《はんてん》をかぶり、「降られるたびにむら井か」などと呟《つぶや》いた。

店はこむ時刻で、土間のほうは客でいっぱいだった。彼はひょろひょろと奥の小座敷へはいり、「酒だ」とどなってぶっ倒れた。女たちのうち、お袖《そで》という年増《としま》が来て、彼をゆり起こし、なにか云《い》いかけたが、彼は「酒だ」とどなるだけで、なにも聞こうとはしなかった。

「お乳の下の傷か、へ」と彼はお袖の手をふりのけた、「死ぬ気はきれいに消えちゃっても、傷痕《きずあと》は残るか、わかったよ、いっちまえ」

お袖は彼の腕をつかみ、激しくゆり立てながら、ひと言ずつ区切って、同じことを三度も繰り返した。すると竹二郎は急に動かなくなった。軀《からだ》を固くし、息をひそめて、暫《しば》く身動きもせずにいたが、やがておそるおそる眼をあげた。

「四日まえよ」とお袖は云った、「四日まえの朝早くですって、妹さんがなんども捜しにみえたわ、まだ来ないか、ゆき先はわからないだろうかって、すっかり眼を泣き腫《は》らしちゃって、——お気の毒で返辞のしようがなかったわ」

竹二郎の相貌《そうぼう》が変った。三日の余も食事をせず、飲み続けてはごろ寝をした。髪もくしゃくしゃだし、ぶしょう髭《ひげ》も伸びて、あさましいほど憔悴《しょうすい》していたのが、さらにがくっと頬が落ち、眼がくぼむようにみえた。

「帰っておあげなさい」とお袖が云った、「昨日お葬式が済んだっていうから、今夜はお客もないでしょう、妹さん一人でどんなに淋《さび》しがっているかわからないわ」

「酒をくれ」と竹二郎がしゃがれた声で云った、「冷《ひや》でいいから二三本持って来てくれ」

「帰ってあげなさいったら」

「帰るよ、帰るから酒をくれ」と竹二郎は起き直った、「冷でいいんだ、頼むよ」

お袖は立っていった。

竹二郎はぽかんと宙を眺めた。口があいて歯が見え、ばかにでもなったような、げっそりとたるんだ表情で、——お袖が戻って来ても、暫くは気がつかないようすで、宙を眺めたままぽかんとしていた。

「これだけよ」とお袖が云った、「これだけ飲んだら帰るのよ、わかったわね」

「うん」と彼は云った、「帰るよ」

お袖は酒を注いだ。二合徳利で、燗《かん》がしてあり、お袖はそれを湯呑《ゆのみ》に注いで、彼の手に持たせた。彼は盆の上の小皿を見て「葱《ねぎ》かかだな」と呟いた。刻んだ葱に鰹節《かつおぶし》をかいてのせ、生醤油《きじょうゆ》をかけただけのものだが、酒のつまみには彼はそれが好物だった。「どうしたのよ、飲まないの」とお袖が云った、「もう飲めないんでしょ、飲めないんならよしてお帰んなさいな」

竹二郎は湯呑を口へもっていったが、燗のしてある酒の香を嗅《か》ぐと、むっと胸へつかえたように顔をそむけ、湯呑を盆へ戻して、ふらふらと立ちあがった。

「それがいいわ」とお袖が云った、「いま傘を出してあげますからね、お帰りになるんでしょ」

竹二郎は黙って下駄をはいた。

いま傘を出すわ、傘を持っていらっしゃいな、とお袖が云った。しかし竹二郎は客のあいだをぬけて、ひょろひょろと店から出ていった。外はまだ降っているが、それほど強い降りではないし、暖かい宵で、濡《ぬ》れた道が家並の灯をきれいにうつしていた。――竹二郎は半纏をかぶり、腕組みをして、前跼《まえかが》みに肩をすくめたまま、浅草寺の境内をぬけていった。

駒形の、家の前へ着くまで、そんな恰好《かっこう》のまま口の中で絶え間なしになにか呟きながら、ふらふらと歩き続けた。

「帰りゃしねえさ、帰るもんか」と彼は声に出して云った、「家をひとめ見るだけだ、ひとめ家を見たら、どこかへいっちまおう、きりはついたんだからな」

自分の家の前へ来たとき、彼はさっと右へそれ、そこにある稲荷《いなり》の社の、鳥居の中へとびこんだ。清水稲荷といって、いちじは流行《はや》ったこともあるが、社殿も大きくはないし、境内も狭く、ひねこびたような柳が、本堂のまわりに二三本あるばかりだった。彼は玉垣のうしろから、わが家のようすをうかがった。

仕事場は暗く閉っているが、店のほうは雨戸が一枚だけあいており、子持の八角に「紀宗」と印《しるし》のある、腰高障子が、ぼんやりと灯の色に明るんでいた。左どなりは提《ちょう》灯屋《ちんや》で、その向うに駒形堂があり、宵闇《よいやみ》のなかに、お堂の白壁がほのかにぼけて見えた。

竹二郎は長いこと立っていた。

「もういいだろう」と彼は呟いた、「これでいい、いっちまおう」

だが彼は動かなかった。灯の色のにじんだ障子はひっそりとして、人影の映るようすもなかった。職人たちは通いだから、もうみんな帰ったであろう。「昨日お葬式が済んだからお客もあるまい」といったお袖の声が、まだ耳に残っていた。――雨は同じような降りかたで、彼は肌襦袢《じゆばん》まで濡れてきたのを感じた。往来を人がゆき、駕籠《かご》がすれちがい、それらが途絶えると、彼ははっと身じろぎをした。

腰高障子が人の影で暗くなり、それがあいて、三人伴《づ》れの男女が出て来た。近所の者らしいが、誰だかよくわからなかった。

「じゃあごめんなさい」と老《ふ》けた女の声で云うのが聞えた、「ええ、明日の朝早くうかがいますよ、ええ、ええおさよさんもね、有難う、じゃあおやすみ」

「おやすみなさい」とおさよの云う声が聞えた、「御親切に有難うございました、あら、おばさん合羽《かっぱ》の衿《えり》が――」

おさよは女のそばへ寄って、雨除《あまよ》けの衿を直すようすだった。三人は傘をさし、もういちど挨拶《あいさつ》をして、一人は並木町のほうへ、他の二人は黒船町のほうへと、両方に別れて去っていった。――おさよはあけた障子のところに立ち、左右へ別れていった人たちを、代る代る見送っていたが、灯をうしろにした、その小柄な、頼りなげな姿を見たとき、竹二郎はがまんが切れたように、ふらふらとそっちへ出ていった。

八

竹二郎は仏壇の前に坐っていた。――仏壇にはいま彼のあげた蠟燭《ろうそく》がともり、線香が煙をあげていた。戒名を書いた紙の貼《は》ってある、白木の位牌《いはい》が、燈明《とうみょう》のまたたくたびに、かすかに揺れるようにみえた。

「あたし知ってたわ」とおさよが囁《ささや》くような声で云った、「兄さんがどうして家を出たか、どうしてぐれだしたか知ってたわ」

竹二郎はうなだれたまま坐《すわ》っていた。

「去年の夏の晩のこと、あたし覚えててよ」とおさよは云った、「半分は眠りながらだけれど覚えてるわ、兄さん、あたし嬉《うれ》しかったのよ」

竹二郎はぴくっとした。どこかを針で刺されでもしたように、軀ぜんたいでぴくっとし、それから妹のほうを見た。

「なんだって」と彼は吃《ども》った、「なにを覚えてるって」

「あの晩のことよ、あの暑い夜なかのことよ」

「よせ」と彼は云った。

「いいえ云わして」とおさよが云った、「あたしに云わしてちょうだい、云ってもいいわけがあるんだから云わして」

「よしてくれ」と彼は首を振った、「おれがけだものだってことは自分でよく知ってるんだ」

「違うわ、そうじゃないわ」とおさよは強く云った、「兄さんがそう思いこんで、それでぐれだしたってこと、あたしこれまでわからなかったのよ、でもいまはわかったわ、お父っさんが亡《な》くなって、人別帳《にんべつちょう》をみせられたとき、初めてわかったのよ」

「人別がどうしたって」

「あたしたち兄妹じゃなかったの」

「ばかなことを」

「兄さんとあたしは兄妹じゃなかったの」とおさよは云った、「兄妹ということにはなっていたけれど、本当は血もつながっていない他人同志だったのよ」

竹二郎の眼が大きくみひらかれ、下唇がたるんだ。彼はおさよを、ふしぎなものでも見るように見まもり、「それは」と口ごもった。

「あたしは拾われた子なの」とおさよは云った、「伝法院の門前に捨てられていたのを、亡くなったおっ母さんが拾って来て、自分の子として育ててくれたんですって、人別帳にちゃんと書いてあるのよ」

竹二郎の顔が静かに歪《ゆが》んだ。

「捨て子だっていうことを知らせないために、お父っさんもおっ母さんも黙ってたのね、兄さんも三つのときだから覚えはなかったんでしょ、あたしたち赤の他人だったのよ」

「あたし兄さんが好きだったわ」とおさよはまた続けた、「小さいじぶんから好きだったわ、こんな小さいじぶんから、あんちゃん、あんちゃんって、しょっちゅう付きまとってたわ、どんなにうるさく付きまとっても、兄さんはいちどもいやな顔をしたことがないし、よく抱いたりおぶったりしてくれたわね」

竹二郎はまだおさよを眺めていた。

「少し大きくなってからは」とおさよは低い声で云った、「あたし兄さんの匂《にお》いが好きになって、留守のときなんか、よく兄さんの着物を出して、それを抱いて匂いを嗅いだこともあるわ、だからあの晩は嬉しかったのよ、怖かったけれど嬉しかったの、半分は怖くってふるえたけれど、でも嬉しかったのを覚えてるわ、どうして嬉しいのかわけはわからなかったけれど、兄さんがなんにもしないでいってしまったあと、がっかりしたのを覚えているわ」

「それは——」と彼はひどく吃った、「その、他人というのは、本当なんだな」

「人別を見てちょうだい」とおさよが云った、「あたしそれを見て、あたしたちが他人同志だってわかったとき、初めて兄さんの気持がわかったの、どういうのかしら」とおさよは竹二郎を見た、「どうしてだか知らないけれど、他人だとわかったとき初めて、ああ兄さんはあの晩のことでぐれたんだな、っていうことがわかったのよ」

竹二郎は笑いだした。「さよ公」と彼は云って、ぽろぽろと涙をこぼし、それを手の甲で拭《ふ》きながら、くくと喉《のど》で笑った。

「さよ公」と彼は云った、「さよ公」

おさよは「あんちゃん」と云い、竹二郎のほうへ手を出した。彼はその手を取って、乱暴にひき寄せた。おさよはこっちからすり寄ってゆき、彼はおさよを膝《ひざ》へ抱きあげた。おさよは小柄な軀をちぢめ、「あんちゃん」と云って、彼の胸へ頰ずりをしながら、泣きだした。

「さよ公」と彼はおさよの背を撫《な》でながら云った、「――山孝のほうのはなしは、こわれちゃったのか」

おさよは泣きながら首を振った。

「よかった、よかった」と彼はおさよをゆすぶった、「おれたちは他人じゃあない、他人なものか、さよ公はおれの大事な妹だ」

彼はまた涙をこぼした。ふしぎなことに（彼は彼で）他人同志だとわかってから、却《かえ》っておさよに兄妹の愛情を感じた。血を分けた兄妹より、もっと深くひろい愛情を、――それは少しの混りけもなく、透きとおるような、そして温かさのこもった愛情であった。

「おれは山孝へいってすっかり話す」と彼は云った、「そして縁談をまとめて来る、――さよ公ゆくだろうな」

「ええ」とおさよは頷《うなず》いた、「あんちゃんの云うとおりにするわ」

「嫁にいってもいいんだな」

「兄さんはなんにもしやしなかったのよ」

「ああ、さよ公」と彼は云った、「おれのさよ公」

おさよは彼にやわらかく身を凭《もた》れ、泣きじゃくりをしながら、「あんちゃん」と口の中で云った。

――お父っさん。

竹二郎は振向いて仏壇を見た。線香の煙が位牌を隠し、短くなった蠟燭がまたたいていた。彼は心のなかで、もういちど「お父っさん」と云った。


（「小説新潮」昭和三十一年三月号）

ひとでなし

一

本所石原町の大川端で、二人の男が話しこんでいた。すぐ向うに渡し場があり、対岸の浅草みよし町とのあいだを、二はいの渡し舟が往《ゆ》き来しており、乗る客やおりる客の絶えまがないため、河岸に二人の男がしゃがんだまま話していても、かくべつ人の注意をひくようすはなかった。――十一月の下旬、暖かかった一日の昏《く》れがたで、大川の水面《みのも》はまだ明るく、刃物のような冷たい色に波立っているが、みよし町の河岸に並んだ家並は暗く、ぽつぽつと灯《あか》りのつき始めるのが見えた。

男の一人は小柄で瘦《や》せていた。女に好かれそうな、ほっそりした柔和な顔だちで、なめらかな頰と、赤くて小さな唇が眼立ってみえた。他の一人は背丈が高く、骨太で肉の厚い軀《からだ》つきや、よく動くするどい眼や、ときどき唇をぐいと一方へ歪《ゆが》める癖などに、ありきたりではあるが陰気で残忍そうな感じがあらわれていた。年はどちらも三十四五であろう、二人とも黒っぽい紬縞《つむぎじま》の素袷《すあわせ》を着、瘦せた男のほうは唐桟縞《とうざんじま》の半纏《はんてん》をはおっていた。

「すみのやつは手が早えからな」と瘦せた男が云《い》った、「あいつの手の早いのにかなう者あねえだろうな」

「すみは手も早えが端唄《はうた》もうめえ」と大きいほうの男が云った。ぶっきらぼうな、苛《いら》いらしたような口ぶりだった、「まるっきりでもねえが、端唄をうたってるときのすみのやつは人間が変ったようになる、おらあすみのうたうのを聞くのが好きだ」

痩せた男が喉《のど》で笑った。人をこばかにするというよりも、可笑《おか》しくてたまらないといったふうな笑いかたであった。

「あいつの端唄には泣かされるぜ」

「どうして笑うんだ」と大きいほうの男が云った。唇が片方へ曲り、眼の奥で火がちかちかするようにみえた、「すみの端唄のどこが可笑しいんだ」

「おちつけよ、人が立つぜ」と痩せた男が云った。彼はその伴《つ》れのほうへは眼も向けず、しゃがんだまま、地面から小石を五つ拾い、それを片手で握って振っては、ぱらっと地面に投げ、また拾い集めて、握って振っては投げる、という動作をくり返していた。

　大きいほうの男はそれを横眼に睨《にら》んでいて、それから立ちあがり、着物の裾《すそ》を手ではたいた。痩せた男はぐいと顔をそむけた。砂埃《すなぼこり》でもよけるような、神経質な身ぶりであった。

「おい」と痩せた男が云った、「もういいじぶんだぜ、なにを待ってるんだ」

「すみに云っておきたいことがあるんだ」

痩せた男はしゃがんだまま、首だけねじ向けて伴れを見あげた、「どうせいっしょに旅へ出るんだ、云いたいことを云う暇はたっぷりあるぜ」

「いっしょに旅ができればな」

「おちつけよ」と痩せた男が云った、「なにをそう気に病むんだ、手順はちゃんとできてる、万事うまくはこんでるんだぜ」

「木は伐《き》ってみなくちゃあわからねえさ」

「なにがわからねえんだ」

大きいほうの男はちょっと黙って、それから不安そうに云った、「見つきは大黒柱になりそうな木でも、伐ってみると芯《しん》はがらん洞《どう》になっている、そんなことがよくあるんだ」

痩せた男はまた喉で笑った。彼のほっそりした顔はやさしくなり、小さな、赤い唇のあいだから、きれいな歯が見えた。

「おい、よせ」と大きいほうの男が唇を動かさずに云った、「おめえのその笑いかたにはがまんができねえ、その笑いかただけはよせ」

痩せた男は黙った。彼の顔は無表情になって、急に疲れたような色を帯びた。そうして、握っていた小石を川のほうへ投げ、ゆっくりと立ちあがった。

「もういちど云うが」と彼はやわらかい、ふくらみのある声で云った、「もう店はあいているじぶんだぜ、いくのかいかねえのか」

大きいほうの男は眼をそむけ、困ったように、片手を意味もなく振った、「女なしでやりてえんだ、女なしでやれると思うんだ、女がはいって事がうまくいったためしはねえんだから」

痩せた男は面白そうに、やさしい眼つきで伴れを眺めていた。相手がうまい洒落《しゃれ》でも云うのを待っている、といったような、さも興ありげな眼つきだった。

「わかったよ」と大きいほうの男は顔をそむけながら云った、「じゃあ、おれはいくが、すみのほうは大丈夫だろうな」

「あとで会おう」と痩せた男が云った。

大きいほうの男は伴れの顔をちょっと見て、そしてふところ手をしながら歩きだした。大川につながる、堀に沿った道をはいると、片側町で横町が三筋ある。どの横町もゆき止りになっているが、それぞれに飯屋や居酒店《いざかや》が幾軒か並んでいた。この付近は大名の下屋敷や、小旗本の家が多く、そこに勤めている仲間《ちゅうげん》とか小者などが、そういう店のおもな客のようであった。――男は二つめの横町へ曲り、こちらから家数をかぞえていったが、五軒めの家の前で立停り、訝《いぶか》しそうに首をかしげた。それは九尺間口の、小料理屋ふうの家であったが、まだ軒行燈《のきあんどん》も出ていないし、のれんも掛っていず、格子《こうし》も閉ったままであった。

「おかしいな」

男はそう呟《つぶや》いた。そして、その閉っている店の向うに、源平と大きく書いた提灯《ちょうちん》の出ている居酒店があり、客が出入りしているのを見ると、なにか口の中で独り言を云いながら、その店へとはいっていった。

二

おつねは長火鉢にかけてある真鍮《しんちゅう》の鬢盥《びんだらい》の中から、湯気の立つ布切をつまみあげ、ふうふう吹きながらざっと絞ると、およう の解いた髪毛へ当てては、結い癖を直した。それをくり返しながら、おつねは休みなしに話していた。

長火鉢にはよく磨いた銅《あか》の銅壺《どうこ》があり、燗徳利《かんどくり》が二本はいっている。その部屋は帳場を兼ねた六帖《じょう》の茶の間で、徳利や皿小鉢や盃《さかずき》などを容《い》れる大きな鼠不入《ねずみいらず》と、茶箪笥《ちゃだんす》、鏡台などが並んでいる。長火鉢の脇《わき》に、白い布巾《ふきん》を掛けた蝶足《ちょうあし》の膳《ぜん》が二つあり、また、

酒の一升徳利が七本と、燗徳利や片口などが置いてあった。――およう
は手を伸ばして、銅壺の中の燗徳利に触ってみ、それから障子の向うへ呼びかけた。

「おみっちゃん、お燗がいいようよ」

障子の向うは店で、はあいと高い返辞が聞え、すぐにおみつがはいって来た。

「まだお二人」とおようが訊《き》いた。

「いいえ、いまなべさんがいらっしゃいました」とおみつが答えた。

「みっちゃん」とおつねが梳櫛《すきぐし》を使いながら云った、「失礼よ、なべさんだなんて」

「失礼なもんですか」おみつは云い返した、「そばをとおるたんびにひとのお尻《しり》へ触るんですもの、いまだってゆだんをみすましてこうよ」とおみつは手まねをし、客の口ぶりを巧みにまねて云った、「そして、どっちりしてるなあ、だって、いけ好かない」

「あんまり気取らないの」とおつねが云った、「忠さんか伝さんならこっちから押しつけるくせに」

「あらいやだ」おみつはつんとした、「あたし誰にだってお尻なんか触られるの嫌いよ」

おみつは銅壺から燗徳利を出し、布巾の掛けてある膳から摘《つま》み物の小皿を二つ取り、

それを盆にのせて店のほうへ出ていった。おようはまた燗徳利を二本、銅壺の中へ入れ、おつねは話を続けた。

「そう、あんた水戸《みと》だったの」とおようが云った、「それにしては訛《なま》りがないわね」

「十のときから江戸へ奉公に来てましたからね、十八の年に嫁にゆくんで水戸へ帰ったんですけれど、そんなわけで世帯を持ったのは五年そこそこ、子供が一人っきりだからまだ助かったほうでしょうが、やくざな亭主を持つとほんとに女は苦労しますわ」

「そうすると、子供さんはもう十くらいになるのね」

「いいえ、二十一の年の子ですからまだ七つですわ」

「あたしも亭主では苦労したわ」とおようが云った、「ほんとに、女の一生は伴れ添う者の善《よ》し悪《あ》しできまるのね」

「おかみさんはこれからじゃありませんか、三代も続いた津《つ》ノ正《まさ》という、立派な老舗《しにせ》のごしんぞさんになるんですもの、これまでどんな苦労をなすったにしろ、苦労のしがいがあったというもんですわ」おつねは髪毛に水油を付け、櫛を変えて梳《す》きながら云った、「あたしこちらへ置いてもらった初めから、津ノ正の旦那《だんな》がおかみさんを好きだってこと、ちゃんとわかっていましたわ」

「それはあんたの勘ちがいよ」
「勘ちがいなもんですか、旦那の眼顔にちゃんと出ていたんですもの」
「それは勘ちがいよ、もしあの人にそんな気持があったんなら、あたしにだってわからない筈《はず》はないし、そうとしたらあの人のお世話にはなりゃあしなかったわ」
「あらどうしてですか」
「だってあの人にはちゃんとおかみさんがいたんだもの、御夫婦になって半年ばかりすると寝ついたまま、今年の二月に亡《な》くなるまで七年も寝たきりだったのよ、そういう人がいるのに、そんな気持でお世話になれる道理がないじゃないの、あの人にだってそんな薄情な気持はなかったし、あたしにはどうしたってそんな罪なことはできやしないわ」
おつねは首を振って、さも驚いたように云った、「七年も寝たっきりですか、へえ、そのあいだ旦那はどうしてらっしたんでしょう、七年もおかみさんに寝ていられたら、男はとても辛抱ができないいんじゃありませんか」
「人にもよるんでしょ、あの人だってつきあいで遊ぶくらいのことはあったろうけれど、どこに馴染《なじみ》がいるなんていう話はいちども聞いたことがなかったわ」
「とても本当とは思えませんわ」とおつねは元結《もとゆい》を取りながら、また首を振った、

「もしそれが本当だとすれば、ここにおかみさんという人がいたからじゃないでしょうか、たとえそんないやらしい気持はなかったとしても、ここへ来て、おかみさんのお酌で飲んだり、話したりすることが、楽しみでもあり気が紛れたんですわ、きっと」

「そうね、そのくらいのことはあったかもしれないわね」およう　はどこを見るともない眼つきで、壁の一点を見まもりながら、ふと溜息《ためいき》をつき、「人間の気持っておかしなものね」と云った、「あの人とは古い知合なのよ、幼な馴染といってもいいくらいよ、それでも、もしあの人に浮気めいた気持があったとしたら、あたしお世話にはならなかったわ、そう、五年まえの夏だったわね、あたしはまえの人のことでにっちもさっちもいかなくなり、いっそ死んでしまおうかと思っていた、尤《もっと》も死のうかと思ったことは二度や三度じゃなかったけれど、そのときはもう生きているのがいやになってしまったのよ」

「そこへ津ノ正の旦那が」

「いいえ、あたしのほうからよ」おようは自分の傷を見せるような口ぶりで、「あたしのほうからいったの」と云った、「やましい気持がちょっとでもあったらいけやしない、そんな気持は少しもなかったの、それまでにもたびたびお世話になったことがあるから、死ぬまえにひと眼会いたいと思っただけなのよ」

おつねは髪毛の根をたばね、元結でしめながら、このくらいでどうかと訊いた。もっときつくして、とおようが云った。

「こんどあの人から話があったときは、あたしちっとも迷わなかった、いちにち考えただけで承知したわ」

「いやと仰《おっ》しゃったって、旦那のほうであとへはひかなかったでしょうよ」

「それはわからないわ」

「あたしにはわかってました、旦那のそぶりでちゃんとわかってました」とおつねは元結をしめながら云った、「初めっからですよ、旦那はしんそこおかみさんが好きだったし、口にこそ出さないけれど、好きだということを隠そうともなさいませんでしたわ、それでいてちっともいやみなところはないし、おれがという顔もなさらない、だから、そうらしいなと勘づいたお客もいたけれど、一人だって悪く云ったためしはありませんでしたわ」

障子をあけて、おみつがはいって来た。

「与兵衛さんがいらっしゃいました」とおみつは長火鉢のそばへ寄りながら云った、「それから太田さんやなべさんが、おかみさんはまだかかってせっついていますわ」

「みんなが揃《そろ》ってからよ」とおつねが云《い》った、「今夜はお祝いなんだから、みなさんの顔が揃ったらおかみさんも出ますって」

「いいのいいの」とおようが遮《さえぎ》った、「いま髪を解いてますから、ちょっとたばねたらまいりますって、そう云っといてちょうだい」

おみつは燗徳利を代えて去った。

「まえの旦那——お亡くなりになった旦那も、津ノ正さんとお親しかったんですか」

「親しいっていうほどじゃないけれど」とおようが答えた、「そうね、三年ばかりは親しく往き来したことがあったわ、あたしは津ノ正さんと同じ町内で、お父っさんは餝屋《かざりや》をやっていたのよ、まえの人の家は隣り町にあって、十四の年からうちへ奉公に来たの、それがお父っさんにすっかり気にいられて、とうとうあたしはいっしょにされてしまったのよ」

「餝屋さんだったんですか、それでね」とおつねは櫛を使いながら頷《うなず》いた、「それで袋物や髪道具をやっている津ノ正さんとお知合だったんですね」

「そうじゃないの、あたしあの人の姉さんに可愛《かわい》がられていたのよ」とおようは云った、「姉さんていう人はあたしより三つ年上で、同じお師匠さんのところへ長唄のお稽古《けいこ》にかよっていたんだけれど、妹のように可愛がってくれて、しょっちゅう呼ばれて遊びにいっていたし、二日も三日も泊りっきりのこともあったわ」

そしておようは羞《はに》かんだような眼つきで、くすっと忍び笑いをもらした。

「いやだわおかみさん、思いだし笑いなんかなすって」

「そんなんじゃないの」とおようは髪へ手をやりながら云った、「泊るときはいつもその姉さんという人に抱かれて寝たんだけれど、あとで考えるとその人ませてたのね、あたしはなんにも知らないから、ただ可愛がられてるんだとばかり思っていたのよ」

「だって、そうじゃなかったんですか」

「可愛がられていたことはいたの、その人も可愛いという気持だったんだろうけれど、いっしょに寝ることがたび重なるうちに、——そうよ、あの人ませていたんだわ」

「たび重なるうちにどうしたんですか」

「いやだわそんなこと、口で云えやしないわ」とおようは話をそらした、「それからあたし怖くなって、遊びにいっても決して泊らなくなったし、姉さんという人もはなれるようになっていったの、それから三年ばかりして、その人は十八でお嫁にいったけれど、子供を一人産んで亡くなったわ、お産のあとですぐに亡くなったんですって、きれいな人だったわ」

おつねは櫛を置き、半身を反《そ》らせて眺めながら、どうでしょうかと訊いた。おようは両手をあげ、つかね髪にした頭に触ってみた。袖《そで》が捲《まく》れて、両の肘《ひじ》があらわれ、きめのこまかな、白い、脂《あぶら》ののった艶《つや》つやしい二の腕が覗《のぞ》いた。ええ結構よ、有難う、とおようは云った。おつねは櫛を拭《ふ》き、自分の手を拭きながら、三年の余も御厄介になっていて、こんな話をうかがうのは今夜が初めてですね、と云った。

「でもうかがってみると、おかみさんは苦労なんかなすってないようじゃありませんか、餝屋さんの一人娘に生れて、大事にかけて育てられて、津ノ正の方たちに可愛がられて、そうしてこんどは津ノ正のごしんぞさんになるんですもの、苦労なすったにしてもあたしなんぞの苦労とは段も桁《けた》もちがいますよ」

「みんなそう思うんじゃないの」

「とんでもない、ほんとにあたしなんぞの苦労とは桁ちがいですわ」

「ひとはみんなそう思うのよ」おようは蒔絵《まきえ》の細い櫛を取って、たばねた髪の根に差しながら云った、「自分は誰よりも仕合せだとか、世の中でいちばん苦労したのは自分だとかって、――他人のことはわかりゃしない、わかりゃしないでしょ、いくらひとの身になって考えたって、その人の傷の痛さまではわかりゃしないでしょ、一生涯つれそった夫婦でも、しんそこわかりあうということはないようよ、それでおさまっていくんだろうけれど、人間てそういうもんだと思うと、悲しくなるわね」

「くわばらくわばら」とおつねは鬢盥や櫛箱を片づけながら云った、「おめでたい晩にこんなしめっぽい話なんて縁起でもない、さあ、もう着替えて下さいましな」

店のほうから大きな声が聞えた。「どうしたんだおかみ、幕が長いぞ」

三

石原町から川上のほうへ三丁ばかりゆくと、右手に法現寺という寺がある。俗に「ばんば」といわれる処《ところ》だが、まわりは武家の小屋敷ばかりで町家はない。土塀《どべい》をまわした寺の境内はかなり広く、山門こそ小さいが、本堂とはべつに、経堂と講堂を兼ねた建物があり、方丈、庫裡《くり》、鐘楼、下男長屋などが並んでいる。そして、これらはすっかり荒れはてており、人のけはいもなく、まるで無住の廃寺のようにみえるが、それは半年まえ、法現寺がところ替えになったにもかかわらず、檀家《だんか》の関係で移転の費用がととのわず、さりとてところ替えを命ぜられた以上、ここで寺務を執ることもできないため、捨て寺同様になっているのであった。

もう日はすっかり昏《く》れていた。山門の扉は閉っているが、蝶番《ちょうつがい》も釘《くぎ》もゆるんでいるし、ただ両方から押しつけてあるばかりなので、人ひとり出入りするくらいの隙間《すきま》は、ぞうさなくあけることができる。――いま背の高い男が、その扉をずらせ、すっと、山門の中へ身をすべりこませた。それは「源平」という居酒店へはいった、あの大きいほうの男であった。彼は扉を元のように押しつけてから、用心ぶかい足どりで庫裡のほうへ歩きだした。すると、鐘のおろしてある鐘楼のところで、「ここだ」という声がし、小柄な、黒い人影の立ちあがるのが見えた。石原の河岸にいた、ほっそりした顔だちの、あの伴れの男であった。

「おそかったな」と瘦《や》せた小柄な男が云った、「待ち草臥《くたび》れたぜ、どうだった」

「だめだ、店は閉ってる」

「閉ってるって」

大きいほうの男は近よって、石垣に腰をおろした。鐘楼は二尺ほど土を盛り、まわりを石垣でたたんである。彼がそこへ腰をおろすと、瘦せた男も同じようにした。

「あの店は今夜限りやめるそうだ」と大きいほうの男が云った、「それで店を閉めて、ごく馴染の客だけ集めて、祝いの酒をふるまうんだということだ」

「じゃあ、はいらなかったのか」

「すぐ向うの店で飲みながら聞いたんだ、源平っていう店で、いわばしょうばいがたきだろうが、ひどくかみさんのことを褒めていた、よっぽどできてる女らしい、自分のことのようによろこんで褒めていたぜ」

　痩せた男は喉《のど》で笑った。しかし相手が気づくまえに笑いやめ、あっさりした調子で訊き返した、「自分のことのようによろこんで褒めたって、なにをどうよろこんで褒めたんだ」

　大きいほうの男はちょっと黙っていた。

「あの店は五年まえに始めたんだそうだ、堀留の津ノ正という、袋物屋の主人の世話だそうだが」

「そいつはわかってる」

「標緻《きりよう》もいいし気だてもやさしい、店も繁昌《はんじよう》して馴染の客もたくさん付いた、だが五年このかた浮いた話はいちどもない、津ノ正は五日にいちどぐらいの割で来るが、これも店で飲んで帰るだけで、奥へあがるとか、人眼を忍んで逢《あ》う、などということは決してなかった、それが、——」と云いかけて、彼は伴《つ》れのほうを見た、「おい、こいつはよそう、おらあ女にかかりあうのは気がすすまねえ」

「おめえ忘れたんだな」と痩せた男が沈んだ声で遮った、「すみの拵《こしら》える旅切手は二枚、おれの分は女房伴れだぜ、江戸をぬけるためには女が必要だ、夫婦者なら関所も安心してとおれる、そのためにこういう手筈を組んだんだ、そうじゃねえのか」

「それはそうだが、しかし女はほかにだっているぜ」

「おめえは知らねえからよ」と痩せた男は軽く云った、「女は幾らでもいるが、しんから役に立つ女はあいつ一人だ、万が一、関所でいざをくうようなことがあっても、あいつならきっと役に立つし、大阪へ着いてからだって、急場を凌《しの》ぐもとでぐらいにはなるぜ」

大きいほうの男はまた黙った。

「あとを云えよ」と痩せた男が促した、「五年間きれいでいて、それからどうしたんだ」

「あさって嫁にゆくそうだ」

痩せた男は静かになり、それからゆっくりと振向いた、「あさって、どうするって」

「嫁にゆくんだ」と大きいほうの男が云った、「津ノ正にはかみさんがいたが、七年病んだあげく今年の二月に死んだ、そのあとへはいることになったというんだ」

痩せた男はじっとしていて、それから音もなく立ちあがった。彼は腕組みを、つぎに右手で顎《あご》を撫《な》でながら、二三歩いったり来たりした。麻裏をはいているためでもあるが、足音もさせず、呼吸も聞えなかった。腕組みをした片手で顎を撫で、地面をみつめて、ときどき首を振りながら、やや暫《しばら》くいったり来たりしていたが、やがて立停り、そして笑いだした。初めは喉の奥で、低く山鳩《やまばと》の鳴くような声がもれ、それがくすくす笑いになり、こんどは声をあげて、顔を仰《あお》むけにしながら笑いだした。

「よせ」と大きいほうの男が云った、「その笑いかただけはがまんがならねえ、おい、よさねえか」

痩せた男は笑いやめた、「おちつけよ」と彼はなだめるように云った、「そいつはいい話だ、あれが津ノ正の後妻にはいるとは、いや、笑やあしねえ、いまちょっとこう思ったんだ、捉《つか》まえてみたら鴨《かも》が葱《ねぎ》を背負ってたってな、吉の字、おれたちはいい旅ができるぜ」

「どういうこった」

「津ノ正の康二郎は昔からあいつが好きだった、あいつのためならどんなことでもするだろう、おれが石川島の寄場《よせば》へ送られるまえ、まだあいつと世帯を持っていたときにも、津ノ正はおようのやつにひかされて、ずいぶんおれの無理をきかずにはいられなかったもんだ」

「おめえ津ノ正の主人てのを知ってたのか」

「そうか」と痩せた男は伴れの問いには構わず、独りで頷きながら云った、「こいつは二重の拾いものだ、そうだろう、康二郎は用心ぶかいうえに辛抱づよくって、どんなことにも大事をとる男だ、それがあいつを後妻にするというのは、おれが死んじまったものと思ってるからだ、もしかして生きてるかもしれないという疑いが、これっぽっちでもあったら、決しておように手だしなんぞする人間じゃあねえ、そうだ、おれたちのしまぬけはやっぱりうまくいったんだ」

「うまくいかなかったとでも思ってたのか」吉の字と呼ばれた男が云った、「もう三年もまえのこったぜ、品川へあがった二つの死骸《しがい》が、おれとおまえだと認められたことは、あのときちゃんとわかってたじゃあねえか」

「おめえはものを考えねえからな」と瘦せた男が云った、「さあいってくれ、ふるまいが終ったら女を呼びだして来るんだ」

「津ノ正というのをどうする」

「女をこっちへ取ってからの話だ」と瘦せた男はさも面白そうに云った、「おようのためなら、あいつはどんなことでもするからな、おれたちはいい旅ができるぜ」

吉の字と呼ばれた男は立ちあがった、「おれはどうも気がすすまねえ、おめえは少し頭が切れすぎる、おめえは相棒には向かねえ人間だ、すみのやつだってわけを聞けば首を振るかもしれねえぜ」

瘦せた男はくすっと笑った。吉の字と呼ばれる男は急におどかされでもしたように、くいと振向いて、暗がりのそこにいる伴れの顔をじっとみつめた。

「おい、すみはどうした」と彼は低い声で聞いた、「すみに会ったのか」

痩せた男は顎をしゃくった、「向うの庫裡で仁兵衛が賭場《とば》をやってる、すみは約束どおり来ていたよ」

「それで、まだ会わねえのか」

「すみのことは心配するな」

「会ったのか会わねえのか」

「大きな声をだすなよ」痩せた男はふところを手で押えた、「旅切手は二枚、おれたち夫婦とおめえのと、ここに持ってるから安心しろ」

「すみは賭場へ戻ったのか」

痩せた男は黙って歩きだした。大きいほうの男がついてゆくと、鐘楼の向う側へゆき、そこで痩せた男は立停って、そこに転げているものへ顎をしゃくった。

「こいつはまったく手の早い野郎だ」と痩せた男が云った。

吉の字と呼ばれる男は身を跼《かが》めた。そこに転がっているのが人間であり、血の匂《にお》いのするのに気づいた。その人間は俯《うつむ》向きにのびており、すっかり息が絶えているようであった。

「ひでえことを」と彼は口の中で呟《つぶや》いた、「ひでえことを――」

「そいつは欲をかきゃあがった、十両だなんてふっかけたうえに、ふところへ手を入れやがった」と瘦せた男がものやわらかに云った、「こいつは手の早い野郎だからな、おれがやらなければおれのほうでやられるところだったんだ」

吉の字と呼ばれる男は、口の中で低く呟いていた、「なんてえひでえことを、——」

四

津ノ正の康二郎は珍しく酔っていた。

祝いに招いた客はみんな帰り、おつねもおみつもいなかった。この店をしまうので、おつねは水戸へ帰ることになり、おみつは浅草のほうに勤め口をみつけていた。それで、おつねは業平《なりひら》のほうにいる遠い親類の家へ泊りにゆき、おみつは浅草の新しい店へ移っていったのである。康二郎は酔った眼で、店の中をゆっくりと眺めまわした。店は片づいていた。おつねとおみつとが、客たちの飲み食いしたあとを、ざっと片づけていったから、その四帖《じょう》の小座敷には、かれら二人の膳《ぜん》が並んでいるだけであった。

「おつねは水戸へ帰ったら髪結をするんですって」とおようが話していた、「あたしもこの一年ばかりはずっとあの人に結ってもらってたんですよ、小さいときから髪をいじるのが好きだったっていうし、きようだからきっとやっていけますよ」

「酔ったようだが、もう少し飲みたいな」

「わる酔いをなさりゃしないかしら」

「大丈夫だ、こんなにいい心持に酔ったのは初めてだ」と康二郎は云った、「あさって堀留の店へはいってしまえば、こんなことはもうできゃあしない、初めての終りで、今夜は飲めるだけ飲んでみたいんだ」

「わる酔いさえなさらなければいいけれど、ふだんあまり召上らないから」

「今夜はべつだ」と康二郎が云った、「いいからあとをつけて来てくれ」

おようは立ちあがって、茶の間へゆき、まもなく戻って来て、坐《すわ》りながら頬を押えた、「あたしも少し酔ったようよ」

「いい色だ、眼のまわりがいい色に染まっているよ、きれいだ」彼はおようの顔を見まもった、「およう」と彼は感情のこもった声で云った、「ずいぶん遠廻りをしたな」

おようはそっと眼を伏せた。

「おまえが初めて堀留のうちへ来たのは、九つか十のときだったろう、姉はおまえを妹のように可愛《かわい》がっていた、同じ町内なのによく泊らせて、着物を着せ替えたり、髪を結い直したり、お化粧をしてやったり、まるで人形かなんぞのように可愛がっていた」

「いまでもよく覚えている」と彼は酒を一と口啜《すす》って続けた、「おまえはちんまりと坐って、髪をおたばこぼんに結ってもらい、口紅をつけてもらいながら、いっぱしな顔つきでつんとすましていた、姉はおまえを独り占めにして、私をそばへ寄せつけなかった、私はそばへ寄れなかったが、おまえが本当の妹だったらなあ、とよく思ったものだ、ずっとあとで、嫁に欲しいと思いだしたが、初めのうちは妹だったらどんなによかろうと思ったものだ」

「そうかしら」とおようは酌をしながら彼を見た、「あたしぼんやりだからよく覚えていないけれど、あなたはいつもあたしのことを、怒ったような顔で見ていらしったようよ」

「ああ」と彼は溜息《ためいき》をつき、おように酌をしてやった、「飲んでくれ、今夜はおまえも酔ってくれ、古いせりふだが、酔ったらおれが介抱してやる、うん、私のこの手でな、ずいぶん遠廻りをしたが、とうとうここまで漕《こ》ぎつけた、自分のこの手で、おまえを介抱してやれるようになったんだ、――十六年、まる十五年以上だ」

おようは立ってゆき、燗徳利《かんどくり》を持って戻って来た。康二郎はそれにも気がつかないようすで、酒を啜り、そして話し続けていた。

「私はおようを嫁にもらいたかった、覚えていることが慥《たし》かなら、十七の年だ、浜町の河岸《かし》の石垣を直していたときで、私はそれをぼんやり眺めながら、おっ母さんにそう云《い》おうかどうしようかと考えていた、まさか云いだせやしない、そのときおまえはまだ十三か十四だったからな」

「あなたが十七なら、姉さんがお嫁にいった年でしょう」とおようが云った、「それならあたし十五になってましたわ」

「云えばよかったんだな、十五ならそういう話をだしてもふしぎはなかったんだ」

「でもあたし、一人っ子でしたから」

康二郎は黙った。

「それにお父っさんがあんな気性でしたから」とおようが云った、「津ノ正さんて聞いただけで、釣合わないって断わるにきまってたと思いますわ」

「そうか、ひとり娘だったんだな」彼は盃《さかずき》をみつめてい、それを啜ってから云った、「それじゃあやっぱり、どっちにしろ婿《むこ》を取らなくちゃあならなかったのか」

おようは康二郎に酌をし、康二郎はおようが酌をした。おようは舐《な》めるように啜って、すぐに盃を置いた。

「しかし、それならそれで」と彼は下を見たままで云った、「婿を取るなら取るで、もっと人の選びようがあった筈《はず》だ、仲人口《なこうどぐち》に乗せられたわけでもなし、子飼いからの職人じゃあないか、同じ家にいて、しょっちゅう見ていたんだからな、あの男がどんな性分か、ゆくさき望みがあるかないかくらい、わかりそうなもんじゃないか」

「お父っさんはあの人に惚《ほ》れこんじゃったんですよ」

「そうだとしてもさ」

「おっ母さんでも生きていたら、また違った意見が出たかもしれませんけれど」とおようは酌をしながら云った、「それにあの人があんなになったのは、お父っさんが死んだあとのことで、それまではごくまじめに稼《かせ》いでいたんですから」

「僅《わず》か二年そこそこだろう」と彼は乱暴に云い返した、「まじめに稼いだと云ったって、僅か二年そこそこだ、おやじさんが亡《な》くなるとすぐに正体をあらわした、亡くなるとすぐだ、それこそ百カ日も待たずにだ、そして、一周忌のときにはもう店をたたんで、裏店《うらだな》へひっこんでいたじゃないか」

「私はみんな知ってるよ」と彼は続けた、「女房をもらってからも、おまえのことが頭からはなれなかった、いまだから云うが、噂《うわさ》を聞くたびに私は、はらわたが煮えるような思いをしたものだ、あいつは、――あの男は悪党だ、骨の髄からの悪党だ」

おようは盃を取って飲んだ。康二郎は酌をしてやり、おようはそれも飲んだ。

「そうよ、仰《おっ》しゃるとおりよ」

おようはそう云って立ってゆき、燗徳利を二本持って戻った。それから、静かに康二郎に酌をし、自分も手酌で飲んだ。

「悪党っていうより人でなしだわ」とおようは続けた、「お父っさんが死ぬとすぐに道楽が始まった、酒こそ一滴も飲まなかったけれど、博奕《ばくち》と、女、うちの店をつぶし、あたしを裸にして博奕と女、――あたし自分にも悪いところがあるんだろうと思って、ずいぶん辛抱しました、きっとあたしにも悪いところがあったんでしょう、男というものは、誰でもいちどは道楽をするっていうから、あたし、泣き泣き辛抱していたんです」

「そうだ、云ってしまえ」と彼はおように酌をしてやった、「みんな云ってしまうがいい、そしてさっぱりするんだ」

「こんなこと、初めて云うんだけれど、いちどなんかあたしの軀《からだ》を、人に売ろうとしたことがあるんですからね」

「おまえの軀を、人に売るって」

「博奕のかたにしたんですって」とおようはきれいに飲んで云った、「あたし死のうと思って庖丁《ほうちょう》を持ちだしました、そのまえにも、それからあとでも、死のうと思ったことはたびたびあるけれど、そのときこそ死ぬつもりだったんでしょう、そう聞くなり勝手へいって庖丁を持ったんです」

「なんというやつだ」と彼は呻《うめ》いた、「なんというひどいやつだ」

「あの人、しんからの人でなしよ」およう は一と口飲んで云った、「それに比べれば、あなたは仏さまだわ、そうよ、まったく仏さまといってもいいくらいよ、病気のおかみさんを七年もみとってあげて、そのあいだいちどだって不実なことはなさらない、お店は立派にやってらっしゃるし、あたしのような者にもいろ恋ぬきで気をくばって下すった、――あの人でなしが、あの人でなしがあたしを枷《かせ》に、お金をねだりにいったということは、あとで聞きました、あなたはいやな顔もなさらずに貸して下すったって、あの人は平気であたしにそう云いましたわ」

「金なんぞ」と彼は首を振った、「おまえの苦労に比べれば、少しばかりの金なんぞなんでもありゃあしないよ」

「あの人が石川島の寄場へ送られてから、この店を持たせて下さり、五年ものあいだ、面倒をみて頂き、そうしてこんどはこんなおばあさんになったあたしを、おかみさんにして下さる、――話に聞くだけならほんとにする者はないでしょ、現にこのあたしが、まだ半分は夢のようにしか思えないくらいですもの」

およう は手酌で飲んだ。その手つきを見て、康二郎はちょっと眉《まゆ》をしかめた。

「そう続けさまでは酔ってしまうよ」

「あなたは仏さまみたようよ」とおようは構わずに云った、

「あなたはきっとおかみさんを大事になさるでしょう、着たい物を着せ、喰べたい物を喰べさせ、芝居見物、ものみ遊山《ゆさん》、なにひとつ不自由をさせずに、可愛がってあげるでしょう、それを仕合せだと思うような、おとなしい人をおかみさんにするのね、あたしはだめだわ」

「ちょっと」と彼はおようが手酌で飲もうとするのを止めた、「そう飲むのは乱暴だ、おまえもう酔っている、もう少しゆっくり飲まないか」

「済みません、怒らないで下さい」

「怒りゃあしない、私がすすめたんだ、ただもう少しゆっくり飲むほうがいいよ」

「怒らないで下さるわね」とおようはやさしく云った、「どうぞ、あたしのこと諦《あきら》めて下さい、あたしあなたのおかみさんになれるような女じゃありません」

「おまえ酔っちまったんだ、その話はもうやめにしよう」

「ええやめます。でもこれだけは云わせて下さい」とおようは続けた、「あなたにはわからないでしょうけれど、女っていうものは、真綿でくるむように大事にされても、それで満足するもんじゃありません、あの人でなしのために、あたしは死ぬほど辛《つら》いおもいをし、涙の出なくなるまで泣かされました、けれども、しんそこ泣かされるということがどういうものか、あたしにもだんだんわかってきたんです」
およう はまたきれいに飲み、すぐに手酌で注いでから云った、「あの人は悪党だったわ、でも、なにをするにも本気だった、あたしをよろこばせることなんかごくたまにしかなかったけれど、そのときはみえも外聞も忘れて、ありったけの手をつくしてよろこばせてくれたわ、辛いめにあわせるときはもちろん、遠慮も会釈《えしゃく》もありゃあしない、人によく思われようなんて考えはこれっぽっちもなく、自分のしたいことをしたいようにしたわ、そうよ、――あの人は悪党の人でなしよ、その代り自分も泥まみれになったわ、泥まみれ、傷だらけになって、そうして品川の海へ死骸《しがい》になってあがったのよ」
「三年まえの夏でしたっけ」とおようは続けて云った、「品川でお仕着《しきせ》を着た死躰《したい》が二つあがって、石川島から牢《ろう》ぬけをした二人だとわかり、すっかり腐っていたけれど、一人はあの人だったって、あなたが知らせて下すったでしょう、そのときあなたは、これでおまえの苦労も終った、これからは仕合せになることを考えようって、――あたしはほっとしたような顔をしたでしょう、ええおかげさまでと云って笑ったと思うわ、でもね、あなたが帰ったあとで、あたしひと晩じゅう泣きあかしたのよ、可哀《かわい》そうな人、可哀そうな人って」

康二郎がなにか聞きつけたようすで、立ちあがって茶の間を覗《のぞ》き、障子を閉めて戻ると、およう の手から燗徳利を取りあげた。

「もうよせ、話もたくさんだ」

「ええよします、話もやめます」とおようは眼を据えて云った、「その代りあなたも帰って下さい、あたしは津ノ正の奥に坐れるような女じゃあありません」

「その話はまたにしよう、床をとってやるから寝るほうがいい」

「帰って下さい」とおようはひそめた声で叫んだ、「資産があって旦那《だんな》旦那とたてられて、どこに一つ非の打ちどころもない人には、泥まみれ傷だらけになった人間の気持はわかりゃしません、あたしのこの軀にも、あの人でなしの泥や傷が残っているんだから、津ノ正のごしんぞだなんてとんでもない、あたしはお断わり申しますよ」

「わかったよ、そのことは明日また話そう、いま床をとるから横におなり」

およう は激しく首を振った、「お願いだから帰って下さい、あたしが悪口を云いださないうちに帰ってください」

「だっておまえ、そんなに酔っているものを」

「帰って下さいな」とおようは囁《ささや》くように云った、まるで憐《あわ》れみを乞《こ》うような口ぶりであった、「どうぞお願いします、このまま帰って、そしてもう二度と来ないで下さい」

康二郎はおようをじっと眺めていて、それから静かに立ちあがった。するとおようは機先を制するように、手を振りながら「なにも仰しゃらないで」と云った。

「どうぞなにも仰しゃらないで、そのままお帰りになって下さい、どうぞ」

康二郎は蒼《あお》ざめた顔をそむけ、茶の間へいって衿巻《えりまき》を持って来ると、それを首に巻きながら、黙って土間へおりた。おようは見向きもせずに、燗徳利を取り、手酌で盃に注ぎながら云った。

「さようなら、お大事に」

五

康二郎は大川端へ出た。時刻は十時をまわったらしい、こっちの河岸もまっ暗だし、対岸の浅草のほうも灯はまばらで、遠くかすかに、夜廻りの拍子木の音が聞えた。

「渡しはもうないな」と彼はふるえながら呟《つぶや》いた、「駕籠《かご》をひろうにしても、両国までゆかなくちゃあなるまいな」

風はないが気温は低く、雲があるのだろうか、星も少ししか見えなかった。両国橋のほうへ向って歩きだし、舟渡しのところまで来ると、うしろから「もし旦那」と呼ぶ声がした。康二郎は歩きながら振返った。するとすぐそこに、頬かぶりをした背の高い男がいるのを認めた。

「私ですか」と彼は訊《き》いた。

「津ノ正の旦那ですね」と男が問い返した。

康二郎は立停り、男も立停った。康二郎はおちついて相手を見、相手はちょっと頭をさげた。

「うろんなまねはしません、旦那に話があるんです」と男は云った、「送りながら話しますから、どうか歩いておくんなさい」

「おまえさんどなたです」

「どうか歩いておくんなさい」と男は云った、「話しているうちにわかりますよ」

康二郎は歩きだし、男もその左側に並んで歩いた。

「いい人ですね、あのおようさんという人は」と男が云った、「旦那には悪かったが、いまの話をみんな聞きました、ええ、勝手にいて聞いたんです、旦那の仰しゃることも、おかみさんの云うこともみんな聞きましたよ」

「どうしてまた、勝手なんぞに」

男は康二郎を遮って云った、「そいつもあとで云いますが、さきにこっちから訊かして下さい、旦那は、あの人を諦めやあしないでしょうね」

康二郎はなにか云《い》おうとしたが、思い直したように口をつぐんだ。

「あの人はわるく酔ってましたよ、あいそづかしみたようなことを云ったが、あれは本心じゃあねえ、あれが本心じゃあないということは、旦那にもわかってたんでしょう」と男は康二郎を見た、「あの人をおかみさんにするという気持に変りはないでしょうね、旦那、きめたとおり津ノ正のごしんぞにお直しなさるんでしょうね」

「聞いていたのなら、おわかりだろうが」と彼は答えた、「それは私よりおようの心しだいですよ、あれは慥《たし》かに酔っていました、けれども、おようは、どんなに酔っても、心にないことを云う女じゃあありません、私は昔から知っているが、酔って心にもないことを云うような女じゃあ決してありません」

「じゃあ旦那は」と男は云った、「旦那はあの人を放りだすおつもりですか」

康二郎は黙って十歩ばかり歩いた。

「このままみすてるんですか」と男は問い詰めるように云った、「あの人をこのまま放りだしちまうつもりですか、旦那」

康二郎は立停って、男のほうを振向いた、「おようがこう云ったのを聞いたでしょう、――資産があって、旦那旦那とたてられて、どこに一つ非の打ちどころもない者には、泥まみれ傷だらけの人間の気持はわからない」

男は唇をひきむすんで呻いた。殆《ほと》んど声にはならなかったが、まるで搾木《しめぎ》にでもかけられたような、呻きかたであった。

「正直に云うが私は胸のここを」と康二郎は続けた、「刃物かなにかで抉《えぐ》られたように思いました、およう の云うとおりです、私には力造を悪く云う資格はない、力造が悪いことをし、およう が苦労するのを、私はただはたから見ていただけです、ふところ手をして、向う河岸の火事を眺めるように、——私は自分がどんな人間かということを、今夜はじめて悟りました」

「そんならなおさら、あの人を仕合せにしてやるのが本当じゃあねえでしょうか」

康二郎はまた振向いた。振向いて、いま初めてその男に気づいたような調子で訊いた、「おまえさんはいったいどういう人だ、なにかおように かかわりでもあるんですか」

「かかわりがあるとすれば」と男はくいしばった歯のあいだから云った、「もしかかわりがあるとすれば、それはあの人よりも旦那のほうですよ」

康二郎は眼を凝らして相手を見た。

「力造は生きてる」と男が声をひそめて云った、「あいつは死んじゃあいない、生きて、すぐ向うの法現寺で待ってるんです」

　康二郎はなにも云わなかった。

「ぶちまけて云いますが、あっしは野郎といっしょに牢ぬけをした吉次という者です」と男は続けた、「すみというなかまの者としめし合せて石川島をぬけ、入墨者を二人水に沈めたうえ、腐るのを待って海へ放した、それが品川の浜へあがってあっしたち二人ということになったんだが、それから三年、野郎もあっしも悪いことをし尽しました、どうにも江戸にいられなくなって、上方へずらかろうということになったんです」

「あの男が、――力造が」と康二郎はかすれた声で訊き返した、「本当に生きている、っていうんですか」

「この吉次が野郎の相棒です」と男は云った、「男二人ではお上の眼が危ない、おようさんを伴《つ》れだして、野郎が夫婦者になってゆけば関役人の眼もごまかせるだろう、そういうわけで、あっしが伴れだし役になったんです」

　康二郎は唾《つば》をのんだ。そして、なにか云おうとしたが、吉次という男のほうが続けて、ところが津ノ正の名が出た、と云った。あの人が津ノ正へはいると聞いて欲をだし、あの人を伴れだすばかりでなく、あの人を枷《かせ》にして津ノ正から金をゆするつもりになった、自分があのうちの勝手へ忍びこんだのはそのためだ、と男は云った。

「勝手へ忍びこんだのは、旦那の帰るのを待ったためだったが」と吉次は続けた、「二人の話を聞いていて、あの人の云うことを聞いて、あっしは気持が変ったんです、――あんな悪党のことを可哀そうな人って、旦那のようないい方にあいそづかしみたようなことを云ってまで、あの人でなしの畜生の肩を持った、泥まみれ、傷だらけになった、可哀そうな人だって、――旦那、あっしも兇状《きょうじょう》持ちだ、まともなことの云える人間じゃあねえが、おようさんのような人を、これ以上いためるなんてことたあできません、おねげえだ、旦那、あの人をごしんぞにしてやっておくんなさい、力造のほうは片をつけます、野郎はあっしが片づけるから、どうかおようさんのことを頼みます」

吉次という男は二度も三度も頭をさげ、そうしながら、手の甲で眼を拭《ふ》いた。

「わかりました、おようのことは引受けます」と康二郎が云った、「今夜のようなことがあったからすぐにとはいかないでしょう、あの店をもう少しやらせて、あれの気がしずまったら津ノ正へいれることにします」

「慥かでしょうね」

「私は十六年まえのことも話した筈《はず》です」

「ええ聞いていました、ええ」と吉次は頷《うなず》いた、「聞いていて、あっしは、もういちど人間に生れてきてえと思いました」

　吉次はまた手の甲で眼を拭き、それではこれで別れる、と云った。康二郎はひきとめた。もっと詳しいことが聞きたい、私の店までいっしょに来ないか、とひきとめたが、吉次は首を振った。

「もう話すことはありません、それに力の野郎が待ってますから」と吉次は云った、「旦那には云わねえが、あいつは今夜、大事ななかまを一人あやめたんです、牢ぬけを助けてくれた、いわば負目《おいめ》のあるなかまでした、それもありこれもあって、あっしは野郎を片づける気になったんです、ただどうか、諄《くど》いようだがおようさんを仕合せにしてやっておくんなさい」

　康二郎は頷いた、「おようのことは念には及ばないが、おまえさんがあの男を手に掛けなくとも、ほかになにか」

「ありません」と吉次は手を振って遮った、「役人に渡せば野郎の名が出ます、そうすればまたおようさんがかわるでしょう」

　康二郎は黙った。

「決して仕損じのねえようにやりますよ」と、吉次は微笑しながら云った、「野郎を片づけたらあっしは自首して出ます、無宿のならず者が喧嘩《けんか》をして、一人が一人をあやめ、そいつをあっしがやったと、いつかお耳にはいることでしょう、これでお別れ申します、どうかいらしっておくんなさい」

（「講談倶楽部《クラブ》」昭和三十三年一月号）

藪《やぶ》落《お》し

今でも藪落しへ近寄る者はない。

勘三郎《かんざぶろう》がそれに熱中しはじめたのはいつごろのことか分っていない。ともかくお豊《とよ》が嫁に来たときにはすでに勘三郎のやまさがしは誰知らぬ者なきありさまになっていた。

――おまえもだいたい察しているだろうが。

お豊が嫁《か》して来て間もなく、ある夜勘三郎は彼女を前にして云《い》った。

――与石《よいし》の家はここのところずっと左前になっている、世間では知らぬが檜山《ひのき》も先月手放してしまったし、横尾の山も抵当流れになった、残っているのは表の痩田《やせだ》と溝《みぞ》の桑畑とこの家だけだ、それも多くは二番三番の抵当に入っている状態《ありさま》で、このままいけば五年と経《た》たぬうちに無一物になってしまう。どうかしておれはこの状態を切抜けたいと思うが、こうなっては尋常のことではとても盛返すことはできぬ、それについてはやまを当てるのが一番早道なのだ。

水晶礦山《すいしょうやま》を当てることがどんなに巨利を得るか、お豊はよく知っていた、やまさがしのためには田地山林を失い、妻子を飢えさせる人たちがどんなに多いかしれぬが、その代りひとやま当てれば何十万という金がころげこんで来て、手放した田地家蔵を買戻すばかりでなく、人を驚かすような贅沢《ぜいたく》ができる、——この村だけでもそういう人が二人まであった。しかしそれは十年ほど前のことで、それ以来この地方でやまさがしをする者はなくなっている、もうこの県内には水晶礦山はないというのがこのごろの常識になっているのだ。

——もうやまはないとか聞いていますが、あなたはあてがあるのですか。

お豊がおそるおそる聞いた。

——あてがなくてやまさがしなどをするものか、おまえだけに話すのだが、じつはかんば沢のあたりにひとやまあるはずなのだ、これをみてごらん。

勘三郎はそう云って、仏壇の抽出《ひきだし》から一枚の古ぼけた調書のような物を取出してきた。お豊には読んでも分らなかったが、勘三郎の説明によると、それは祖父に当る金次郎という人が三十余年かかって調べあげた覚書で、その郡の山地の地質表のようなものであり、かんば沢の奥に水晶礦脈《こうみゃく》がなければならぬということが仔細《しさい》に書きしるしてあるという、それにはまた十数通も県の技師の鑑定書が綴《つづ》りこんであった。

——いま市の水晶商人の扱っている品は、みんな支那《しな》や満洲《まんしゅう》や南米あたりから輸入していたもので、これはぐっと品位がおちる。このあたりから出るみごとな六角結晶をした品は、とうていそんな輸入品の及ばぬ上等な水晶ばかりだ、ことにおれの捜していたるやまはこれにも書いてあるとおり、紫水晶の礦脈だから、捜して当てればそれこそ大変な儲《もう》けになるのだ、そういうわけだから長いことは云わぬ、五年のあいだおれにやまさがしをさせてくれ、かならずやまを当て与石の家を盛返してみせるから。

――はい。

お豊には良人《おっと》の気持がよく分ったので、家のことは自分ひとりで始末をし、良人には何の心配もなくやまさがしをさせようと決心した。それからお豊の困難な生活が始まった。

勘三郎は腰へ弁当の包を縛りつけ、丸鑿《まるのみ》と金槌《かなづち》と礦石《いし》を入れる革袋を持ち毎日暗いうちから山へ登って行く、それを送りだしてからお豊は姑《しゅうとめ》のお常《つね》と雇男の助三郎《すけさぶろう》を相手に、野良《のら》へ出て百姓の荒仕事にかかるのだ、田鋤《たす》きにも植付にも、勘三郎の手は煩《わずら》わさなかった。蚕が始まると三日も四日も眠らずに過すことがある、人を雇うほどのゆとりはないし、少なく掃けば収入に差閊《さしつか》えるので、お豊は体をいとわず働きとおした。

――良人がやまさえ当てれば。

そうすれば何もかも償われる、お豊はそう思うことで自分の体に鞭《むち》うっていた。

二年目の夏、田の草取りで猫の手も借りたい時分にお豊は男の子を生んだ。お産はきわめて軽かったが、ながいあいだ体に無理をしてきたので、その後の肥立ちが思うようにゆかなかった。そうかといって草取りの時期にいつまで床についてもいられないので、一週間ほどすると野良へ出たが、半日足らず草を抜くうち暑気にあてられて倒れてしまった。

お豊はそのまま収穫《とりいれ》まで寝ついた、そのあいだに姑のお常が死に、つづいて生れた男の子が病気になった。乳不足がもとでひどい栄養不良になったのである。

勘三郎は収穫がすむまで家で働いた、その年はどこも近年にない出来秋であったが、与石の田だけは手入れが届かなかったので、ほとんど三分の一がみず稲になってしまったし、夏蚕《なつご》から晩秋蚕まで繭《きぬ》を掃かなかったから、年末にはおそろしい窮乏に見舞われた。

溝の桑畑一町足らずを、半分ばかり失ったのはその年のことである。

年が明けると間もなく、お豊がどうやら起きられるようになったので、勘三郎は待ちかねたようにふたたび山入りを始めた。

——今までと違って、こんどは坊やができたのですから、どうか気をつけてくださ い、危ない場所へは近づかないようにしてください。

——大丈夫だ。

勘三郎は、妻の乱れた顔をみながら、

——おまえには苦労をさせるが、これもいつまで続くわけではない、おれにはもう だいたい礦脈の見当がついてきたのだ。

——それはよろしゅうございました。

お豊は温和《おとな》しく頷《うなず》いて、

——どうか家のことは心配せずに、早くやまを当ててください。

——よし、きっと捜し当てる。

勘三郎は確心ありげに云ったが、腹の中では苦しかった、じつのところ彼はもうや まさがしには絶望しかけていたのである。祖父の調べた記録にしたがって、かんば沢の奥はほとんど残るところなく歩いたのだが、どこにもそれらしいものがない、渓流に洗われるところにはよく礦脈が露《あら》われているというので、沢沿いに水源地近くまで遡《さかのぼ》ってみた、それからまた紫水晶のある岩は月夜になると蛍光《けいこう》を発するということを聞いたから、月の佳い夜《よ》ごとにそれと思われる場所へ行ってみたりした、しかしみんなそれは無駄骨折りにすぎなかったのだ。世間でいうようにここには水晶はなくなっているのかも知れぬ。

お豊が寝つき、母が死に、夏から冬へかけてながいこと家にいるあいだに、勘三郎はもうふたたび山へは入るまいと思いはじめ、祖父の遺した覚書なども見えぬところへしまいこんでしまった、——死ぬ気になって働けば、たとえ失った財産を全部回復することはできないとしても、親子三人の生きるだけはやっていけるであろう、そういうことを何度も考えたのである、けれど——そう決心をするあとからなんとも知れぬ空虚な、いらだたしい不安が襲いかかってくる、籾選《もみよ》りなどしているとふっと気がつくと、いつか茫然《ぼうぜん》と山を見守っているのだ。

勘三郎は妻を愛していた、のっぴきならぬほどの愛情であった、お豊の顔が貧乏に痩《や》せ、出産と長い病気に血のけをなくした頰がたるんで、油気のない髪が抜けあがっているのを見ると、彼の心は抑えることのできぬ悲しさと悔いに痛むのである。しかし結局それはそれだけのことでしかなかった。お豊に対してどんな強い愛情を感じているときでも、彼の心はいつも外から呼びかける声を聞いているのだ。

勘三郎はふたたび山入りを始めた、お豊の体も暖かくなるにしたがって恢復《かいふく》し、子供も弱いながら発育していった。

困難な年が続いた。五年めの冬には田地畑をすっかり失い、家と土蔵とを債権者の手に取られてしまったので、勘三郎は妻と子を連れて叔父の世話にならなければならなかった。

——子供もそろそろ学校へあがるようになったのじゃないか、ばかな夢は捨てて心を入れ換えたらどうだ、地道に働く気なら親子三人の食ってゆけるくらいの田地は分けてやる。

叔父の多吉は与石の家から出て、現在の家へ養子に入ったのだが、入婿《いりむこ》するとき二町歩ばかりの田を持って行ったので、次第によってはそれを勘三郎にやってもよいと思ったのである。

——どうかよろしくお願いいたします。

勘三郎はおとなしく答えて頭を下げた。お豊は悲しげな良人の横顔を見守っていた。

勘三郎がお豊を愛していた以上に、お豊はもっともっと良人を愛していたのである、こうした愛情ほどふしぎなものはない、お豊が初めて勘三郎を山へ送りだしたときは、早くやまを当て、与石の家を盛返して欲しいと考えていたのであるが、それから日を経るにしたがって彼女の思うことは、ただ良人がいとしいというだけになっていった。

良人がどんなに自分の苦労を気に病んでいるか、妻に貧乏をさせ、困窮のなかに母を死なせ、病弱の子を産み土地と家を失い、叔父の家に飢の救いを求めるまでになった良人の、窮迫すればするほど強く、絶えず自分に働きかけてくる愛情と謝罪の気持、それを思うときお豊の心は締めつけられるように苦しく、何もかも投出して悔いのないいとしさを感ずるのであった。――水晶礦山を捜し当てるか当てぬか、そんなことはもうお豊には問題ではない、自分や子供がどんな苦労をしようとかまいはしない、ただ良人の望みを果させてやりたいのだ、良人が望みを達して喜ぶ顔さえ見たら、そのとき自分がどうなっていようとそれで自分は満足できるのだ。

勘三郎は叔父の邸外にある古い隠居所をもらい、それに手入れをして親子三人の寝どころを造った。そしてお豊はほとぼりのさめるのを待って叔父に知れぬように良人を山へ出してやった。

あなたの働く分ぐらいのことは、わたしと裕吉《ゆうきち》でけっこうやってゆけます、叔父さんに訊《き》かれたら何とかうまく云っておきましょう。

お豊は蒼白《あおじろ》い頬に、母のような微笑をうかべて云いながら良人を送り出した。

それから三月ばかりしてお豊は死んだ。過労からきた心臓の病気で、倒れたと思うと医者の来る間もまたずに急死したのである。勘三郎はもちろんその死目に会わなかった。

山から帰って来た勘三郎は、人々の集まっている暗い部屋の中で、お豊の死顔をひと眼見るなり、突きとばされたように家をとび出して、そのまま夢中で山のほうへ走りだした。叔父の多吉が後を追って出ると、夕月の光の中を——お豊、お豊と喚《わめ》きながら、狂気のように走り去る勘三郎の後姿が見えた。

明くる日になっても勘三郎の帰るようすがないので、村の人たちは手分けをして捜すことになった。そしてひと組の青年たちが、かんば沢の櫟林《くぬぎばやし》の中に彼をみつけだした。

勘三郎はそれから半年あまり山へ入らなかった。いつもむっつりとして、裕吉と一緒に野良を働いていた。

叔父の多吉は、今度こそ勘三郎も身にしみたであろうと思い、ひと冬過ぎたら後添の心配をしてやり、そのときの都合では裕吉を自分の手もとへ引取ってもよいと考えていた。それにもかかわらず、収穫にかかろうという忙しいときになると、いつかしら勘三郎の姿が野良にみえなくなり始めたのである。

彼はまた山入りを始めたのだ、二人分の弁当を拵《こしら》えて、裕吉を伴《つ》れて、けれど山へ登ってからの彼は、べつに礦脈を捜すようすもなく、子供の手をひいてあちらこちらと山の中を彷徨《さまよ》うばかりであった。ときどき立停まってころげている石塊を拾いあげたりするが、そんな場合にも眸《ひとみ》はあらぬほうを見守っているというふうである。

——どうするの、それ何なの。

子供が訝《いぶか》しげに訊くと、勘三郎は我にかえったように拾いあげた石塊を見、

——う、うん。

と低く鼻で答えながら、それを遠くへ抛《ほう》り投げるのであった。

ある日、ふたりは栗林《くりばやし》の中で弁当をつかい、そのあとで勘三郎は草の中へ横になってうとうとした。それはほんの短い時間であったが眼をさましてみると子供の姿が見えない、彼は起き上って名を呼んだ。よく晴れた秋の日で、草の葉を揺るほどの風もなく、澄《す》き透《とお》るような空気の中に、翅《は》虫《むし》のうなりが静かに聞えていた。

——裕吉、坊や。

勘三郎は栗林の中から出て、両掌《りょうて》で口を囲いながら叫んだ、それから丘を下りて道のうえしたを捜しはじめた。けれども子供の姿は見えず、泣く声も聞えてこない、勘三郎は沢のほうへ走りだした。

日暮れ近くに、勘三郎は気狂《きちが》いのようになって村へ駈《か》けつけた。人々が集められた、提灯《ちょうちん》や松火《たいまつ》を持った幾組もの人たちが、裕吉の名を呼びながら山へ登って行った。

収穫の終るころで、どこの家も忙しい最中であったが捜索は三日のあいだ続いた、けれどついに子供をみつけだすことはできなかった。

——藪落《やぶおと》しにかかったのだ。

みんなそういうことに一致した。

もと与石のものだった檜山からかんば沢のほうへ十丁ばかり行ったところに、その地方で金竹と呼んでいる細い篠竹《しのだけ》の密生した斜面があった、幹も葉もなめらかな膏《あぶら》を塗ったような笹《ささ》で、四十度ばかりの傾斜をびっしりと埋めている、その斜面の尽きるところが断崖《だんがい》になって、五十尺ばかり下をかんば沢の水が滝をなして流れているのだ。誤ってこの笹に踏込むと、そのまま斜面の笹を滑って断崖から墜《お》ちる、鹿《しか》や熊《くま》さえもしばしばそこで命を失うのであった。——人々はそこを藪落しと呼び、いつのころから伝説さえ生まれて、魔の棲《す》むところというふうにまで忌《い》まれ、どんな向う見ずの猟師もそこへは近寄らなかった。

勘三郎が性も懲《こ》りもなく山入りをするので、藪落しの魔が裕吉をひいたのである。

人々はそう云い合った。そして裕吉をさがすことは断念した。

それから長い年が過ぎた。この期間にはべつにしるすことはない、勘三郎は叔父の家にいてよく働いた、ときによると二三日山へ入ったまま帰らぬこともあるが、そのあとでは忘れたようにせっせと野良を稼《かせ》いだ。後添をもらうようにすすめる者もあったが、いつも勘三郎が気乗りをみせないので、多吉も強いて押付ける気にならず、その代りには山入りをしたときもべつに怒らずに放っておいた。

勘三郎が五十一の年、多吉は喜の字の祝を済ませて死んだ、多吉は死ぬときに、自分が与石の家から持ってきた田地の二町歩を勘三郎へ与えて逝《い》ったが、その後べつに名を書換えるでもなく、ずるずるに多吉の長男のもののまま終ってしまった。

同じような生活がそれから何年も続いた、そしてまたしても勘三郎の山入りが始まったのである、その数年前から、彼の体はぐっと弱っていた、耳も遠くなっていたし、眼もかすみはじめ、足痛風を患《わずら》って右足が硬直したっきりになった。

——そんな体で山歩きをして、もしものことがあったらどうしますか、家にいて子供の守りでもしてください、どんなにでも後生の面倒はみてあげますから。

多吉の長男はたびたびそう云《い》って諫《いさ》めてみた、そうすると勘三郎は黙って微笑《ほほえ》みながら、

——よしよし、そうしよう。

と答えるのだが、朝になってみるともう家にはいないのである。

勘三郎は六十を越した。

秋のことである、彼は握飯を持って、腰へ丸鑿と金槌を入れた革袋をさげ、右足をひきずりながら山の中を歩いていた。どの道もどこの岩地も、何十年となく彼が見慣れたものだ、櫟林の先に何があって、どこの松が伐《き》られたか、眼をつむったままでもはっきりと見える、——かつての檜山はすっかり伐りだされて、その後へ広い新道ができてしまった。

勘三郎は沢のほうへと進んでいた、新道のほうには絶えず車の音や人声がする、彼はその物音から遠退きたいのだ、自分独りになりたいのだ、不自由な足をひきひき、かんば沢の流れの聞えるところまで来た、そのとき彼は丈夫なほうの足を草の根につっかけて横ざまに倒れた。

勘三郎は自分の体が凄《すさま》じい勢いでぐんぐん滑りだすのを感じた、彼はなかば夢中で手に触れるものを摑《つか》もうとした。

——藪落しだ。

そう思ったとき、ふいに勘三郎の体は激しくどこかへ落込んだ。

彼は落ちたまましばらくじっとしていたが、やがて静かに顔をあげてみた、そこは二坪ばかりの窪地《くぼち》で、頭の上へはみっしりと金竹が生いかぶさっている、断崖まで滑らずにすんだのだ。

——助かったのか。

勘三郎はほっとして半身を起こした、そのとき彼は笹の葉を透して落ちてくる光の中に思いがけぬ物をみつけだした。彼は身を起こしかけたままそこにいすくんだ。それからずいぶん長いことしておそるおそる手を伸ばし、そっと窪地の岩壁を撫《な》でてみた。うすい光を含んで葡萄《ぶどう》色に光る紫水晶が露出しているのである。勘三郎の手はぶるぶる顫《ふる》えながら、六角結晶の尖端《せんたん》を次から次へと撫で廻した。

——お豊……お豊……。

彼はいきなりそう叫びながら、自分の体をそこへ投出して泣きはじめた。何十年ものあいだに、すっかり忘れていた妻の顔が、痛いほど鋭く思い出されたのだ。

——何になるんだ、何になるんだ、今ごろみつかったところで……、お豊。

勘三郎はうすくなった髪毛をかきむしり、拳《こぶし》で胸をうちながら泣いた、それから彼は起上って、そして革袋の中から金槌を取出し、岩壁に露出している美しい紫水晶の尖端を気狂いのように砕きはじめた。

——何になるんだ、こんな物が、こんな物が、お豊……お豊。

明くる日の午《ひる》ちかく、薪《たきぎ》を折りに入った村の女たちが、藪落しの近くに倒れている勘三郎をみつけて村へ援《たす》け帰った。腰の弁当には手がつけてなかったし、両手の指は血だらけになっていた、彼はその右手にひと塊の土を握って人々に見せながら、

——とうとうみつけた、藪落しの中にこんなみごとな紫水晶があるのだ、おれは大金持になった。

と云った。

村の人たちはそれを聞くと互いに顔を見合せ、彼もまた藪落しの魔に憑《つ》かれて気が違ったのだと思い、妻と子をあんな不幸なことにした罰だけでも、そうなるのが当りまえだと語り合った。

勘三郎はそれから間もなく死んだ、どうして彼はあの窪地から這出《はいだ》したとき、本当の紫水晶を持っては来ずに、土塊を持って来て気狂いを装《よそお》ったのであろうか、それを説明することは誰にもできないであろう。彼の屍体《したい》はお豊の墓と並べて埋められた。

（「アサヒグラフ」昭和十年二月）

解　説

木 村 久 邇 典

山本周五郎の作品が、高等学校教科書「現代国語一」に初めて登場したのは昭和四十八年四月、『小説日本婦道記』のなかの『藪《やぶ》の蔭《かげ》』がそれである。登載した教育出版編集部の話では、いわゆる〝大衆文学畑〟の作者の作物で、随筆などは別として、〝小説〟がすこしも削除ないし省略されずに全文掲載になったのは、『藪の蔭』が初めてということであった。この短編が描かれたのは、太平洋戦争中の昭和十八年七月だから、戦争という大変の時をへだてて、実に三十年後、山本作品は教育の場で、精神の形成期にある青少年男女と対面することになったのである。

そのご周五郎作品は、義務教育である中学校の教科書にも収録されるに及んだ。昭和十六年一月、「少女の友」に発表した『鼓くらべ』という少女小説である。

太宰治未亡人の津島美知子さんから伺った話では、『走れメロス』が中学教科書の教材に加えられてから、若い読者が急増したように思われます、とのことであったが、山本作品の場合も、まったく同様の傾向を示しているようである。しかも山本作品の読者層は、文学愛好の一部の青年男女にとどまることなく、より幅広い階層を包含して、年々、その数を増加させながら作品生命をさらに延伸させているごとくに思われる。

つい最近、わたくしを訪ねてきた大学生が「卒業論文のテーマに山本周五郎を選んだが、その作品を読むと、山本さんのこころは、おそらく自分にだけしか理解できないのではないかという気がする。もし山本周五郎が存命していたら、この世で自分の気持を本当に諒解《りようかい》してくれるのは、山本周五郎ただひとりだけではないかと思われて残念でならない。そういう感じを卒論にぶっつけてみたいんだが、適切な言葉がみつからない。まだるっこしく、われながら情けなくて、残念でたまらないんです」という、おしまいのほうは感情が激してきたのか、なんどか手の甲で涙をぬぐった。

文学作品に対するばあい、客観的につき放して鑑賞する態度は、もちろん尊重されなければなるまい。だが山本周五郎作品は、クールを自認して斜に構えた読者をも、構えた姿勢まるごと〝山本世界〟にとり込む曰《いわ》く言いがたい感動性をもっている。まことに不思議な魅力というべきではあるまいか。〈散文ほどむずかしく、奥行きの深いものはない。同時に散文ぐらい面白いものもない〉と口ぐせのように語った作者の言葉が、いまにして、さらに新しい意味をもってなまなましく甦《よみがえ》ってくる思いにとらえられるのである。

さて本書では昭和十年から三十三年にわたって発表された作品を集めた。作者三十二歳から五十四歳にいたる、もっとも〝脂《あぶら》の乗った〟期間にあたる。『いさましい話』は〝父情小説〟とでも称すべき作品である。山本周五郎は女性を描いて抜群の力量を示した作家との定評をかちえている一方、尾崎秀樹《ほつき》氏が鋭く指摘するように、〈父親像を描くことにおいて不明確な〉と批判される半面があったことも事実であった。だが四十年間におよんだ作品活動中、父親を主対象とした作品が皆無だったわけではない。『花杖記《かじょうき》』『やぶからし』などがそれだが、この『いさましい話』の津田庄左衛門も、あたたかい視線でとらえられた父親像として、作者には異色の注目すべき小説と思われる。

笈川《おいかわ》玄一郎は藩政改革に意欲的な藩主の意をうけ、勘定奉行として国元へ下向する。立て直しには大幅な緊縮財政を断行しなければならないのだが、もちろん国元の空気は反抗的だ。これまでも失敗して江戸へ舞い戻った先例も少なくない。玄一郎は国元の人間になり切る姿勢を示すために藩主に願って城代家老和泉図書助《いずみずしょのすけ》の娘松尾と結婚する。だがそれは、美貌《びぼう》の松尾に懸想《けそう》していた青年たちの反発感情をますます昂《こう》じさせたし、松尾もまた玄一郎を招じた席で、彼が馬鹿囃《ばかばや》しの笛を吹いたのを、田舎者への蔑《さげす》みと受け取ったらしく、結婚しても寝所を共にしようとしない。しかし若侍から決闘の申し込みを受けた前夜、玄一郎が心静かに三条古流の猩猩《しょうじょう》の曲を虚心に奏するのを聞いて彼の心底を理解した松尾は、初めてもとから夫を慕っていたと本心を明かす。

玄一郎は決闘に勝ったものの、卑怯《ひきょう》な彼らは藩主がとつぜん幕命で江戸に上ったあと、玄一郎の役印を無断で押し、彼が商人と結託して檜《ひのき》を払い下げ、不当に五百両を受け取ったと、家老、重臣連へ告訴する。裁きは城内謹慎という理不尽なものであった。四日目に檻禁《かんきん》を解かれたのは、作事奉行の津田庄左衛門が、みずから勘定奉行の印判を盗んで押したと名乗りでたからだった。事態は急転直下、津田は国外追放、反対派もすべて処罰される。藩主から「歳出切下げ」認可の墨付きも到着し、玄一郎の任務はどうやら成功の目途がついたらしい。

だが、妻の松尾が玄一郎に語ったことの真相は、反対派の策謀を未然に防いだのは、津田庄左衛門の、一身に責めを負って自訴した犠牲的行為によるものだったのだ。津田はもと家老格だったが、若いころの放蕩《ほうとう》で寄合席に下げられた過去があった。そして玄一郎は、津田庄左衛門が某家の娘との間に生《な》した実子であり、友人の笈川に玄一郎の養育を託し放しにしたままになっていたというのだ。国元へ現われた玄一郎に注いだ津田の好意は、父親と名乗れぬ彼の、悔恨と自責のないまざった複雑な父情から発せられたものだったのである。〈――私は悔いの多い人間ですから〉〈――叱《しか》られたり折檻されたことがおありですか〉

実のわが子に敬語で語りかける津田の言葉には、人生の重みがずっしりと凝縮されている。青い空に玄一郎が「――お父さま」とよびかける幕切れのつぶやきが、静かな余情の波紋を広げてゆくようだ。『いさましい話』という表題は、笈川玄一郎が単独で大勢の若侍と決闘に応ずる〝いさまし〟さではなく、津田庄左衛門の過誤の多かった人生に対決しようとする勇気ある行為を象徴したものだったようにも感じられる。

『菊千代抄』は『いさましい話』を発表したのち、直ちに取りかかった作品である。

山本周五郎は昭和初年、三田派の今井達夫と友人になり、今井の紹介で、彼と慶応義塾大学で同窓だった「アサヒグラフ」編集者の宮田新八郎を知った。昭和八年から十一年にかけて同誌に前衛手法の現代小説十二編を発表したのはそんな機縁からだが、同誌編集部の大阪朝日新聞社への移転などもあって宮田との交友は一時中断状態にあった。戦後、朝日新聞出版部は再び東京に戻り、週刊朝日編集長として帰京した宮田は、さっそく山本を訪れて云った。〈テーマは自由。枚数も無制限、締切りも作者次

第。思う存分に、いいものを書いてくれないか〉

関西に在った宮田新八郎は、編集者としての注視を山本に浴びせ続けていたのである。週刊朝日の依頼条件こそ、山本が物書きを志して以来、久しく渇望してきたものだった。『菊千代抄』に作者の躍動する気込みが感得されるのは叙上の経緯が秘められているためである。

河盛好蔵氏は〈この作者の西洋文学についての造詣《ぞうけい》の深さを垣間《かいま》見せる／異色篇である〉と評している。たしかに本編には、後継者を絶やさぬため男子として育てられた大名の姫君の、女であることの生理的な嫌悪《けんお》感や、自分の性の秘め事を知っている男への憎悪と、彼女の内部にひそむ男性恋慕の情が、みごとに剔抉《てっけつ》されている。

また山本作品全体を展望する視点に立てば、『菊千代抄』の椙村《すぎむら》半三郎は、男性と女性との立場こそ違え、志操を変えることなく、いかなる境遇におかれてもひとりの人間が、ひとりの人間に献身的愛情を貫き徹《とお》すという、作者が終生、最大のテーマに据えた物語の主人公のメンバーに数えられてしかるべきであろう。亡夫に代わり、遺子と共に主君水野監物《けんもつ》忠善に忠誠を傾け続けた『箭竹《やだけ》』のみよ、別れたのちもなお、老僕に身を変え、かつての妻を見守る『柘榴《ざくろ》』の昌蔵。そして形影のごとく中藤冲也《ちゅうや》につき添った『虚空《こくう》遍歴』のおけい……。『菊千代抄』の半三郎もまた、彼等と同一の人生遍路者なのである。

『思い違い物語』が書かれたのは昭和二十五年。山本周五郎年譜によると、『楽天旅日記』『長屋天一坊』『百足《ひゃくあし》ちがい』『ゆうれい貸屋』などこっけい小説が並んでいる。『思い違い物語』も山本作品中、主要なこっけいものの一編だから、この年の山本作品の大半はこの分野の小説によって占められているということになる。

山本周五郎は戦前からも何編かのこっけい小説を発表して、すでに端倪《たんげい》すべからざる才能の内包を思わせていた。戦後の言論自由の時節を迎え、山本がこの領域にもおおいに驥足《きそく》を伸ばしたい野心にとらえられたのはむしろ当然である。〈日本のユーモア小説には、ゲテのくすぐりに過ぎないものが多い。ぼくは西欧のユーモア作品にも劣らないようないい滑稽《こっけい》小説を書いてみたい〉とよく洩《も》らしたものである。『思い違い物語』のできばえには、〈作者の手の内が少し見えすいた感じ〉(河盛好蔵氏)という批難がないでもないが、ある種の軽妙なリズム感が全編に底流し、やや誇張された類型的人物が入り代わり立ち代わり登場して洒脱《しゃだつ》な舞台を構成しているという点で、作者の意図はある程度の成功を収めていると評してよいのではあるまいか。

とくに典木《のりき》泰助《たいすけ》・泰三兄弟と山治《やまじ》家の千賀・津留《つる》姉妹、山治右衛門・みね夫妻の人物対照があざやかで、とくに泰三と津留の溌《はつ》らつさが、作品に賑《にぎや》かなはずみを与えている。愛すべく憎めない人物たちを描くときの山本周五郎は、芯《しん》から創作を楽しんでいるようにみえた。

『七日七夜』七日と七夜が、旗本三千石の四男坊という一生うだつのあがらぬ星の下に生まれた本田昌平の境涯をがらりと変えてしまう。なんとも心温まる話である。家督を相続した長兄は吝嗇《りんしょく》のうえ、四千石の旗本の娘だったという兄嫁も三百両だかの持参金つきを鼻にかけて下男のごとく昌平をこき使う。下女には熱い飯と味噌汁《みそしる》で朝めしを食わせているのに、昌平には残りの冷や飯とつめたい汁……というあしらいだ。堪忍袋《かんにんぶくろ》の緒を切った彼は抜き身を兄嫁につきつけて、金包を奪うと家を飛び出し、生まれて初めて新吉原へ行って大散財をする。廓《くるわ》では昌平がほろりとするほど優しく歓待してくれるが、朝になり勘定を払う段になると百七両余の請求である。昌平は唖《あ》然《ぜん》とし憤激もするが、番所に突き出されそうになって、結局は大枚をまきあげられてしまう。昨晩のあの歓待は、金を吐き出させるための手練手くだだったのだ。物心両面とも打ちのめされた昌平は三日三晩、酒びたりの遍歴ののち、雨の中をうろつきまわる。「──いっそ辻斬《つじぎ》りでもやっつけるか」「どうせ堕《お》ちるなら」

黄昏《たそがれ》どきふと入ったのが「仲屋」という縄のれん。そこで彼は、下町の人足、土方、職人、子連れで稼《かせ》ぐらしい女……といった庶民たちに接した。初対面の相客が、店の娘に、昌平の濡《ぬ》れた着物を着更《きが》えさせたりするという親切さである。泥酔《でいすい》した彼が見知らぬ若者にからんで昏倒《こんとう》して目が覚めたとき、「仲屋」の奥の間で寝かされていた。ばかげた放浪と雨に濡れたのがたたって高熱が続き、三日も安静を医者から命じられていたのだ。うち二夜というもの娘の千代は昌平の看病にかかりきりだったという。昌平は病床で、千代の父の弥平や、見舞いにきた相客たちや、彼を打ちのめした若者が謝まりにくるさまを見、ぶっきら棒なかれらの態度の中に本当の人間の血が通っているのに気づく。彼はそのまま千代の婿《むこ》におさまり、「仲屋」は「侍酒屋」ともいわれて繁昌《はんじよう》していった……というストーリーである。千代が昌平に好意を持ったのは、彼が喧嘩《けんか》相手にのめされたとき「お母さま堪忍して下さい、もうしません」と叫んだことからだったという。昌平の善なる本性が千代のこころを打ったのだ。

山本周五郎は心温まる善意のひとびとのメルヘンを何編か描いた。『あだこ』（昭和三十三年）は虚無的な貧乏侍のやぶれ屋敷に押しかけ、彼を更生させる津軽乙女の心たのしい物語だが、『七日七夜』は迷い犬のように「仲屋」にまぎれこんだ若侍が、家付き娘や周囲の〝庶民〟によって彼自身の人生を見出《みいだ》すメルヘンである。市井《しせい》の片すみの真実の幸福のあり方を、この作品は訴えようとしているようだ。

『凌霄花《のうぜんかずら》』は昭和二十八年十月に発表された作品である。すこし注意して読めばヒロインのひさ江は、二十九年一、二月号の「面白倶楽部《クラブ》」に発表された『扇野』のヒロインおつるの祖形であることが了解されるはずだ。〈風邪をひいて喉《のど》をいためてでもいるような、かなりしゃがれた声〉、すべてにすばしっこい動作などは、両者に共通する際立《きわだ》った特徴である。

凌霄花は〈なにかの枯れた木に絡《から》まっている蔓《つる》性の植物で、朱に黄色を混《ま》ぜたような花〉である。〈色も咲きぶりも華やかなのだが、華やかなくせにどこかしんとした、はかなく侘《わび》しげな感じ〉がすると作者は書き、ひさ江の人柄を凌霄花に象徴させている。高之介は城代家老の跡取り息子、ひさ江は藩の金御用をつとめる富商の一人娘だから、身分の差もあって好いた同士なのに結ばれる目当ては絶望的であり、それがいっそう互いの愛情を切なく濃厚なものにする。なんとか障害を解決して結婚はしたが、生まれ育った環境の違いがみるみる傷口を広げて別居という事態に至る。しかし作者は、離れ離れの二人を再び結びつけるかすがいの役割りを、彼らが逢《お》う瀬《せ》を重ねた女坂下の雑木林に咲く凌霄花に荷《にな》わせてハッピーエンドの物語としてしめくくる。男女の心情の接近と乖離《かいり》が、「ろうじぇんかじゃ」などの幼児語を小道具に、巧みに物語られているのだが、いかにも型どおりのラブストーリーの趣は免れない。賢明練達の山本周五郎が、もちろんその欠陥に気づかなかったはずは無く、『凌霄花』のひさ江、高之介、五十嵐《いがらし》登美を、『扇野』のおつる、栄三郎、おけいにそれぞれ〝変身〟させ、小説としての完成度をたかめようとしたのであろう。ひさ江が逢曳《あいび》きの場に忘れていった扇袋と日傘が、『扇野』ではおつるの舞扇に形を変えることにも、読者はただちに気づくに相違ない。両編の比較併読をおすすめしたい。

『あんちゃん』山本周五郎には『かあちゃん』（昭和三十年）、『ちゃん』（昭和三十三年）という作品があり、これに『あんちゃん』を加えると〈なんのことはない、まるで家族合わせだな〉と題名のまずさを自嘲《じちょう》することしばしばであった。だがちょっと目を凝らせば、つぎのことに容易に気付くことと思われる。『ちゃん』においては、主人公は重吉という一家のあるじであるが、『かあちゃん』のお勝は、家長的主婦であると同時に、家に忍び込んだ縁も血もかよわぬ勇吉という若者を家族の一員に同化し、彼にお勝を「かあちゃん」と声にならぬ声で口ごもらせる。この人間の連帯を通していわば二重構造の〝母親像〟をみごとに描いてみせたのである。

『あんちゃん』の主題も、人間存在の最も奥ぶかい心理、生理にまでメスをいれ、人間関係の不思議さを凝視するところにあった。

竹二郎は物心がついた時から妹のおさよを可愛《かわい》がっていたが、おさよが娘らしくなるにつれ、兄妹の愛情を超えた道ならぬ感情をもつようになる。竹二郎は不倫な思いを抑制しようと努めるが、それもならず、妹に縁談が起きたとき重病の父も見捨てて実家をとび出してしまう。ぐれて妹の良縁をぶちこわしてやろうという下心もあっての行為だったが、一方では「おらあけだものだ」という意識に悩まされ続ける。売った喧嘩《けんか》でひどい仕返しをされそうになったのを救ってくれたのは民三という盗《ぬす》っ人《と》であった。不思議に気心も合い、幾日かの流連ののち竹二郎が悩みを打ちあけると、民三は不機嫌そうに、立去ってしまう。

父が死に、葬式も済んだという妹の伝言で実家に立ち戻った竹二郎は、おさよから彼女は彼が三つの頃拾われてきて育てられた身の上だったと聞かされる。おさよ自身も父の死後に人別帳をみせられて初めて知ったのだ。妹が肉親ではなかった事実を前にしたとき、竹二郎の内部に真実の人間の変革が起こる。〈「よかった、よかった／おれたちは他人じゃあない、他人なものか、さよ公はおれの大事な妹だ」／ふしぎなことに／他人同志だとわかってから、却《かえ》っておさよに兄妹の愛情を感じた。血を分けた兄妹より、もっと深くひろい愛情を〉

表面的な筋の運びは、一種の「どんでん返し」仕立てであるが、作者はもともと倒立していた人間関係を、正常の視点に回転させて、人間の真正の愛情を、深い感動で謳《うた》っているのだ。山本周五郎の尋常ならざる人間洞察と高度の小説技術がよく窺《うかが》われる短編である。

『ひとでなし』　この作品を発表した昭和三十三年、山本周五郎は『樅《もみ》ノ木は残った』第四部以下を書下ろしで完稿し、長編『赤ひげ診療譚《たん》』のほか『橋の下』『ちゃん』『牛』『古今集巻之五』といった佳作、秀作を執筆している。一作一作に魂を丹念に刻みつけるような仕事ぶりであった。山本周五郎を悪人の書けない小説家だと云う評者がいる。『ひとでなし』の力造は寄場ぬけの仲間をあやめ、昔の女房と再婚することになった津ノ正から金をゆすり、女房のおようもおびき出してずらかろうと企《たくら》むほどの悪党だ。しかもおようは十五年以上も彼女を待ち続けた津ノ正にいう〈あの人は悪党だったわ、でも、なにをするにも本気だった／みえも外聞も忘れて、ありったけの手をつくしてよろこばせてくれたわ／あの人は悪党の人でなしよ、その代り自分も泥まみれになったわ〉〈どこに一つ非の打ちどころもない人には、泥まみれ傷だらけになった人間の気持はわかりゃしません、あたしのこの軀《からだ》にも、あの人でなしの泥や傷が残っているんだから、津ノ正のごしんぞだなんてとんでもない、あたしはお断わり申しますよ〉。ふしぎな女ごころの傾斜というべきであろうが、おようはこの時点で、島ぬけに失敗した力造は水死したものと信じこんでおり、さらに仲間を殺し、彼女を誘拐しようとしているなどとは露しらない。つまり彼女は力造が、彼女が考えている以上の〝ひとでなし〟であることを理解していないのである。

しかし、津ノ正とおようの、来し方の会話を盗み聞きした悪党仲間の吉次は、まっとうに人世を生きてきた二人のために、己れを空《むな》しくして力造を処分し、あえて捨石になろうと決意する。彼が津ノ正に、おようを幸福にしてやってくれと願うのは、彼らの会話に感動して〈あっしは、もういちど人間に生れてきてえと思〉ったからであった。山本周五郎はやくざ世界を描くことをとくに忌避した作者だが、人間の真面《まじ》目《め》な生き方は、凶悪な人間をも改悛《かいしゅん》させうると信じた人生観の一端が、本編にもよく表わされている。

『藪落し《やぶおとし》』本書ではもっとも早い昭和十年の作品である。かんば沢には人が近づいてはならぬといわれている魔の藪落しがある。実はそこにこそ、勘三郎が妻子の幸福も犠牲にし、家産もつぎこんで四十年ちかくも探しつづけた紫水晶があったのだ〈――とうとうみつけた／おれは大金持になった〉。だが窪地《くぼち》から這《は》い出て来た勘三郎が手にしていたのは、ただの土塊であり、どうして彼は気狂《きちが》いを装《よそお》って土くれを持って来たのであろうか、とこの物語の結尾に作者は書いている。

だが、葡萄《ぶどう》色に光る紫水晶の露頭を発見した勘三郎が、自分の鉱山《やま》道楽のために命を縮めてしまった愛妻の名を叫びながら〈――何になるんだ、何になるんだ、今ごろみつかったところで……、お豊〉と呼びかける言葉にこの短編のテーマは凝縮されていよう。かんば沢は、山本周五郎の出生地山梨県初狩村の寒場沢の地名に因《ちな》んだもので、長編時代小説『山彦乙女』にも魔境の伝説を秘めた場所としてこの沢が設定されている。本編は、フォークロア調の現代小説であるが、かつては豪族だったと伝えられる山本周五郎の生家の没落過程の一半が、むかしがたりの文体で物語られているようにも感じられて興味ぶかい。同じ甲州出身の、深沢七郎作品の基調との相似性を指摘するのは、わたくしのまったくの見当ちがいであろうか。

（昭和五十六年七月、文芸評論家）

山本周五郎著

青べか物語

うらぶれた漁師町・浦粕に住み着いた私はボロ舟「青べか」を買わされた――。狡猾だが世話好きの愛すべき人々を描く自伝的小説。

山本周五郎著

大炊介《おおいのすけ》始末

自分の出生の秘密を知った大炊介が、狂態を装って父に憎まれようとする姿を描く「大炊介始末」のほか、「よじょう」等、全10編を収録。

山本周五郎著

日本婦道記

厳しい武家の定めの中で、愛する人のために生き抜いた女性たちの清々しいまでの強靭さと、凛然たる美しさや哀しさが溢れる31編。

山本周五郎著

日日平安

橋本左内の最期を描いた「城中の霜」、武士のまごころを描く「水戸梅譜」、お家騒動をユーモラスにとらえた「日日平安」など、全11編。

山本周五郎著

季節のない街

生きてゆけるだけ、まだ仕合わせさ――。貧民街で日々の暮らしに追われる住人たちの15の悲喜を描いた、人生派・山本周五郎の傑作。

山本周五郎著

おさん

純真な心を持ちながら男から男へわたらずにはいられないおさん――可愛いおんなであるがゆえの宿命の哀しさを描く表題作など10編。

山本周五郎著

おごそかな渇き

〝現代の聖書〟として世に問うべき構想を練った絶筆「おごそかな渇き」など、人生の真実を求めてさすらう庶民の哀歓を謳った10編。

山本周五郎著

つゆのひぬま

娼家に働く女の一途なまごころに、虐げられた不信の心が打負かされる姿を感動的に描いた人間讃歌「つゆのひぬま」等9編を収める。

山本周五郎著

ひとごろし

藩一番の臆病者といわれた若侍が、奇想天外な方法で果した上意討ち！ 他に〝無償の奉仕〟を描く「裏の木戸はあいている」等9編。

山本周五郎著

松風の門

幼い頃、剣術の仕合で誤って幼君の右眼を失明させてしまった家臣の峻烈な生きざまを描いた「松風の門」。ほかに「釣忍」など12編。

山本周五郎著

深川安楽亭

抜け荷の拠点、深川安楽亭に屯する無頼者たちが、恋人の身請金を盗み出した奉公人に示す命がけの善意――表題作など12編を収録。

山本周五郎著

ちいさこべ

江戸の大火ですべてを失いながら、みなしご達の面倒まで引き受けて再建に奮闘する大工の若棟梁の心意気を描いた表題作など4編。

山本周五郎著
あとのない仮名
江戸で五指に入る植木職でありながら、妻とのささいな感情の行き違いから、遊蕩にふける男の内面を描いた表題作など全8編収録。

山本周五郎著
四日のあやめ
武家の法度である喧嘩の助太刀のたのみを、夫にとりつがなかった妻の行為をめぐり、夫婦の絆とは何かを問いかける表題作など9編。

山本周五郎著
町奉行日記
一度も奉行所に出仕せずに、奇抜な方法で難事件を解決してゆく町奉行の活躍を描く表題作ほか、「寒橋」など傑作短編10編を収録する。

山本周五郎著
一人ならじ
合戦の最中、敵が壊そうとする橋を、自分の足を丸太代りに支えて片足を失った武士を描く表題作等、無名の武士の心ばえを捉えた14編。

山本周五郎著
人情裏長屋
居酒屋で、いつも黙って飲んでいる一人の浪人の胸のすく活躍と人情味あふれる子育ての物語「人情裏長屋」など、〝長屋もの〟11編。

山本周五郎著
花杖記
父を殿中で殺され、家禄削減を申し渡された加乗与四郎が、事件の真相をあばくまでの記録「花杖記」など、武家社会を描き出す傑作集。

新潮文庫最新刊

今野敏著
清明
―隠蔽捜査8―
神奈川県警に刑事部長として着任した竜崎伸也。指揮を執る中国人殺人事件の捜査が公安の壁に阻まれて――。シリーズ第二章開幕。

星野智幸著
焔
谷崎潤一郎賞受賞
予期せぬ戦争、謎の病、そして希望……近未来なのかパラレルワールドなのか、焔を囲んで語られる九つの物語が、大きく燃え上がる。

井上荒野著
あたしたち、海へ
親友同士が引き裂かれた。いじめる側と、いじめられる側へ――。心を削る暴力に抗う全ての子供と大人に、一筋の光差す圧巻長編。

西村賢太著
疒《やまいだれ》の歌
北町貫多19歳。横浜に居を移し、造園業の仕事に就く。そこに同い年の女の子が事務のアルバイトでやってきた。著者初めての長編。

木皿泉著
カゲロボ
何者でもない自分の人生を、誰かが見守ってくれているのだとしたら――。心に刺さって抜けない感動がそっと寄り添う、連作短編集。

諸田玲子著
別れの季節 お鳥見女房
子は巣立ち孫に恵まれ、幸せに過ごす珠世だったが、世情は激しさを増す。黒船来航、大地震、そして――。大人気シリーズ堂々完結。

新潮文庫最新刊

宮木あや子著
手のひらの楽園
長崎県の離島で母子家庭に生まれ育った友麻。十七歳。ひた隠しにされた母の秘密に触れ、揺れ動く繊細な心を描く、感涙の青春小説。

中山祐次郎著
俺たちは神じゃない
―麻布中央病院外科―
生真面目な剣崎と陽気な関西人の松島。確かな腕と絶妙な呼吸で知られる中堅外科医コンビがロボット手術中に直面した危機とは。

梶尾真治著
おもいでマシン
―1話3分の超短編集―
クスッと笑える。思わずゾッとする。しみじみ泣ける――。3分で読める短いお話に喜怒哀楽が詰まった、玉手箱のような物語集。

彩藤アザミ著
エナメル
―その謎は彼女の暇つぶし―
美少女で高飛車で天才探偵で寝たきりのメルとその助手兼彼氏のエナ。気まぐれで謎を解く二人の青春全否定・暗黒恋愛ミステリ。

百田尚樹著
成功は時間が10割
成功する人は「今やるべきことを今やる」。社会は「時間の売買」で成り立っている。人生を豊かにする、目からウロコの思考法。

穂村弘
堀本裕樹著
短歌と俳句の五十番勝負
詩人、タレントから小学生までの多彩なお題で、短歌と俳句が真剣勝負。それぞれの歌と句を読み解く愉しみを綴るエッセイも収録。

あんちゃん

新潮文庫　や-2-35

昭和五十六年八月二十五日　発行
平成十六年二月十日　三十二刷改版
令和四年六月五日　四十刷

著者　山《やま》本《もと》周《しゅう》五《ご》郎《ろう》

発行者　佐藤隆信
発行所　株式会社　新潮社
郵便番号　一六二―八七一一
東京都新宿区矢来町七一
電話　編集部(〇三)三二六六―五四四〇
読者係(〇三)三二六六―五一一一
http://www.shinchosha.co.jp

印刷・錦明印刷株式会社　製本・株式会社植木製本所
Printed in Japan

ISBN978-4-10-113436-9 C0193